LOS OJOS DE ANÍBAL

Albert Salvadó

LOS OJOS DE ANÍBAL

mr · ediciones martínez roca

Diseño de cubierta: Compañía
Ilustración de cubierta: Fragmento de un fresco de Pompeya del siglo I d. C.

Primera edición: abril 2003

© 2003, Albert Salvadó
© 2003, Ediciones Martínez Roca, S. A.
Paseo de Recoletos, 4. 28001 Madrid
ISBN: 84-270-2944-6
Depósito legal: M. 12.994-2003
Fotocomposición: J. A., Diseño Editorial, S. L.
Impresión: Brosmac, S. L.
Encuadernación: Lorac Port, S. L.

Impreso en España-Printed in Spain

PRINCIPALES PERSONAJES HISTÓRICOS

AMÍLCAR BARCA. Muere en Elche en el 228 a. C. General cartaginés padre de Aníbal. Conquistador de buena parte de la península Ibérica.

ARQUÍMEDES. Matemático y físico. Muere en el 212 a. C.

ASDRÚBAL. Yerno de Amílcar. Muere en el 221 a. C.

ASDRÚBAL BARCA. Militar cartaginés. Hermano de Aníbal. Iberia fue su territorio de acción.

EMILIO PABLO. General romano. Derrotado y muerto en la batalla de Cannas.

CAYO FLAMINIO. Militar romano derrotado y muerto en el 217 a. C. por Aníbal. Constructor de la Vía Flaminia.

CAYO LELIO. Político y militar romano. Amigo de Publio Cornelio Escipión (hijo).

CAYO OPPIO. Político romano. Es famoso por su ley contra el lujo de las mujeres romanas: la *Lex Oppia*.

GNEO CORNELIO ESCIPIÓN. General romano, tío de Publio Cornelio Escipión (hijo).

ANÍBAL. Nacido en el 247 a. C. y muerto en el 183 a. C. General cartaginés. Uno de los más grandes generales de toda la historia. Famoso por haber atravesado los Alpes con elefantes. Vencedor en cuatro ocasiones consecutivas de los romanos.

HIERÓN. Rey de Siracusa. Muerto en el 215 a. C.

HIERÓNIMO. Hijo y sucesor de Hierón como rey de Siracusa.

INDÍBIL. Rey de los ilergetes. Aliado de los cartagineses, se enfrentó a

Roma. Murió en el 205 a. C. derrotado por los romanos. Publio Cornelio Escipión (hijo) ya le había perdonado la vida en una ocasión.

MAGÓN. Mercenario cartaginés que se levantó contra Cartago. Fue muerto por Amílcar.

MAGÓN BARCA. Militar cartaginés. Hermano de Aníbal.

MARCO POMPONIO. Militar romano.

MARCO PORCIO CATÓN. Nacido en el 234 a. C. y muerto en el 149 a. C. Político, escritor y orador. Participó en la batalla de Cannas. Fue cónsul en el 195 a. C. y censor en el 184 a. C.

MINUCIO RUFO. Político y militar romano.

PUBLIO CORNELIO ESCIPIÓN (HIJO). Nacido en el 235 a. C., muerto en el 185 a. C. Llamado «el Africano». Uno de los mayores militares romanos, vencedor de la batalla de Zama.

PUBLIO CORNELIO ESCIPIÓN (PADRE). Muerto en el 211 a. C. Fue cónsul en el 218 a. C. Perteneciente a la familia de los Escipiones.

QUINTO FABIO MÁXIMO. Militar romano. Aplicaba la guerra de guerrillas y consiguió detener a Aníbal durante un tiempo.

SEMPRONIO LONGO. Militar romano. Derrotado y muerto en la batalla de Trebia.

TERENCIO VARRÓN. General romano. Derrotado y muerto en la batalla de Cannas.

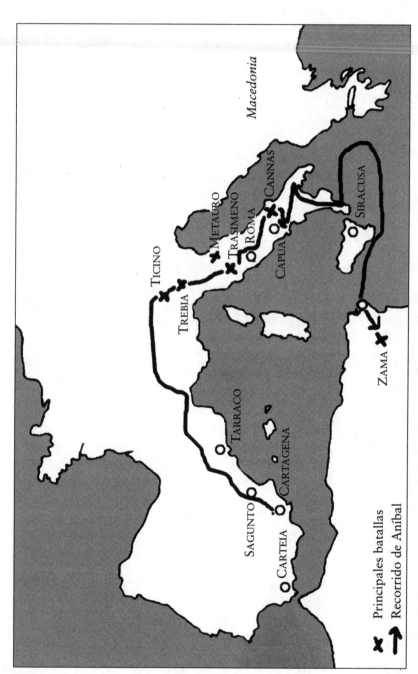

El Mediterráneo hacia el año 220 a. de C.

Principales batallas
Recorrido de Aníbal

EL PRECIO DE UN SERVICIO

Antonio enderezó ligeramente la espalda. «¡Malditos pepinos!», farfulló al sentir la punzada. Andaba camino de los sesenta y los huesos comenzaban a crujirle. Ya estaba demasiado viejo para tantas contorsiones. «¡Y maldita ama!», añadió a sus pensamientos mientras lanzaba una mirada de odio a Virginia. «No, éste no, ese otro.» Había mudado de parecer en quince ocasiones y le había obligado a agacharse una y otra vez hasta que su espalda se quejó. Las mujeres, conforme corren los años, se vuelven más impertinentes y más exigentes, y su señora ya alcanzaba la cincuentena y quería seguir controlándolo todo personalmente, con aquella nariz, pequeña pero afilada, que parecía olerlo todo. Cada mañana la misma historia. Ella escogía las verduras y los frutos del huerto, pero quien tenía que arrodillarse y partirse la espalda era él, y no ella, siempre tiesa como un palo, orgullosa y digna.

Antonio respiró profundamente y alzó los ojos hacia el pequeño promontorio que se levantaba al final del llano. De pronto, algo llamó su atención. Primero parecía una mancha en el horizonte, luego adquirió forma lentamente. Un jinete se acercaba. No iba muy deprisa, marchaba al paso.

–Alguien viene –dijo, y se desentendió del pepino que le habían ordenado arrancar–. Es un soldado –sentenció cuando ya podía distinguirlo con mayor precisión.

–Un centurión –corrigió Virginia.

El esclavo acabó de enderezar la espalda penosamente ayudándose con las manos en los riñones. ¡Ya sabía que el casco pertenecía a un centurión! Simplemente había querido decir que se trataba de un militar. No era necesario el comentario, pensó, pero guardó silencio. Virginia siempre le trataba con la superioridad del ama y él conocía de sobra su mirada, con aquellos ojos que se mostraban abiertos y encantadores cuando se dirigían a un noble, y fríos y duros con los esclavos y los sirvientes.

¡Maldita ama! Treinta años atrás él habría podido conseguir la libertad y entonces no le trataría de aquella forma, pero... ¡En fin! Un esclavo nunca debe fiarse de la palabra de un ciudadano romano. Aunque sea patricio o plebeyo, todos son iguales.

Virginia abandonó a Antonio con la cesta en la mano, atravesó el patio y el atrio, cruzó la puerta, se dirigió al peristilo y entró en la sala convertida en biblioteca que su marido, Publio Cornelio Escipión, había escogido desde hacía meses para pasar la mayor parte del día, para llenar sus horas o... mejor dicho, para dejar que el tiempo transcurriese entre recuerdos del pasado, mientras examinaba los mapas, una y otra vez, mientras reconstruía mentalmente cada uno de los pasos que le habían conducido hasta allí.

Cornelio había cumplido los cincuenta. En un general no es una edad avanzada. Al contrario, es la edad ideal, el mejor momento, porque las fuerzas aún no nos han abandonado y la experiencia nos permite encauzar las energías de la manera más económica y efectiva. Sin embargo, ya estaba retirado.

—Le he visto —dijo él, antes de que Virginia abriese la boca.

El general permanecía de pie junto a la ventana. Cincuenta años y su cuerpo había perdido la agilidad de la juventud y ya hacía días que no andaba como era debido. ¿Tal vez la falta de ejercicio...?

—¿Qué querrá? —preguntó ella.

—Ya lo sabremos cuando llegue —sonrió Cornelio, sin dejar de contemplar al jinete.

Cuando el centurión ya estaba cerca, Virginia y Cornelio se dirigieron al patio. Antonio había abandonado el huerto y entrado en el recinto cerrado y limitado por el muro que rodeaba toda la casa y que, en otros tiempos, había servido de defensa cuando el peligro acechaba y la seguridad permanecía siempre pendiente de un hilo. Pero, ahora… semejaba una prisión.

La casa, que había pertenecido al padre de Cornelio, sólo contaba con tres esclavas y dos esclavos. Uno de ellos, Antonio, había nacido en Roma, en casa de los antepasados del general, y le había servido toda su vida. El problema, pensaba Cornelio, era saber si lo había hecho con lealtad. Y sonrió al ver que se hacía el remolón. Siempre había sido un fisgón.

El jinete traspasó el portón del patio y dirigió su montura hacia donde le esperaba el matrimonio. Era un centurión joven, alto y fuerte como un roble. Se detuvo frente a la casa y no necesitó preguntar por el amo, porque ya le aguardaba. Descabalgó, avanzó unos pasos, se cuadró y saludó con el puño cerrado sobre el pecho. No podía olvidar que, aunque retirado, tenía ante sí a un general. ¡Un gran general!

–Noble Publio Cornelio Escipión, el cónsul Cayo Lelio te envía saludos y un presente –y alargó la mano para entregarle un objeto.

El dueño de la casa lo tomó y lo examinó con sorpresa e interés. Se trataba de una pequeña caja de madera, sin ningún adorno. Virginia, detrás de él, le observaba y Antonio procuraba alargar el cuello para no perderse el más mínimo detalle. El general levantó la tapa y su esposa, al ver el contenido, se asustó y se tapó la boca con la mano para ahogar el grito que amenazaba con escapar de su garganta. Entonces el esclavo se desplazó en silencio y atisbó el contenido.

¡Eran un par de ojos!

–Son los ojos de Aníbal –explicó el centurión.

–¿Ha muerto? –preguntó Cornelio sin apartar la vista de aquellos pequeños círculos de color castaño, sin vida, apagados y secos que parecían devolverle la mirada desde el fondo de la caja. Él también se había sobresaltado e incluso le habían temblado las manos al descubrir lo que guardaba.

–Sí, señor –transmitió el mensaje el centurión, y repitió, palabra por palabra, cuanto le habían ordenado–. Rodeamos la casa en que se había refugiado, pero cuando entramos sólo encontramos su cadáver. Había ingerido un veneno –explicó.

–¿Seguro que son sus ojos? –preguntó Cornelio, y ahora sí que alzó la cabeza para observar el rostro del centurión.

–Yo mismo se los he arrancado. El cónsul Cayo Lelio así me lo ordenó y me ha dicho que te los traiga y te diga que todas las deudas han quedado saldadas.

–¿Y por qué no me los ha traído personalmente?

–El cónsul te envía sus disculpas. Asuntos importantes le retienen en Roma.

–Por supuesto –exclamó Cornelio mientras balanceaba la cabeza arriba y abajo–. Aníbal ha muerto. Quizás hay que tomar muchas decisiones –murmuró, y bajó el rostro para examinar de nuevo la caja.

Vulgar. Ése sería el calificativo más adecuado para definir el envoltorio de, posiblemente, la única parte que habían respetado del cuerpo de quien ya no figuraba entre los vivos.

Aníbal ha muerto. Tres palabras y una mirada, la mirada del soldado, del centurión, directamente a sus ojos. Acababa de recibir la noticia de la muerte del hombre que juró odio eterno a Roma y que no había permitido que los soldados le detuviesen, el más brillante de todos los caudillos que la historia había parido, que había preferido tomar el veneno mortal y abandonar este mundo antes que caer en manos de su enemigo secular y padecer la vergüenza de un juicio, de la prisión y, seguramente, de una ejecución ignominiosa e impropia de quien ha luchado con valor.

Cornelio sentía respeto por él. ¡No! Más que respeto era admiración por quien durante largos años había representado la mayor de las amenazas, porque sabía que Roma no perdona, de la misma manera que es capaz de crear, o mejor dicho, de reconocer a los héroes, aunque luego los olvida y, si puede, los mata.

Cornelio, el noble Publio Cornelio Escipión, llevaba largo rato sentado en una silla cuando llegó el oficial. Allí permanecía con la mirada extraviada y aún no sabía por qué se había levantado. ¿Tal vez un presentimiento?

Ahora, tras escuchar aquellas palabras, su cerebro comenzó a reflexionar para rehacer idéntico camino, que siempre le conducía a la misma conclusión: la experiencia demuestra que sólo los seres anónimos, los que han sabido permanecer en silencio, amparados en la oscuridad y sin salir a la luz pública ni recibir honores, pueden sobrevivir y acabar sus días con la satisfacción del deber cumplido. Una satisfacción personal, íntima, lejos de la gratitud del Senado. Ésta es la filosofía de la Roma que nació con Rómulo y que ahora ya es la ciudad más poderosa de todo el Mediterráneo. Estas palabras las había leído treinta años atrás y no podía negar que escondían una gran sabiduría.

Levantó de nuevo el rostro y escudriñó los ojos del centurión. Ojos duros, de mirada fija, el reflejo del hombre que ha venido para cumplir una misión y que no piensa, sino que ejecuta. Él también había tenido aquella mirada, pero la había perdido. Ya hacía tiempo. De la misma manera que había perdido muchas más cosas. ¡Tantas!

–Da las gracias al cónsul Cayo Lelio y dile que todas las deudas han quedado saldadas –dijo finalmente.

El centurión se cuadró, saludó de nuevo, se encaramó al caballo y se fue. Cornelio entró en la casa y Virginia esperó hasta que el jinete hubo desaparecido en la lejanía.

–¿Qué haces ahí parado? –preguntó a Antonio–. ¿No tienes nada que hacer? –insistió al ver que aquel idiota no reaccionaba, y el esclavo echó a andar hacia el establo, mientras murmuraba palabras que ella no pudo escuchar.

Entonces Virginia siguió el mismo camino que su marido y le encontró sentado en una silla y con la caja en las manos.

–¿Por qué no ha venido personalmente? –preguntó. No era necesario que mentara el nombre.

–Ya has oído al centurión. Está muy ocupado –respondió Cornelio con tristeza, intentando hallar una disculpa para quien le había ofendido.

–Catón –exclamó Virginia.

–¿Qué?

–Él es la causa. Cayo Lelio le tiene miedo. Por eso no se ha atrevido a venir y entregarte personalmente esta caja. El gran Catón, el hombre que juró que se vengaría, el desdentado que muerde más que nadie, la censura de Roma, el guardián de nuestra moral –murmuró ella como si fuera una oración–. Todavía recuerdo el día que se plan-

tó ante el Senado, con soberbia, y los amenazó. Nadie le paró los pies
y él ha cumplido su palabra. Ahora, todos le temen.

   –Hace un instante, antes de que entraras, pensaba en la casa de
Roma, la de la calle que conduce hasta el foro, ahora abandonada, y
me preguntaba cuántas veces habré salido para dirigirme a la Vía Sacra
–desvió Cornelio la conversación y entornó los párpados–. Tantas que
puedo dibujar cada fachada, cada portal, cada balcón... La casa de las
vestales, inmediatamente después el templo de Vesta, un poco más allá
el templo de Cástor y Pólux, y al volver la esquina, a la derecha, detrás
del Tribunal del Pretor, la calle asciende hasta la plaza de mármol en donde el pueblo celebra las asambleas y escucha las arengas que los oradores
escupen desde la tribuna que ocupa el rincón suroeste. Nunca me había
detenido, sino que siempre seguía mi camino hasta alcanzar la Curia Hostilia, la sala del Senado. Cuatro paredes bien altas y unas gradas repletas de recuerdos. ¡Demasiados recuerdos! Unos bancos de mármol
blanco en los que los senadores reposan su trasero. Miembro que a veces,
visto el resultado, emplean más a menudo que la cabeza.

   Virginia asintió en silencio. De sobra sabía que desde allí, desde
el balcón de la terraza de la casa de Roma, podían observar a la gente que caminaba. A menudo, sobre todo en los últimos tiempos de
estancia en Roma, los había contemplado. Algunos andaban deprisa,
otros se detenían a charlar. Sin embargo, la vida proseguía su curso.
Ahora se preguntaba si todos aquellos hombres y mujeres tenían presente el tiempo pasado, aquellos delicados momentos que pudieron significar el fin de la ciudad. ¿Alguien es consciente? ¿Hay alguien que
piensa en ello?, se preguntó, y meneó la cabeza, a derecha e izquierda, mientras otro pensamiento cruzaba por su mente.

   –¿Qué significa esta broma de mal gusto? –preguntó, cortando sus
reflexiones, mientras señalaba el sorprendente y macabro presente que
Cayo Lelio había enviado a su marido.

   –No es ninguna broma –respondió él–. Es el precio por un servicio.

   Y allí se quedó, en silencio y sentado, con la caja entre las manos.
El precio por un servicio, pensó mientras movía la cabeza arriba y abajo. De un gran servicio, sonrió. «¡Puedo asegurarlo!», exclamó. Y cerró
los ojos para permitir que la memoria le retornara al pasado.

1

LOS SECRETOS DEL ALMA

Minucio Rufo no era alto, tenía anchas espaldas y una mirada fría. Había estudiado en Macedonia y, según decían, se había contagiado de las costumbres de los griegos, detalle que cualquiera podía descubrir con sólo echar una simple ojeada al lujo que presidía sus estancias. Habitaba una casa de una sola planta, grande y magnífica, profusamente decorada con mosaicos, pinturas y tapices traídos de lejanas tierras. Sus quince habitaciones cubrían de sobra las necesidades de un matrimonio con dos hijos, pero tanta fastuosidad iba mucho más allá de cuanto significaría el buen gusto y levantaba comentarios entre las matronas y entre sus compañeros del Senado, a pesar de que ninguno de ellos, ni de ellas, se perdía una sola de sus fiestas, en las que el anfitrión regalaba toda su simpatía y llenaba las mesas con las mejores viandas y con un vino cuidadosamente escogido de la bodega que escondía tras la cocina.

El patio y el atrio eran de generosas dimensiones y la terraza, que colgaba sobre el jardín aprovechando un desnivel del terreno, se había convertido en el rincón predilecto de las mujeres, que invariablemente lo escogían para sus conversaciones, sobre todo cuando se acercaba el verano y el frescor de la tarde era más agradable. Conversaciones que, a menudo, tenían por centro y protagonista al dueño de la casa, porque también afirmaban que Minucio Rufo gustaba del placer en exceso y disfrutaba de todo cuanto le venía en gana, olvidando con harta frecuencia las normas de una sociedad en la que la cualidad más apreciada era la fuerza de voluntad ante las pasiones, donde la templanza y la frugalidad habían prendido convirtiéndose en el factor fundamental que había levantado una ciudad por encima de muchas otras del Mediterráneo, hasta el punto que Roma comenzaba a ser una potencia. Sin embargo, sus habilidades como político, unidas al hecho de ser yerno de Pablo Venecio, le habían granjeado el respeto de una buena parte de los prohombres de la ciudad.

De todos era conocido (porque lo vivieron o lo habían oído contar) el episodio del entierro de su tío, que había pertenecido a la décima centuria de la tercera clase y, excepción hecha de un período de seis meses durante los que substituyó accidentalmente a un magistrado civil que había caído enfermo, no se le conocían más honores. No obstante, ya fue suficiente para que Minucio Rufo considerara que se le habían de tributar las exequias de la clase de los magistrados, que ordenara sacar de las cajas que cuelgan de la pared del atrio las máscaras de cera de los antepasados y que las entregase a los actores para que, siguiendo la tradición, vistieran los símbolos de los mayores cargos ocupados por los muertos y desfilaran de noche, bajo la luz de las antorchas y con carruajes, delante de la litera que transportaba el féretro descubierto del cuerpo de su tío. Evidentemente no olvidó extraer, además, las máscaras de los antepasados de su esposa, más numerosas que las suyas, y el funeral fue uno de los más fastuosos de Roma. Una vez llegados al foro, el séquito se había detenido y el propio Minucio Rufo, sin tener en cuenta las leyes no escritas de la humildad, leyó el elogio del difunto y, después, recordó todas las gestas de los antepasados que estaban representados por los actores con las máscaras. El problema fue que los seis meses de magistratura accidental se convirtieron por arte de magia en cargo permanente por derecho propio y alguien recordó que, en aquellos días, Minucio Rufo perseguía el nombramiento como pretor. Sin embargo, ni engañó a nadie ni lo consiguió, y Marco Pomponio accedió al puesto.

Ahora Minucio Rufo acababa de ser nombrado lugarteniente de Fabio Máximo, el nuevo jefe del ejército, inmediatamente después de la derrota de Trasimeno. Con motivo de tan digno honor organizó una fiesta a la que invitó a todos sus amigos y conocidos. Y, como es natural, Fabio Máximo ocupó el puesto de honor.

En mitad de la fiesta, cuando ya llevaban bebidos unos buenos vasos de vino, el anfitrión hablaba con su cuñado Druso, casado con Ariadna, hermana de su esposa Octaviana. El tema de conversación poco le importaba, de manera que paseaba la mirada por los convidados, quizá demasiado parlanchines y demasiado alborotadores a causa del vino, porque las conversaciones se entrelazaban y se confundían y habían de alzar la voz.

De pronto descubrió un rostro desconocido y se interesó por él.

—¿Quién es? —preguntó a uno de los criados, y señaló al hombre delgado que parecía acaparar la atención de buena parte de los invitados.

—Sinesio, un filósofo procedente de Siracusa que ha venido para hacerse cargo de los negocios de Marco Romeo, su padre, que acaba de fallecer —le informó el criado.

—¿De los negocios? Querrás decir de las deudas —sonrió Druso—. Marco Romeo perdió toda su fortuna y, por lo que sabemos, casi vivía de la caridad de sus amigos.

—¿Marco Romeo? —buscó Minucio Rufo en su memoria.

—Un hombre notable, según cuentan —respondió el criado—. Se casó tres veces y tuvo dos hijas y un hijo, cada uno de una mujer distinta. Había oído algo sobre el tercero. Las otras dos hijas han muerto y él se marchó de casa cuando era joven.

—Marco Romeo tenía un carácter duro que le valió un buen número de enemistades —añadió Druso—. Supongo que su hijo no permitió que le dominase y huyó.

—¿De qué vive ese hombre? ¿Es rico? —preguntó Minucio Rufo al criado, que parecía estar muy bien informado.

—Únicamente sé que es el preceptor de los hijos de importantes senadores y, según comentan, ha decidido saldar todas las deudas de su padre y restituirle su honor.

—Habrá hecho fortuna. Los romanos siempre hemos hecho fortuna lejos de casa —afirmó Druso—. Si nos hubiésemos quedado aquí, no seríamos nadie.

—No ha hecho fortuna —escucharon la voz del pretor Marco Pomponio.

Los dos hombres se volvieron. Orgulloso y digno, el pretor llevaba la túnica recogida en la mano derecha y miraba con un deje de superioridad.

–Y es un caso verdaderamente notorio –dijo afirmando con la cabeza–. Llegó justo cuando los acreedores estaban a punto de entrar en su casa y los echó de allá. Muy enfadados, lo denunciaron al magistrado Marco Salino, pero Sinesio se defendió aduciendo que existía un plazo para saldar la deuda y que, como heredero de su padre, él se encargaría de hacerlo. Entonces Salino le preguntó si poseía fortuna y él respondió que no.

–¿Y qué sucedió? –preguntó Druso.

–Simplemente dijo que trabajaría y que ganaría dinero –rió Marco Pomponio–. No os podríais ni imaginar la cara que mostró Salino ante aquella sinceridad absoluta. De manera que se sintió tan desconcertado que le concedió dos días para encontrar trabajo y demostrar que era capaz de pagar. Agotado el plazo, Sinesio se presentó con un documento que le convertía en preceptor de los hijos de diversos senadores. Los acreedores protestaron y alegaron que, aunque pagara las deudas, la casa ya había sido vendida y que únicamente había un contrato que permitía a Marco Romeo habitarla unos meses más. Pero Sinesio no es fácil de derrotar en el terreno de la dialéctica y replicó que si se hacía cargo de las deudas era para devolver el honor a su padre, empeño que ningún magistrado puede impedir a un ciudadano, y por eso era el heredero tanto de las deudas como de los derechos de su progenitor. Entre ellos, el de vivir en la casa, aunque ya estuviera vendida, hasta la expiración del contrato. Salino no tuvo más remedio que callar y los acreedores también.

–Una historia muy interesante –sonrió Druso.

–No recuerdo haberle invitado –dijo Minucio Rufo, que no había dejado de observar al hombre en cuestión.

–Ha llegado acompañando al noble Mario, señor –informó el criado con una reverencia de respeto.

¡Oh! Eso ya es otra cosa, pensó Minucio Rufo. Mario es un senador de los importantes, de los que sin tener que alzar la voz obtiene el silencio.

Despidió al criado y los tres se acercaron al grupo de mujeres y hombres que escuchaban con interés las palabras de aquel personaje vestido con una túnica blanca. La mayor parte de los que le dedicaban su atención también vestían túnicas blancas, pero lucían una orla púrpura que los distinguía como miembros del Senado.

Minucio Rufo observó a aquel hombre. Era delgado, con el pelo negro profusamente moteado de hilos blancos y ligeramente rizado, con un rostro afilado, el cutis moreno surcado por arrugas profundas y bien dibujadas y unos ojos grandes y verdes que parecían apuntar constantemente a la lejanía.

—He aprendido que cuando contemplo el exterior puedo conocer cómo es mi interior, porque la gente que nos rodea es nuestra imagen —explicaba Sinesio—. En los ojos de los demás nos vemos reflejados nosotros mismos. Si nos sentimos felices, vemos la felicidad de los demás; si somos vengativos, buscamos los trazos de la venganza; si la envidia nos ahoga, sólo encontraremos la codicia en los ojos ajenos. Por esa razón son tan importantes los ojos, porque únicamente hay que saber mirar y descubrir. Ellos representan las ventanas de nuestra mente. Todos, a pesar de que pretendamos escondernos y dar una imagen falseada, somos transparentes.

—¿Qué puedes decirme de mi esposa? —preguntó uno de los invitados.

—Ándate con tiento —rió otro invitado—. Quizá descubras secretos que...

—No sé quién es ella —respondió Sinesio.

—Aquélla de allí, la del cabello negro y la cara redonda —señaló el invitado.

Sinesio dirigió la mirada hacia el lugar que indicaba el hombre y observó a la mujer durante unos instantes.

—Aunque no es una ciencia exacta, yo diría que por su gesto y por su físico es una persona emotiva, de lágrima fácil, susceptible y extrovertida, capaz de disfrutar de una buena mesa, buena madre de vuestros hijos y buena anfitriona en cualquier celebración. —Se quedó en silencio un momento, y añadió—: Sin embargo, hoy algo le preocupa. Es como si hubiera perdido algún objeto valioso. —Se volvió hacia el invitado y preguntó–: ¿Quizás una joya? ¿Tal vez un brazalete?

–¡Es magnífico! –exclamó el hombre sinceramente sorprendido, y se dirigió al resto de los invitados–. Es cierto. Quería lucir un brazalete que le regalé hace unos días y no lo ha encontrado. –Entonces se volvió de nuevo hacia Sinesio–. ¿Cómo lo has sabido?

–Su carácter no es ningún secreto –respondió Sinesio–. La cara redonda con los ojos grandes y separados muestran su emotividad a flor de piel. Para saber que es extrovertida sólo hay que mirarla y contemplar cómo se desenvuelve. Por lo que se refiere a la buena mesa, lo he descubierto de inmediato cuando la he visto rechazar el faisán. Yo también lo he probado y no puedo decir que sea el mejor que he comido en mi vida. Con esas cualidades es evidente que es una gran anfitriona, porque permanece atenta al menor de los detalles.

–Sí, pero… ¿y el brazalete? –preguntó el hombre. El carácter de su esposa poco le importaba en aquel momento.

–Tampoco es tan difícil ni tan complicado –sonrió Sinesio–. En tres ocasiones se ha llevado la mano a la muñeca, como si se la frotase, y en una de ellas lo ha hecho al ver el brazalete que lleva la mujer que habla con ella. O desea uno igual o lo ha echado en falta. –Se detuvo y dedicó una ligera reverencia al invitado. Entonces, añadió–: Y, conociendo la calidad de su marido… –iba a decir «y la devoción que siente por ella», pero prefirió no hacerlo– lo más probable es que ya se lo hayas regalado. De manera que la conclusión es evidente.

–Un hombre muy observador –aplaudió Minucio Rufo, y todos se hicieron a un lado para dejarle paso.

Sinesio le miró. Aquel cuerpo fornido y bajo, aquel rostro cuadrado y aquel orgullo de quien se sabe importante no le intimidaban. Ya había conocido otros muchos como él.

–Tengo dos ojos, como cualquiera de los presentes. No hay nada más y puedo equivocarme como todo el mundo. Ya he dicho que no es una ciencia exacta –se inclinó respetuosamente Sinesio.

–Sí. Todos tenemos dos ojos, pero tú sabes cómo emplearlos –afirmó Minucio Rufo con lentos movimientos de cabeza–. ¿Cómo me ves a mí?

—Yo diría que eres alguien que busca respuestas concisas, prácticas y rápidas.

—Cierto. ¿Eres capaz de hacerlo en pocas palabras? —sonrió Minucio Rufo.

Se hizo el silencio. Los invitados habían dejado de hablar y prestaban toda su atención al filósofo, que se había convertido en el centro de la reunión, y que se lo tomó con calma.

El rostro de Minucio Rufo era cuadrado, ligeramente más alto que ancho. Eso le otorgaba un aspecto práctico. La mandíbula destacaba y predominaba sobre el resto de la cara, mientras que la frente era estrecha. Los ojos pequeños y escudriñadores, del color de los de los asnos, miraban con dureza, y su voz era entre apagada y seca. Si Sinesio dijera lo que era capaz de intuir, hablaría de un hombre activo, poco inclinado a la cultura, a pesar de que explicaban que leía poesía griega, eminentemente práctico y, cuando el poder se lo permitía, dominador y cruel.

—Toma mi mano —extendió la suya el filósofo.

Minucio Rufo tomó aquella mano con la suya y dejó que Sinesio entornara los párpados y permaneciera un rato en silencio, mientras el resto de invitados les observaban y callaban.

Sinesio abrió de nuevo los ojos y soltó la mano. Ya tenía suficiente.

—Eres un hombre que sabe lo que quiere, con una voluntad firme y decidida, a quien nada ni nadie podrá detener y que consigue cuanto se propone —dijo mirando directamente los ojos de su interlocutor.

—Una buena definición, con pocas palabras y muy precisa —sonrió Marco Pomponio. La respuesta había complacido al anfitrión, pero el pretor no era de los que se dejan convencer con facilidad—. Sin embargo no nos has sorprendido. Llevas mucho rato entre nosotros y has podido observarnos a placer, pero, ¿también podrías hacerlo con alguien a quien no ves más que un instante?

—Puedo intentarlo.

—¿Conoces a Octaviana, mi esposa? —preguntó Minucio Rufo, que había tomado la palabra a Marco Pomponio y deseaba continuar con aquel juego tan divertido.

—Aún no he tenido ese placer —respondió Sinesio.

Minucio Rufo apartó a un hombre y se dirigió hacia las dos mujeres que se encontraban en el otro extremo de la sala, mientras los invitados seguían preguntando al filósofo. La más alta y joven, morena, con un rostro equilibrado y unas formas suaves, era su cuñada Ariadna, esposa de Druso y hermana de Octaviana. La otra, llenita y con una eterna sonrisa en los labios, era su esposa.

–Acompáñame, que estamos jugando a un juego muy entretenido y muy interesante –dijo Minucio Rufo a Octaviana, la tomó del brazo y, de pronto, se detuvo un instante–. Mejor venid las dos –corrigió, y también se llevó a Ariadna.

Apartó de nuevo a los invitados que rodeaban a Sinesio, miró a Druso y plantó a la más alta frente al filósofo.

–Si todos somos transparentes y, tal como dices, puedes leer el alma, no hay secretos y, por tanto, podrás decirme cuál esconde ella.

–En primer lugar he de decirte que no es tu esposa –respondió Sinesio de inmediato.

–¿Quién te lo ha dicho? –preguntó Minucio Rufo–. ¿No decías que no la conocías?

–Y es cierto. No conozco a ninguna de ellas, pero tú acabas de mostrármelo –respondió Sinesio–. Primero me has preguntado si conocía a tu esposa y, cuando has recibido una respuesta negativa, te has dirigido hacia ellas, pero en el último instante has decidido ponerme a prueba y presentarme a la que no es.

–Cierto. Ariadna es la esposa de mi cuñado Druso –aplaudió Minucio Rufo, y los demás invitados le imitaron–. ¿Cómo lo has adivinado?

–Cuando has llegado hasta ellas, primero te has dirigido a tu esposa y, luego, has tomado a la otra del brazo. En aquel preciso instante has tenido la inspiración. Los ojos hablan y las miradas cantan –explicó Sinesio–. Cuando has regresado, has mirado al hombre que te acompaña, como si le pidieras permiso. De manera que esta mujer es su esposa y no la tuya.

Mientras tenía lugar la conversación entre Minucio Rufo y Sinesio, Druso se había puesto tenso. Y Ariadna también. A ninguno de ellos parecía gustarle aquel engaño. Ariadna intentó protestar, pero

Minucio Rufo miró a Druso, después dirigió sus ojos hacia ella, sonrió y dijo:

—¡Bien! Supongo que esta pequeña trampa no quita validez a la prueba y que no nos privarás de este placer. ¿Verdad que no?

Sin embargo la pregunta iba dirigida a ambos, a Ariadna y a Druso.

—No creo que surja ningún secreto interesante —reaccionó ella, y sus ojos se clavaron en los de su marido, que borró la sonrisa y apretó los labios.

Sinesio tomó aquellas dos manos con delicadeza y notó que temblaban ligeramente. Eran manos suaves y cálidas que inmediatamente respondieron con firmeza. Soltó una y buscó la barbilla para encararla y poder contemplar sus ojos. Ella no opuso la menor resistencia, a pesar de que le era difícil sostener la mirada. Sinesio observó aquellas pupilas. Eran profundas y brillantes, con el negro intenso de la noche, donde parecía agazaparse una sombra. ¿Quizás, el reflejo de un pasado triste?, se preguntó. Los labios carnosos y sensuales le conferían un atractivo que obligaba a mirarlos, y la nariz, pequeña y bien formada, le otorgaba un toque de distinción, al que había que sumar una frente recta y lisa que, en un delicado equilibrio, aparecía perfectamente soportada por las cejas, casi el trazo de un pincel, que coronaban aquellos ojos profundos como abismos. Sinesio los contempló largo rato. De pronto, sintió que la mano le temblaba y sus ojos se abrieron de par en par. Acababa de notar algo extraño, indefinible, y permaneció un rato en silencio.

—Sólo hay un lugar donde no puedes mirar si no te otorgan permiso —dijo finalmente. Aquel silencio se había convertido en casi una eternidad para ella. Y añadió—: Cuando el alma se llena de misterio, se cierra y es como una joya que ha caído al mar. ¿Quién puede arrancar los tesoros del gran Neptuno? Yo no. Y confieso humildemente mis limitaciones.

Los ojos de Ariadna volvieron a clavarse en los de Druso y durante unos instantes las voces que les rodeaban se tornaron mudas a los oídos de ambos. Ninguno de los hombres se dio cuenta de que aquella mirada iba más allá. Sin embargo, Octaviana, con esa sutileza que pertenece exclusivamente a las mujeres, captó que las miradas cantaban todo cuanto los labios silenciaban. Aquel filósofo había hecho un pequeño gesto que no se le había pasado por alto, como si hubiera quedado prendido de los ojos de su hermana y ella... Sí, Ariadna también había quedado prisionera de los misteriosos ojos de Sinesio. Ya se encargaría Octaviana de obtener su satisfacción personal, cuando la intimidad de la conversación le permitiese romper las barreras que se alzan en presencia de extraños, porque era evidente, sobre todo para una mujer, que allí había sucedido algo extraño.

Sinesio soltó la barbilla de Ariadna y ella bajó la cabeza y se quedó muda. La carcajada de Minucio Rufo inundó la sala. Druso también rió. Sin embargo, Sinesio sospechaba que aquella risotada era el estallido de alivio que sentía en aquellos momentos. ¿Por qué? Algo no andaba entre ellos, en aquel matrimonio. No tenía la menor duda, pero, tal como había dicho, ¿quién era él para abrir las puertas de un templo que pertenece a una diosa? Sin embargo, no era aquella relación lo que le preocupaba, sino lo que había sentido al contemplar sus ojos.

–Los filósofos tenéis respuesta para todo, a pesar de que, a veces, es absurda y no convence a nadie. Considérate mi invitado y sigue divirtiendo a mis amigos –dijo Minucio Rufo, y se marchó acompañado de Druso y de Marco Pomponio.

Ariadna desapareció acompañada de Octaviana para hacerse cargo de los demás invitados y los que rodeaban a Sinesio iniciaron una nueva conversación. Habían esperado alguna revelación interesante y ahora se sentían defraudados.

El filósofo contempló a Minucio Rufo, que se movía feliz entre los presentes. Hay secretos que deben permanecer ocultos, pensaba. Hay secretos que sólo pertenecen al alma, y lo que no le había dicho al anfitrión era cuánto había descubierto en su alma. La mano que había tocado antes que la de Ariadna era resbaladiza y húmeda como una serpiente, suave y sin fuerza, casi amorfa, propia de quien no actúa con sinceridad, de quien nunca se da a nadie. Era la mano de quien no se detiene ante nada para lograr cuanto desea. El problema es que nada quiere decir nada, y nada es mucho. A veces, demasiado. Sin embargo, las manos de Ariadna eran firmes y, al mismo tiempo, suaves, y pertenecían a alguien que posee una gran fuerza y que esconde todo un universo tras unos ojos tristes.

Desde un rincón donde otros invitados conversaban animadamente, los ojos de un joven también habían permanecido pendientes de la escena sin perderse el menor de los detalles. Publio Cornelio Escipión, el joven tribuno que se había ganado el respeto y la admiración del pueblo y de las autoridades, no había cesado de prestar atención a la conversación.

—Un hombre divertido —escuchó a sus espaldas la voz de su amigo Cayo Lelio.

Cornelio se volvió. Su amigo y él habían nacido el mismo año, habían estudiado juntos, habían entrado en la milicia al mismo tiempo y ambos eran oficiales. Compañeros en todo y para todo y en cierta forma rivales, sobre todo con las mujeres, llevaban largo rato intentando conquistar a la misma doncella e incluso habían apostado sobre quién sería el vencedor, pero, de pronto, Cornelio había perdido su interés por la conquista.

—Todo un personaje. Me gustaría conocerle —dijo, pero nadie le escuchaba.

Aquel hombre delgado le había sorprendido sobremanera y estaba convencido de que había sido capaz de descubrir mucho más de lo que decía. «Todo un personaje», repetía. Ya había oído hablar de él, a pesar de que hacía poco que había regresado a Roma, y ahora entendía el miedo que aquellos ojos verdes generaban en algunos y el deseo que provocaba en muchas mujeres. Evidentemente, tal como le habían dicho, parecía un brujo.

Poco antes de que concluyera la fiesta, cuando los invitados comenzaban a desaparecer, Ariadna se acercó a Sinesio y con una sonrisa le dijo:

—Haces honor a tu nombre, derivado de la palabra griega *syné-sios*, que significa «prudente». Y, además, eres inteligente. Cualidades que siempre son de agradecer.

—Es un secreto de amor, de un gran amor, limpio y puro —contestó él, y añadió—: Has cerrado tus puertas y no permites que nadie las traspase. Eso es lo que tu cuñado deseaba saber —meneó la cabeza a derecha e izquierda mientras seguía contemplando aquellos ojos—. ¡Lástima! Porque tienes tanto que ofrecer...

Ariadna apartó la mirada y se dirigió a la cocina. No había duda de que aquel hombre podía leer las almas y era diferente de todos cuantos conocía.

Sin embargo, antes de abandonar la sala, justo en la puerta de la cocina, aún se detuvo un instante. Sinesio no había dejado de mirarla y ella desapareció para impedir que aquel hombre le abriera las puertas del alma de par en par.

—Una notable mujer —escuchó el filósofo junto a él la voz del senador Mario. Un hombre mayor, entrado en carnes y con el pelo canoso que iba acompañado de su esposa Claudia y de su hija Virginia. No eran madre e hija, sino que Mario había escogido en segundas nupcias una mujer mucho más joven que él, hasta el extremo que, quien no las conocía, bien podía confundirse y creer que eran hermanas.

—Más que notoria —respondió Sinesio cuando ya abandonaban la casa.

—¿Qué has descubierto? —preguntó el senador.

—¿Dónde?

Mario sonrió divertido. Era un hábil orador, un político de pies a cabeza, y las preguntas banales le producían hilaridad. ¿Dónde?, preguntaba Sinesio. ¡Lo sabía de sobra! Iba a responder, pero su hija se le adelantó.

—Te hemos estado observando y evidentemente puedes leer cualquier alma, porque como muy bien has dicho somos transparentes y tú, ahí dentro, has descubierto algo, y mucho me temo que es más que interesante —dijo Virginia—. ¿Quizás es un secreto inconfesable que sólo conoce Ariadna? Es una mujer tímida y reservada, pero todas estamos convencidas de que esconde alguno y, aunque sólo sea por curiosidad femenina, me gustaría saber qué es.

–Como también he dicho, nadie puede arrancar los tesoros de Neptuno. Y las mujeres sois como mares profundos –sonrió Sinesio–. De manera que no pretendas aquello que no puedes obtener, porque yo no te lo puedo conceder.

–Eres peligroso, porque posees el mayor de los atractivos para una mujer –dijo Mario–. Eres misterioso y eso te hace irresistible. Además, eres prudente y reservado, cualidades que toda mujer casada tiene en gran estima –miró a Claudia–. Menos mal que mi esposa dice que eres demasiado intelectual para ella.

–El intelecto es un atractivo en los hombres y de esa cualidad nunca hay demasiada. ¿Cómo, si no, hubiese podido casarme contigo? –dijo Claudia, que había permanecido en silencio, espectadora.

–Tienes razón, querida. Tú te enamoraste de mi intelecto, porque otras cosas ya no poseen ni la fuerza ni el atractivo de otros tiempos. Por eso tendré que vigilarte –tomó a su esposa y a su hija del brazo y siguió su camino.

Sinesio se marchó y, mientras Ariadna y Druso se despedían de Octaviana y de Minucio Rufo, el banquero Tulio, un hombre muy rico dedicado a las finanzas, se les unió. Venía acompañado de su hija Emilia que, desde que enviudó, se había convertido en la dueña de la casa y había substituido a su madre, también muerta. Joven, alta y muy sensual, las matronas comentaban que era una mujer alegre y con cierta fama de disfrutar de la vida. Sin embargo había sabido ganarse un puesto entre ellas y ahora la aceptaban como a una más. Su marido murió en un enfrentamiento con los galos, pero le había dejado dos hijos que el viejo banquero había adoptado. También comentaban que tenía aspiraciones y que deseaba obtener un lugar importante en la sociedad romana y ser la esposa de un senador, pero en aquellos días no había ninguno disponible y su padre, con fama de codicioso, tenía muy claro que el cargo de senador llevaba aparejados honores y respeto, pero tenía vetadas las finanzas y el comercio. Roma sabe que el gobierno y los intereses personales no han de mezclarse y que quien se dedica al servicio del pueblo no puede ser el mismo que lo exprime.

–Una fiesta magnífica –elogió Tulio.

–Sí. Yo también me lo he pasado en grande –corroboró Emilia–. Sobre todo con las habilidades del hijo de Marco Romeo.

–Todos tenemos algo de bufón –rió Druso.

–Es posible, pero no todos tenemos los ojos de Sinesio –dijo Emilia, miró a Ariadna y añadió–: Ni idéntica prudencia –sonrió y se marchó con su padre.

2

LA TERCERA PIEDRA

Primero cerró un ojo, el izquierdo, y movió el derecho a un lado y a otro. Después repitió la operación a la inversa. Había una diferencia. Con el derecho captaba toda la claridad de la mañana, de la primera alborada, pero con el izquierdo algo fallaba y los colores aparecían más oscuros y la luz más tenue.

Ya hacía días que Aníbal notaba que la cantidad de luz que entraba había disminuido sensiblemente. Quizás era el cansancio o, tal vez, el exceso de sol sobre la nieve de las montañas, aquella blancura inmaculada que resplandecía con la fuerza de mil hogueras. Había imaginado que cuando alcanzara el llano todo volvería a la normalidad, pero no había sido así. Después creyó que el tiempo enderezaría los caminos torcidos, y tampoco había acertado. De manera que había mandado llamar al físico, que ahora permanecía medio reclinado a su lado, mientras el general cartaginés seguía sentado y con la cara hacia arriba.

–No entiendo mucho de ojos –se disculpaba el pobre hombre, y ponía todo su empeño en encontrar la causa de aquel extraño fenómeno, pero andaba perdido–. Yo curo heridas, extraigo flechas y coso la carne. No sé, no sé... –le abrió los párpados, bien abiertos, e intentó comparar ambos ojos–. Dos ojos nunca son iguales. En todo caso, puedo prepararte una cataplasma de arcilla con tomillo y manzanilla. Supongo que ayudará.

–¿Cómo quieres que luche con un pegote en la cara? El enemigo creería que estoy herido y aumentaría su coraje –negó Aníbal repetidamente–. Si no eres capaz de explicar qué me sucede, déjalo. Ya 'se arreglará con el tiempo –apartó al físico y se puso en pie.

Cerró de nuevo el ojo derecho. ¡Estúpido!, exclamó para sí. No era un médico, sino un carnicero. Dice que cose, pensó. ¿A aquello le llamaba coser? Lo que hacía eran... eran... ¡zurcidos!

Aníbal era alto y fuerte. La barbilla cuadrada servía de base a un rostro duro y anguloso con unos ojos profundos, del color de la corteza del pino y muy vivos, que miraban directamente a su interlocutor. Su nariz recta y ligeramente aplastada en la punta parecía esculpida para poder adaptarse a un casco espartano, de los que protegen dicho apéndice. Pero él no empleaba ninguna protección. De manera que si se presentara en el campo de batalla con un pegote en la cara todos sabrían quién era e irían a por él, porque entraba en combate con los primeros hombres (¡siempre!) y lo abandonaba el último (¡también siempre!). Aquel coraje había conseguido que muchos le siguieran en la larga travesía de las montañas, bajo el frío y el viento helado de las cumbres. Y no había sido nada sencillo. Antes de iniciar la escalada de los Alpes ya se habían echado atrás más de tres mil hombres. ¡Cobardes! Los envió a casa. ¿Qué podía hacer, si no? ¿Obligarlos a seguir...? Habrían representado una carga insoportable. ¿Ejecutarlos...? Tampoco. Habría sido una inútil pérdida de tiempo. Después llegaron los estrechos senderos con enormes barrancos, los ataques de los guerrilleros célticos, el hambre, el miedo, las enfermedades, el frío, el viento y… los pobres elefantes que apenas podían pasar. Más de la mitad de los hombres perdieron la vida y tan sólo veintiséis mil alcanzaron el llano después de atravesar el estrecho paso ubicado en medio de aquella inmensa barrera que son los Alpes. Y, por lo que respecta a los elefantes, los pobres, a pesar de su tamaño, no pudieron soportar el esfuerzo, y cada día le llegaba la noticia de una nueva baja, hasta que sólo quedaron cinco de los cincuenta que habían iniciado el viaje.

Afortunadamente, una vez en la Padana, los boyanos y los galos les acogieron generosamente, les proveyeron de alimentos y de rebaños y les permitieron descansar y curar las heridas.

Buena gente, aquellos galos. ¡Ya lo creo! No tan sólo les habían acogido, sino que les ayudaron a conquistar Cremona y Plasencia, donde sus soldados pudieron resarcirse de todas las penurias y probaron una vez más las mieles de la victoria junto al río Ticino. Allí las fuerzas de Publio Cornelio Escipión, el padre, cayeron en la trampa y el general romano se vio incapaz de mantener la formación de la caballería numídica y estuvo a punto de perder la vida. Tuvo suerte de que su hijo lo sacase a rastras en mitad del combate.

Publio Cornelio Escipión, el mismo nombre para el padre y para el hijo, de quien ya había oído hablar, porque todas las calles de Roma cantaban el nombre de aquel joven. Ambos pertenecían a una de las más nobles y prolíficas familias romanas que tantos soldados y tan buenos oficiales había proporcionado al ejército de una ciudad que alardeaba de ser de las más poderosas del Mediterráneo. Por esa razón les distinguían empleando el nombre de Publio para el padre y el de Cornelio para el hijo. También sabía que comentaban que el joven oficial disfrutaba del favor de los dioses, de la fuerza del león, de la astucia del zorro y de la inteligencia que ha sido reservada a los hombres que han de llegar a ser grandes. Eso es lo que decían las mujeres en las fiestas, porque todas esas cualidades le habían sido reconocidas después de la batalla de Ticino, donde salvó a su padre de una muerte más que cierta a manos de los cartagineses mandados por él. Y cuando pronunciaban el nombre del general cartaginés añadían que era la bestia que había asolado todo el norte de Italia y que amenazaba con plantarse frente a las puertas de Roma, mientras levantaba oleadas de pánico entre los habitantes de la ciudad.

Sí. Roma estaba asustada. Roma, la puerca y maldita ciudad repleta de traidores que se creía poderosa, que había ofendido una y otra vez a Cartago, le había robado Cerdeña, le había impuesto una frontera en el Ebro y ahora amenazaba el monopolio del comercio que los cartagineses explotaban desde hacía años y años a lo largo y ancho de todo el Mediterráneo. Pero él había jurado a su padre, el gran Amílcar Barca, que vengaría a su patria y que no se detendría hasta que Roma no hubiese desaparecido para siempre jamás. En su memoria seguían presentes las palabras de su padre, obligado a firmar la paz de la Primera Guerra Púnica con Lutacio en la isla de Sicilia, en la ciudad de Lilibeo, cerca de donde Aníbal había nacido. Una paz sin

honor por culpa del Consejo de Ancianos de Cartago, y que significó la pérdida de Égates y de Lipari, además del vergonzoso pago de
tres mil talentos de oro. Si todo hubiera concluido aquí... Pero el Consejo de Ancianos cometió el mayor de los errores de la historia y en
una muestra más de su mezquindad se negó a pagar a los mercenarios
que habían luchado bajo las órdenes de Amílcar. Fue el gran desastre.
Dirigidos por Magón, un simple cabo, formaron un ejército y atacaron Cartago. Entonces sí que los ancianos recordaron el nombre de
Amílcar y le rogaron que les librase de la total destrucción.

Tres años había durado aquella guerra, la más cruel de todas las
conocidas. El gran Amílcar, con una fuerza cinco veces inferior, los había
rodeado y confinado, y los condenó a morir de hambre. Transcurrie-
ron los días, las semanas y los meses, hasta que la desesperación, tras
comerse los caballos, los prisioneros y los esclavos, obligó a Magón
a una salida suicida y cayó prisionero. Su muerte, lenta, a latigazos,
arrancó tantos alaridos que los gemidos se escucharon por todo el
Mediterráneo. Sin embargo, la victoria había dejado atrás un rastro
ignominioso. Roma, aprovechando la debilidad de Cartago, había ocupado Cerdeña. El Consejo de Ancianos protestó, pero recibió por toda
respuesta una declaración de guerra, que no aceptaron, sino que capi-
tularon antes de iniciar un nuevo conflicto y añadieron Córcega a las
incontables pérdidas, además de otro pago de mil doscientos talentos.

¡Demasiadas injurias como para que la memoria pueda olvidarlas!
Y Amílcar consiguió una división para desembarcar en Iberia y detener el creciente poder de Roma. Con él se llevó a sus tres hijos: Aníbal, Asdrúbal y Magón y, antes de partir, ante el altar de Baal-Haman,
los tres juraron que vengarían Cartago.

A la muerte de Amílcar, Aníbal, ante su cadáver, renovó el juramento hecho años atrás, pero aún había tenido que esperar ocho largos años para hacerlo realidad, hasta que murió Asdrúbal, cuñado y
sucesor del gran general, caído en la campaña contra los olkades
cuando intentaba dominar todas las tierras comprendidas entre el
Tajo y el Guadiana, y él accedió al mando de todo el ejército. Entonces atacó a los vaceos y conquistó Salmantica y Arbucala y en el viaje de regreso, victorioso, cuando cruzaba el Tajo, fue sorprendido por

los carpetanos que habían huido de Salmantica y habían rehecho sus fuerzas para unirse a los olkades. Allí, con la derrota absoluta del enemigo, nacía una leyenda que se había abierto paso a través del mar y de las montañas, hasta alcanzar las puertas de Roma.

Ahora sus hombres ya estaban en Italia y a un paso de su objetivo, porque un juramento a los pies de un muerto es sagrado.

El físico encogió los hombros y alzó las manos con las palmas vueltas hacia arriba, como si pidiese caridad, mientras que arqueaba las cejas con un gesto de impotencia y decía:

–Es la única idea que se me ocurre. De hecho la arcilla mezclada con manzanilla...

Aníbal negó de nuevo con la cabeza e hizo un movimiento seco con la mano, para echarle de su presencia. Ya había escuchado demasiadas disculpas. El físico hizo una reverencia y se dirigió hacia la entrada de la tienda.

–De todo esto, ni una palabra a nadie. ¿Me has comprendido? –dijo el general con voz firme y poderosa.

El hombre se detuvo un instante y asintió con un golpe de cabeza.

–Júralo por Baal, por Shamin y por Melqart.

–Lo juro por todos los dioses –contestó el hombre.

–Si rompes tu juramento, los dioses no podrán encontrar ni tus despojos para exigirte satisfacción.

El físico, temblando de pies a cabeza, hizo una nueva reverencia y huyó de allí.

¡Un pegote en la cara! ¿Y cómo podría distinguir a sus enemigos en mitad de la batalla?, se preguntó Aníbal. Por lo menos, con los dos descubiertos podía captar sombras y ya tenía más que de sobra para dirigir su espada.

Una vez más cerró el ojo derecho. Sí, ya tenía de sobra, aunque la luz no fuese clara. Como decía Zósilo, cuando le explicaba la historia en Cartago a la edad de seis años, un buen ojo puede ver muchas cosas y, a menudo, los ojos físicos no ven lo que pueden cap-

tar los ojos interiores. «Además, otros ojos pueden ver por ti», aña-
día el maestro. ¡Cierto! Su hermano Asdrúbal lo hacía en Iberia, al
sur del Ebro, con quince mil hombres y cincuenta y siete naves; y el
fiel Hannón al norte con diez mil hombres más y mil jinetes. ¡Lástima que Cartago continuase ciega ante la realidad y no le enviase refuerzos! Aquellos imbéciles eran una pandilla de inútiles. Sólo procuraban por el comercio, su comercio, y por sus riquezas, y dejaban a un
lado el peligro que significaba una Roma poderosa. Sin embargo, su
familia sabía muy bien lo que había que hacer. Su tío Asdrúbal, nada
más suceder a Amílcar, había conquistado Mastia, que a partir de
entonces tomó el nombre de Cartagena, la Nueva Cartago. Aquella
maniobra les había permitido explotar los yacimientos de plata y de
hierro para poder fabricar nuevas armas y comprar todo cuanto
necesitaban. Y él, cuando sucedió a su tío, no perdió el tiempo.
Sagunto era un estorbo que no podía dejar a sus espaldas y la clave
que le abriría la puerta para atacar Roma o, mejor dicho, para que
Roma declarase la guerra. De manera que un nuevo Asdrúbal, su hermano, asedió la ciudad y no se detuvo hasta que todos sus habitantes hubieron perecido. Los muy idiotas prefirieron morir antes que ren-
dirse. Pero aquellas muertes alcanzaron el objetivo que él se había fijado y Roma declaró la guerra.

Por más vueltas que le dieran, nadie podría negar que no debía
nada a nadie, ni a la poderosa (¡y humillada!) Cartago, que se nega-
ba obstinadamente a enviarle refuerzos. Él lo había hecho todo y lo
había hecho solo, sin ayuda de nadie. Por eso le temían los romanos.
Y cuando conquistara Roma, dirigiría sus ojos hacia Cartago y todos
los que le habían negado su apoyo pagarían su estupidez. ¡Con la vida,
si era necesario!

Aún seguía atrapado en los recuerdos y las reflexiones cuando Giscón, el general que también había servido a las órdenes de Amílcar,
entró en la tienda y detuvo sus pensamientos. Era un hombre algo
mayor, pero fuerte y duro como una roca, que andaba con largas zan-
cadas y la cabeza bien erguida. Su cuello de toro y sus espaldas anchas
y generosas le conferían una imagen que infundía temor y respeto entre
sus hombres.

–Ha llegado un mensajero –informó con voz profunda, muy acorde con su físico.

–Hazle pasar.

Giscón se apartó ligeramente e hizo un gesto con la mano. Un soldado cansado y mal vestido entró en la tienda. Era la primera vez que se encontraba tan cerca del hombre que se había convertido en leyenda y sus ojos no sabían dónde posarse, hasta que acabaron fijos en el suelo mientras aguardaba que Aníbal le hablase.

–¿Qué mensaje traes para mí?

–Los hermanos Publio y Gneo Cornelio Escipión han desembarcado en Ampurias y han atacado las fuerzas de Hannón. Asdrúbal se disculpa, pero ahora no puede enviarte refuerzos porque perdería Iberia.

–¡Oh, dioses! –exclamó Aníbal–. ¡Cartago está ciega! –añadió, y le dio la espalda mientras hacía un gesto para que el soldado se retirase.

Giscón permaneció en silencio, a pesar de que su cerebro no cesaba de preguntarse cómo era posible que los romanos hubiesen tomado aquella decisión.

–¿No ha llegado ningún otro mensajero? –preguntó Aníbal.

–¿Esperas alguno más?

–Ya sabes que siempre espero uno –respondió el caudillo de los cartagineses.

¡Por supuesto que lo esperaba! Como en Trebia, cuando apareció aquel pastor pequeño y delgado y con cara de zorro. Le traía un pañuelo azul que entregó a los soldados de guardia.

–Es un presente que los dioses envían al gran Aníbal –había dicho.

Y el cartaginés le recibió de inmediato. Entonces el pastor sacó el escrito del zurrón y Aníbal leyó:

Quien se detiene frente a un camino azul, que conduce hacia donde el sol sale por la espalda, labrará el campo para plantar treinta árboles y allí esperará pacientemente, conocedor de que los otros campos no pueden superar los frutos de sus dominios. Así lo ha ordenado el que tiene poder para hacerlo.

–¿Algo más? –había preguntado Aníbal.

–Me han dicho que el pañuelo que tienes en tus manos procede de Sicilia y ha hecho un largo, muy largo camino –había añadido aquel pastor.

–Los ojos son importantes, pero aún lo es más una buena memoria y un mejor cerebro –había sonreído Aníbal en aquella ocasión, satisfecho, y ordenó–: La mejor hembra para él, y abundante comida. Que se harte hasta reventar. No quiero que cuando la muerte le alcance diga que no fue feliz.

Giscón había transmitido las órdenes, había regresado a la tienda y se había quedado mirando a Aníbal, tal como hacía en aquellos momentos.

–El camino azul es un río –murmuraba Aníbal, y Giscón asintió–. Únicamente cuando miras hacia al noreste, el sol sale y se dirige hacia tu espalda. Por tanto, el lugar escogido es un río que discurre hacia el noreste y el más cercano lo tenemos ante nuestras narices –señaló el Trebia sobre el mapa–. *Labrar el campo para plantar treinta árboles…* ¡Treinta mil hombres! *Y es conocedor de que los otros campos no pueden dar tantos frutos.*

–Evidentemente el enemigo sabe que no disponemos de sobradas fuerzas –sonrió Giscón–. ¿Quién mandará el ejército romano? –preguntó.

–La respuesta se encuentra en el *pañuelo que procede de Sicilia y ha hecho un largo, muy largo camino* –reflexionó Aníbal–. «S» de Sicilia y «L» de largo. Sólo hay un general romano con estas iniciales.

–Sempronio Longo ha recibido el encargo del Senado de esperarnos junto al río Trebia –coronó Giscón–. Mandará un ejército de treinta mil hombres porque sabe que nosotros somos menos y cree que bastará.

–Exacto.

–¿Qué piensas hacer? No estamos en condiciones de enfrentarnos a un ejército poderoso. Únicamente contamos con cinco elefantes y uno de ellos se encuentra débil y enfermo. Seguramente lo perderemos antes de que cambie la luna –había dicho Giscón y, como Aníbal no respondía, añadió–: Podríamos dirigirnos hacia el Adriático y seguir hacia el sur. De esa manera evitaríamos el enfrentamiento y dispondríamos de tiempo para rehacernos.

—No —había negado Aníbal con la cabeza y una ancha sonrisa en los labios—. Significaría tanto como pregonar a los cuatro vientos que les tenemos miedo. Además, ellos viven convencidos de que no les esperamos y eso representa una ventaja que tenemos que saber aprovechar. Si les vencemos en Trebia los habremos separado de todas las provincias del norte y Roma se ahogará.

A la mañana siguiente, a primera hora, nada más levantarse, un soldado le informó de que el pastor había gozado de la vida como nunca y se había marchado feliz, alabando su nombre.

—Le hemos ofrecido la mejor de las putas —sonrió—. La miraba y no podía ni creérselo. Le ha gustado tanto que la ha cabalgado tres veces. Después se ha hartado de carne y vino y ha desaparecido hacia la montaña con su rebaño y muy feliz.

Unas semanas después de la llegada del extraño mensaje, en el bando romano, el augur Silvio había hecho un gesto de impotencia. Veía algo raro en el vuelo errático de las aves. Y las contempló largo rato. Los auspicios no eran claros, ni en un sentido ni en otro.

Silvio había aprendido de su abuelo que los animales que pueblan el cielo tienen el poder de ver en la lejanía, por encima de las cabezas de los hombres, y que actúan en función de lo que intuyen. «Te acompañan si el camino que has escogido es acertado e incluso se adelantan si el éxito está asegurado. En caso contrario, huyen hacia la retaguardia cuando la sombra de la derrota se cierne sobre ti.» Pero aquella mañana los pájaros pequeños, que no vuelan muy alto, tenían un movimiento convulsivo. Tan pronto se dirigían hacia la otra orilla del Trebia en señal de victoria como regresaban y huían hacia las colinas que se alzaban a su espalda. Y las aves mayores, las que planean a cierta altura, se movían en amplios círculos y no descendían.

—¿Y bien? —había escuchado la voz de Sempronio Longo, perteneciente a la centuria ecuestre, comisionado por el Senado para acabar con la amenaza de Aníbal.

Silvio aún tardó un rato en responder. Sempronio, siguiendo el ritual que precede a la batalla, le había ordenado consultar los auspicios. Previamente, ya se había encomendado a Marte, el dios de la guerra, en una ceremonia en mitad del campamento y rodeado por las legiones. Y ahora, enfundado en su armadura, con las piernas abiertas y los brazos en jarras, dominador y firme, orgulloso y digno, aguardaba una respuesta.

–Los auspicios no son claros. Dudan –había dicho Silvio.

Junto al general parecía un pobre desgraciado apoyado en su bastón mágico, el que le había legado su abuelo diciéndole que era la puerta del futuro y que los dioses favorecían con sus palabras a quien sabía emplearlo como era debido. Pero aquel día los dioses debían de estar dormidos, porque el bastón tampoco le mandaba ninguna señal. No sentía su temblor cuando lo plantaba en el suelo ni le indicaba el camino que habían de seguir, sino que permanecía quieto y mudo.

–¿Cómo pueden dudar los dioses? ¿No ves que Aníbal tiene menos hombres de los que imaginábamos? Venció en Ticino y ha conquistado Cremona y Plasencia, pero ha perdido buena parte de sus fuerzas, que se han visto mermadas hasta el extremo de que casi no superan ni la mitad de las nuestras –había replicado Sempronio Longo–. ¿No será que eres tú quien no ve nada y buscas dudas en mitad de tu ceguera?

–Los auspicios indican un peligro. El éxito de la batalla no es evidente –había repetido Silvio–. Hay algo que no… que no alcanzo a comprender… como si alguien nos… No sé cómo expresarme.

–Vamos. Ya hemos perdido demasiado tiempo –había exclamado Sempronio Longo dirigiéndose a sus oficiales, y abandonó a Silvio para montar a caballo y ponerse al frente del ejército.

La táctica era sencilla. Las cinco legiones, con un total de treinta mil hombres, se dividirían en dos filas. La primera, con tres, iniciaría el ataque y las otras dos legiones se quedarían atrás y, si era necesario, rematarían el trabajo. Si hubiese de seguir las tácticas establecidas, las legiones de la segunda fila deberían esperar dentro del campamento fortificado para poder prevenir cualquier contingencia y

únicamente saldrían al recibir la orden, pero Sempronio Longo estaba tan seguro de la victoria y de que, posiblemente, ni siquiera tendrían
que moverse, que no quería privarles del espectáculo de una batalla
sencilla. Por esa razón había decidido que saldrían todos juntos y, al
ver tantos hombres, Aníbal se asustaría.

Los oficiales ya ocupaban sus puestos cuando el general se paseó
por delante de los soldados y gritó que ellos habían recibido el encargo de los dioses de acabar con el enemigo que había atacado las provincias del norte y que pretendía llegar a Roma con un ejército formado
por cuatro desgraciados. No ahorró epítetos para hablar de los cartagineses y los acompañó de risotadas.

Una vez concluida la arenga regresó a su puesto. Silvio permanecía al pie del altar y Sempronio Longo le miraba con una sonrisa divertida. «Dice que los auspicios no son claros... ¡Nunca han sido tan claros! ¿Cómo puede dudar del resultado de la batalla?», pensaba con
sorna.

Las legiones se pusieron en marcha y abandonaron el campamento
fortificado para dirigirse hacia el llano y ocupar las posiciones.

Entonces Sempronio Longo contempló el campo de batalla. El enemigo le esperaba delante del bosque.

–Quieren asegurarse la huida –se había burlado hablando con sus
oficiales–. Cuando comiencen a perder la batalla correrán a esconderse
en el bosque. Matad cuantos podáis, pero no permitáis que nuestros
soldados se internen en la espesura, porque eso es lo que quieren
ellos. Una trampa demasiado infantil –sonrió de nuevo y ordenó–: ¡Adelante!

Una jabalina cruzó el cielo frente al ejército romano y los hombres de las tres primeras legiones, al ver la señal, se pusieron en
movimiento para ir en busca del enemigo, que no se movía de sus posiciones.

–¡Están muertos de miedo! –gritaban los oficiales para azuzar más
a sus hombres.

Cuando ya se habían desplazado más de quinientos pasos, el enemigo inició el primer movimiento, sólo que no fue el esperado por Sempronio Longo. De las colinas que había a sus espaldas aparecieron dos

cuerpos de jinetes que ocuparon el espacio que habían dejado entre las dos filas de las legiones. Uno atacó la retaguardia de los hombres que avanzaban y el otro plantó cara a los que permanecían quietos, para que no pudiesen unírseles.

En una revelación, el general romano se dio cuenta del error que había cometido al no seguir las tácticas tradicionales. Más aún cuando vio aparecer sobre las colinas la infantería cartaginesa que descendía gritando y atacaba la retaguardia de la segunda fila de legiones, rodeándolas de tal suerte que les impedían moverse con agilidad y las ahogaban. Entonces ordenó retroceder, pero los bosques se abrieron y una nueva fuerza de caballería hizo su aparición. Y entre ellos pudo contemplar, por primera vez, aquellos monstruos enormes de los que había oído hablar: los elefantes, aquellas inmensas bolas con colmillos que avanzaban arrasándolo todo.

Completamente aislado y con las legiones separadas y maltrechas, Sempronio Longo halló su última hora, mientras Silvio comprendía el movimiento errático de las aves del cielo y la mudez de su bastón. ¿Hacia dónde habían de ir? ¿Hacia dónde habían de señalar, si estaban rodeados?

El sol se ponía lentamente por el horizonte cuando los escasos romanos que seguían en pie habían podido huir hacia el sur dejando tras de sí una inmensa alfombra de cadáveres. El llano olía a cadáver y Silvio había subido al caballo para salir de allí. A él le incumbía el penoso papel de mensajero de la desgracia, acto que tendría lugar cinco días después, ante el Senado.

–Se acerca el invierno –había dicho el senador Cayo Flaminio, constructor de la Vía Flaminia y general del ejército romano, una vez conocida la noticia. Y su voz era una mezcla de dolor, de rabia, de impotencia y de coraje–. Aníbal avanzará hacia el sur buscando el calor y podemos esperarle junto al lago Trasimeno. No dispondrá de tiempo para rehacer sus fuerzas y nosotros podemos unir todas las legiones y aplastarlo.

–No –le había cortado Fabio Máximo–. Si unimos todas las legiones y sufrimos una nueva derrota nos quedaremos sin defensas, completamente despojados.

–Tiene razón Fabio Máximo –había intervenido Mario–. Si ordenamos regresar al ejército de Hispania, Hannón y Asdrúbal nos perseguirán y podrán ayudar a Aníbal –se había quedado un instante en silencio y había añadido–: Aun así, hemos de detenerle.

–Estoy de acuerdo, pero debemos esperarle en Trasimeno –se escuchó la voz de Minucio Rufo–. Propongo a Cayo Flaminio como jefe de las fuerzas que se dirigirán a Trasimeno.

–Parece que no disponemos de otra opción y, cuando menos, le detendremos durante un tiempo y podremos reclutar más hombres y preparar las defensas de Roma –había concluido Marco Pomponio, el pretor, y la mayoría del Senado aceptó.

–No es necesario que corráis. Os traeré a Aníbal encadenado de pies y manos –gritó Cayo Flaminio, y abandonó el Senado con paso firme y decidido para comenzar los preparativos de la nueva operación.

Una vez se dio por concluida la sesión, todos habían salido y Fabio Máximo se dirigió a Minucio Rufo, que se había encontrado con su cuñado Druso.

–Es un error atacar de frente, porque es lo que Aníbal espera –dijo. El tono era pausado, pero no podía esconder su desacuerdo y su decepción por la decisión que se había tomado–. Nos ha derrotado en dos ocasiones y puede hacerlo por tercera vez. Cayo Flaminio sólo piensa en una victoria más que añadir a su nombre y eso es peligroso.

–Ya sabemos que tú prefieres hostigar la presa hasta que se agote –respondió Druso. Minucio Rufo le miró. ¿Cómo podía atreverse a hablar de aquella manera a un senador? Sin embargo, guardó silencio–. Y supongo que es una buena táctica. Pero no has de olvidar que el Senado no piensa como tú y desea una victoria rápida, porque las grandes guerras cuestan mucho dinero. No podemos perder de vista el factor económico, ¿no crees? –acabó su discurso.

–Veo que tu aprendiz aún no sabe que la prudencia permite escuchar la voz del sentido común –dijo Fabio Máximo, despreciando las palabras de Druso.

–Ya aprenderá –sonrió Minucio Rufo–. No obstante, no ha dicho ninguna tontería. La economía cuenta. Más de lo que a los políticos nos gustaría. Y por otro lado, ha elogiado tu táctica. Quizá será un buen senador, cuando llegue el momento.

–Espero que así sea –respondió Fabio Máximo, y se marchó.

¿Una victoria rápida…? En esta ocasión, pocos días antes del enfrentamiento, volvió a aparecer el pastor con otro presente: una poesía.

–¿Y no tienes que comunicarme algo más? –también había preguntado el cartaginés.

–He de decirte que tres son el padre, la madre y el hijo, pero sólo el hijo representa el futuro –le había contestado el hombre delgado y pequeño.

Cuando Aníbal se quedó solo, tomó la poesía y la leyó, pero no de una forma natural. Padre, madre e hijo. Es decir: primera palabra, segunda palabra y mensaje; primera palabra, segunda palabra y mensaje… Porque sólo el hijo conoce el futuro. Y, finalmente, pasó el resultado por el cedazo de la interpretación con las figuras del agua, los árboles, los campos de cultivo y todo lo que constituía un lenguaje secreto.

–¡Cayo Flaminio nos espera junto al lago Trasimeno! –exclamó, mientras le entregaba el escrito a Giscón, que lo leyó y sonrió divertido:

–¿De dónde saca tanta imaginación? –preguntó.

–No lo sé, pero nunca podremos pagarle suficiente por sus servicios. No tan sólo posee una fértil imaginación, sino que sabe escoger a sus hombres. ¿No me negarás que ese pastor es todo un descubrimiento? Repite un mensaje palabra por palabra, sin el menor error, y cuenta las horas para regresar y agotar todas sus fuerzas con nuestras putas. ¿Cuál ha escogido en esta ocasión?

–Ha escogido dos.

–Se está volviendo codicioso –soltó una risotada.

Trasimeno se convirtió en la tercera piedra con la que tropezaba la pobre Roma, mientras que el carro cargado de cadenas que Cayo Flaminio había ordenado traer para los prisioneros y para Aníbal ni siquiera fue descargado, sino que el cartaginés ordenó que las devolvieran a sus propietarios junto con el cadáver hecho pedazos de quien, repitiendo un error que amenazaba con convertirse en costumbre, había imaginado que derrotar a una fuerza aparentemente inferior era un juego de niños.

Ahora, Aníbal, con todos esos recuerdos en su mente, intentaba descubrir qué había sucedido. ¿Por qué Roma había atacado Iberia en lugar de buscar un nuevo enfrentamiento? ¿Tal vez un cambio de estrategia? ¿O, quizás, el movimiento errático de un desesperado?

Nada había sido un camino de rosas, pero parecía que ahora, después de Trasimeno, algo se había estropeado y que los dioses ya no le eran tan favorables, porque las noticias le habían llegado en poco tiempo.

La primera significó una gran alegría. Himilcea, su esposa, había parido un niño al que había puesto por nombre Amílcar, en honor del brillante general que había conquistado toda la costa mediterránea, desde Carteia hasta el Ebro, que había atacado Sicilia, había derrotado a los romanos en el mar y les habría obligado a respetar su poder si Cartago no hubiese intervenido. Aquella noche adoró a Tanit, la diosa del amor, y ordenó encender una gran hoguera en su honor, en mitad del campamento, para que todos pudieran verla desde muy lejos.

Sin embargo, la segunda noticia representó un mazazo para el orgullo del comandante de las fuerzas cartaginesas. El niño había muerto a los pocos meses de vida.

Y ahora, una tercera amenazaba con oscurecer todos los logros conseguidos en Italia. Los ciento cuatro miembros del Consejo de Ancianos de Cartago habían rechazado una vez más su petición decidiendo no enviarle los refuerzos solicitados.

–¡Imbéciles! –los insultó de nuevo–. Roma está en nuestras manos y no se dan cuenta –exclamó desesperado.

Giscón le escuchaba en silencio. Había aprendido que Aníbal, cuando estaba enfadado, reflexionaba en voz alta y no toleraba que nadie le interrumpiese. Había servido a las órdenes de Amílcar y conocía a Aníbal desde que era un muchacho, desde que a los nueve años empezó a acompañar a su padre, y sentía un gran respeto y admiración por el hijo de quien él consideraba el mejor soldado que nunca había conocido, honor y puesto que ahora otorgaba al nuevo jefe del ejército cartaginés. No podía ser de otra manera, después de haber contemplado lo que era capaz de hacer, a pesar de que, a veces, el exceso de improvisación y aquella intuición que ya era leyenda le daban miedo. Sin embargo, Aníbal había demostrado que podía dar la vuelta a una batalla entera con un cambio de última hora, con una decisión aparentemente absurda, y que manejaba el ejército como a un solo hombre.

–¿Qué puedo hacer, sino esperar y rehacer las fuerzas? –preguntó Aníbal, y recibió el silencio por toda respuesta. Tampoco esperaba más–. Con los hombres agotados y el ejército mermado me es imposible enfrentarme al enemigo, aunque todas las noticias apuntan a que Roma tiembla de miedo y que el Senado busca una solución a toda prisa –siguió hablando, mientras caminaba a lo largo y ancho de la tienda–. Ellos no permanecerán quietos ni se conformarán con atacar Iberia. Están preparando algo y he de saber qué es. Esperemos y deseemos que el ataque a Asdrúbal sea el último suspiro de un ejército derrotado.

Sin embargo, sus ruegos no fueron escuchados y sus temores se convirtieron en realidad, porque en aquellos meses Gneo Cornelio Escipión atacó las posiciones cartaginesas. Desde allí se dirigió al Ebro y se enfrentó a las fuerzas de Hannón, que contaban con la ayuda de Indíbil, el caudillo de los ilergetes. El choque tuvo lugar cerca de Cisa y fue a favor de Gneo. En aquel mismo punto, después de darse cuenta de la extraordinaria situación, el general romano fundó una colonia militar que recibió el nombre de Tarraco y que se convirtió en el puerto por el que entraban las provisiones y los refuerzos comandados por su hermano Publio.

Mientras, en Italia, la situación también dio un giro radical. Fabio Máximo, nombrado dictador por el Senado, no actuaba como los demás generales. Enviaba pequeños grupos de hombres que conocían aquellos parajes, atacaban por sorpresa en pequeñas escaramuzas y desaparecían amparados por la oscuridad de la noche. Ese nuevo planteamiento exasperaba a Aníbal, porque el romano utilizaba la táctica que inventó su padre, el gran Amílcar: la guerra de guerrillas que tan buenos resultados le proporcionó en las costas de Sicilia, donde los romanos siempre esperaban un desembarco que nunca se produjo.

Este nuevo giro de los acontecimientos estaba consiguiendo que Aníbal empezase a perder la paciencia, igual que sucedió con los romanos de Sicilia ante Amílcar, y contemplaba preocupado las acciones militares en Iberia, hasta el punto de que estuvo en un tris de regresar y echarle una mano a su hermano Asdrúbal, que se había retirado hacia el sur, hasta Cartagena. No obstante, en el último momento, prefirió confiar en las habilidades de quien compartía su misma sangre y mantuvo las posiciones. Toda la Galia Cisalpina había caído en sus manos y el regreso a Iberia habría significado que tanta lucha era en vano.

La decisión, aunque dura, era necesaria, y los acontecimientos le dieron la razón. Un nuevo enfrentamiento niveló la balanza y supuso fuertes bajas por parte de Publio y Gneo, aunque conservaron sus naves, pero, por otro lado, también significó la captura de Indíbil y, con ella, la pérdida del apoyo de los ilergetes.

La situación había vuelto a cambiar, a pesar de que el balance final continuaba siéndole desfavorable. Ya no tenía a Roma en un puño y necesitaba decantar de nuevo el peso de la balanza. Pero, ¿cómo? Fabio Máximo era un rival digno de respeto, y no aceptaría bajo ningún concepto un nuevo enfrentamiento directo y acabaría con el ánimo y la paciencia de todos ellos.

Necesitaba un milagro.

3

VIENTOS DE TORMENTA

Una mañana Ariadna regresaba del mercado. Era una tarea que no correspondía a su posición social y que, en diversas ocasiones, le había supuesto ser protagonista de las conversaciones de las demás esposas de los hombres principales. Con el paso del tiempo se habían acostumbrado, y los comentarios se habían desvanecido y ya no interesaban a nadie. Octaviana, sin embargo, seguía a pies juntillas todas y cada una de las normas impuestas y todos la elogiaban y la catalogaban de perfecta esposa y anfitriona. Ella era la mayor y, cuando Ariadna se casó con Druso y vino a vivir a Roma, halló en su hermana el apoyo y la puerta que le permitía entrar en el reducido círculo de las fiestas y las reuniones de las capas más altas de la sociedad romana. Desde entonces Druso y ella hacían más vida en casa de Minucio Rufo que en la suya propia, entre otras razones porque Octaviana tenía dos hijos y jugar con Pablo y Octavia representaba un bálsamo para su soledad. También había que tener en cuenta que su hermana la había recibido con amor y devoción, y se había convertido en su mejor amiga y confidente. Fue gracias a esta confianza que Octaviana descubrió que las relaciones entre Ariadna y Druso eran distantes, por no decir inexistentes, porque el tiempo y la frialdad habían apagado las pocas brasas de un fuego que bien podría jurar que nunca existió.

–¿Por qué no abandonas a Druso y regresas con nuestro padre? –había preguntado Octaviana tras escuchar la confesión de Ariadna, tiempo atrás.

–Ya estoy bien aquí.

–¿Qué tiene Roma que no tenga Ampurias? –insistió Octaviana.

–No tiene recuerdos.

Y ésa fue la única explicación que sus labios dejaron escapar.

Ariadna, al contrario que Octaviana, había nacido en Ampurias, la antigua colonia griega convertida en ciudad romana en el tiempo en que su padre se hizo cargo de aquel territorio a petición de los griegos, que la habían fundado y que temblaban ante la posibilidad de que Amílcar Barca emprendiese el camino hacia el norte y los aplastara. Era hija de un romano y de una griega, igual que Sinesio, y su padre la ofreció en matrimonio a Druso, por aquel entonces oficial a sus órdenes, junto con una generosa dote que el aprendiz de político aceptó de buen grado y que le permitía acceder a la categoría de ciudadanos de primera clase y aspirar a los cargos reservados a los privilegiados.

La boda tuvo lugar en Roma y una semana después todos pudieron ver a Ariadna dirigirse al templo de Vesta, la diosa de la familia, y recoger de manos de las vestales el fuego que había de presidir la nueva casa. De allí lo trasladó, lo depositó en el hogar y, desde aquel mismo instante, no había dejado de arder. Junto al fuego dedicado a los lares se hallaba una jarra del más puro de los vinos, para que los genios protectores de los edificios cuidasen de aquellos muros, y un plato de incienso que esparcía los perfumes para recordar a los penates, los protectores del Estado, que allí habitaba un jefe de familia y un posible futuro miembro del Senado, que ya contaba con una creciente clientela que le acompañaba por las calles y pronunciaba su nombre.

Los dioses ordenan que este fuego permanezca vivo y no muera nunca, excepto cuando el dueño de la casa la abandona definitivamente. Entonces, y sólo entonces, se apagará, pero no con agua, sino con vino. Y Ariadna, consciente de las obligaciones de la esposa de un caballero, guardaba la más escrupulosa obediencia a todas y cada una de las normas, y nadie podía hacer el menor comentario sobre su comportamiento, porque hacía honor al nombre que su madre escogió para ella y que procede de *Ari-Agné*, que significa «muy santa». Sin embargo, Sinesio, medio griego, igual que ella, sabía que Ariadna también tenía sus raíces en *Ari-adnos*, que significa «muy indómita» y, tras haber contemplado aquellos ojos, dudaba. Todos hablaban de ella y le atribuían los adjetivos de reservada, discreta y tímida, pero Sinesio, tal como había dicho Claudia, era capaz de ver mucho más allá.

Invariablemente, cada noveno día Ariadna traspasaba los muros del jardín para dirigirse al mercado, y siempre lo hacía sola. Incluso rechazaba la compañía de una sirvienta que acarrease con el cesto. Entonces se la veía entre las paradas discutiendo con los vendedores y las vendedoras.

Aquella mañana, con el cesto al brazo, paseaba distraída. Había comprado algunas verduras, un colgante y un pedazo de tela que le serviría para confeccionarse un vestido. Una persona más que remarcable, había dicho Sinesio. Un caso único, habría añadido Octaviana con una pícara sonrisa. Todo lo hacía ella misma, sin ayuda de ninguna de las sirvientas ni esclavas y sin permitir que nadie tomase ninguna decisión por ella. Sí, todo se lo manejaba ella sola. ¿Quizás, incluso, el amor?, había bromeado Octaviana en diversas ocasiones. Así había sido desde el mismo día en que Ariadna llegó a Roma, y nada había cambiado en aquellos años.

—La mujer más misteriosa y encantadora de Roma sale a la luz —oyó Ariadna a su espalda, y se volvió sobresaltada. Aquella voz había truncado sus pensamientos y no era cualquier voz—. ¿Te he asustado? —preguntó Sinesio, e inmediatamente se disculpó—. Lo siento de veras. No era mi intención.

—No esperaba encontrar a nadie en el mercado y menos...

—¿A un pobre filósofo que cree que posee el poder de desnudar las almas? —sonrió él.

—Nunca me atrevería a decir que eres un pobre filósofo —le devolvió la sonrisa, y Sinesio captó que, en esta ocasión, no era únicamente un movimiento de los labios, sino que los ojos también se habían alargado hasta adquirir la forma de las almendras.

—Vamos en la misma dirección. ¿Puedo acompañarte? —preguntó, y ella asintió con la cabeza.

Entonces, Sinesio alargó la mano para tomarle el cesto y ella lo apartó con energía.

—Un hombre nunca lleva un cesto —exclamó, y su voz era una mezcla de sorpresa y de temor mientras dirigía una mirada alrededor.

–Un romano, tal vez no, pero sabes perfectamente que un griego es diferente. Y yo guardo ambos en mi interior y estoy convencido de que un acto tan sencillo no puede lastimar mi imagen –respondió Sinesio con una sonrisa–. Tú también eres medio griega y deberías saber que, mientras que Roma cree que el amor y el enamoramiento son reflejo de la debilidad y que nunca han de manifestarse, Grecia, al contrario, vive en el convencimiento de que el amor es el sentimiento más elevado y que una palabra amable, una caricia o tan sólo un pensamiento son ofrendas a una diosa.

De pronto, la respiración de Ariadna se alteró.

–¿Quién eres? –preguntó con los ojos bien abiertos y fijos en los del filósofo.

–Sinesio, hijo de Marco Romeo –respondió él, como si la respuesta fuese más que evidente y la pregunta estuviera fuera de lugar.

Sin embargo, Ariadna ya no sonreía, sino que lo miraba con una sombra de temor.

–¿Qué viste el otro día en mis ojos?

–Misterio y tristeza.

–¿Y por qué hablaste de joyas, de tesoros, del mar y de Neptuno?

–Porque es lo que tus ojos me dijeron.

Ariadna se detuvo y se plantó frente a él, mirándole sin parpadear.

–Yo he visto tus ojos en algún lugar –dijo, y con lentos movimientos de cabeza añadió–: Eso ninguna mujer puede olvidarlo.

–Dos ojos nunca son iguales, a pesar de que pueden parecerse, y tú y yo no nos hemos visto nunca, excepto el otro día en casa de tu hermana –respondió Sinesio–. Lo sabes muy bien.

–Y tú también sabes que en Grecia una mujer sólo permite que su cesto lo lleve su amado –respondió Ariadna, y aguardó unos instantes la reacción del filósofo, que no replicó.

Entonces siguió andando y Sinesio la alcanzó de nuevo.

–¿Permitirías que lo llevase tu marido? –preguntó, y ella se detuvo y se volvió hacia él.

–No es asunto de tu incumbencia.

–¿Alguna vez te lo ha pedido? –insistió él.

–Druso es romano –contestó Ariadna, y lo dejó plantado.

Quizá la había ofendido, pensó Sinesio. Sin embargo, cuando Ariadna ya alcanzaba la esquina, antes de desaparecer, volvió el rostro y le miró. Él le dedicó una sonrisa y una pequeña reverencia. Una mujer jamás puede resistir la tentación del misterio, había dicho Mario. Y es cierto, porque es superior a sus fuerzas, y ya era la segunda ocasión en que se volvía para ver si todavía la miraba. Lo mismo había sucedido en casa de Minucio Rufo, al dirigirse hacia la cocina. Además, poco antes, aquellos ojos habían sonreído. Eso sí que era la primera vez que sucedía, porque no es lo mismo una sonrisa de los labios que una caricia con la mirada, evidentemente.

Y ahora era más que evidente que su nombre era *Ari-adnos* y no *Ari-Agné*, pensó Sinesio cuando ella desaparecía. A pesar de que intente ocultarlo tras la tristeza.

* * *

Minucio Rufo se sentía satisfecho por su habilidad en apoyar la tesis de Fabio Máximo de no abandonar Hispania, al propio tiempo que daba la razón a Mario sobre que tenían que detener a Aníbal, y proponía a Cayo Flaminio como jefe del ejército que había de enfrentarse al cartaginés. Todos recordaban sus apreciaciones y también recordaban que había hablado con sentido común. Con sentido común y con... habilidad. Si Cayo Flaminio hubiese ganado la batalla, a él y sólo a él le debería la victoria, porque él le había propuesto para el cargo. Pero, a pesar de que el general romano había perdido incluso la vida, nadie podía echarle en cara que se había manifestado absolutamente partidario de un combate directo. Y ahora que Fabio Máximo había logrado imponer su táctica dilatoria, Minucio Rufo ya se había encargado de recordar al Senado que él había apuntado que podía constituir una buena estrategia y que el rechazo había sido por parte de los demás, de los que anhelaban una victoria rápida. En resumen: que su nombramiento como lugarteniente del nuevo hombre fuerte era el justo premio para un hombre sensato. Y así lo manifestó durante una cena en su casa, en presencia de Ariadna, Octaviana y Druso, que su cuñado aprovechó para añadir que él se había enfrentado verbalmente a Fabio Máximo en diversas ocasiones y que en más de una de ellas sus argumentos le habían obligado a callar. A partir de aquí, Druso tomó la palabra y se ufanó de todas sus aventuras a las puertas de la Curia Hostilia y de cómo manejaba su clientela para que apoyasen a Minucio Rufo.

–Cuando acceda al Senado, uniremos nuestras fuerzas. Entonces dispondré de voz y voto y no tendré que quedarme a medias –dijo henchido, e inmediatamente añadió–: Naturalmente, siempre votaré a tu favor.

–Naturalmente –sonrió Minucio Rufo.

–¿No constituye un signo de debilidad quedarse a medias en todo? –preguntó Ariadna con cara inocente, mirando a su marido a los ojos.

Durante todo el tiempo Druso no había dejado de hablar de sí mismo, de su inteligencia y astucia, y no paraba de dirigir miradas furtivas a Ariadna en busca de su aprobación, logro que parecía haber coronado porque ella le escuchaba con atención, pero aquella pregunta de última hora, cuando ya había concluido… ¡Maldita! Si hubiesen estado solos le habría estrellado la jarra en la cabeza, porque él no toleraba semejantes provocaciones. Sin embargo la presencia de Octaviana y Minucio Rufo se lo impedía. Cuando menos, ésa fue la excusa para tapar su debilidad. Ya dispondría de tiempo más que sobrado para retornar las aguas a su cauce habitual, pensó mientras la miraba con rabia.

La conversación tomó otros derroteros y la cena concluyó. Ariadna y Octaviana se retiraron para poder hablar de sus cosas con entera libertad y Minucio Rufo y Druso se quedaron solos.

–Si su padre no estuviese vivo la repudiaría. Estoy harto de ver cómo me trata, pero Pablo Venecio es el gobernador de Ampurias y no puedo enfrentarme a él –dijo Druso con enojo.

–Tampoco tienes motivos para hacerlo. Ariadna te es fiel.

Druso asintió ligeramente con la cabeza, pero inmediatamente negó con rabia.

–Sólo me ha dado un hijo y nació muerto. Con cualquier otra mujer tendría cuantos quisiera –calló un instante–. Y seguramente todos vivos –añadió.

–El arte de la política requiere mucha habilidad y no menos paciencia. Tal vez estás un poco tenso –dijo Minucio Rufo con una sonrisa–. Deberías tomar ejemplo de Sinesio y practicar la filosofía.

–¿Qué tiene que ver la filosofía en este asunto? –preguntó Druso.

–¿Ariadna no te ha contado sus conversaciones con Sinesio? –se extrañó su cuñado–. Quizás he dicho alguna inconveniencia –casi murmuró desviando la mirada, como si aquel comentario no tuviese mayor importancia.

–¿Esconde algo? ¿Qué es lo que no me ha contado? –se interesó Druso.

Minucio Rufo puso cara de idiota.

–No creo que haya nada que explicar ni que esconder –respondió. Disfrutaba mucho poniendo nervioso a su cuñado, aquel aprendiz de político que, estaba convencido, nunca llegaría a ser nadie–. Según comentan las mujeres, se han visto en un par de ocasiones, en el mercado. Y siempre por casualidad. Han cruzado algunas frases y eso es todo. Así me lo han contado. No debería haberlo mencionado.

Aquí concluyó la conversación, las mujeres habían regresado, y siguieron hablando de otros temas, hasta que llegó la hora de retirarse.

Cuando Ariadna y Druso salían por la puerta, Octaviana se colgó del brazo de su esposo, apoyó la cabeza en su hombro y exclamó:

–¡Qué lástima!

–¿Qué es una lástima? –preguntó él.

–Que no tengan hijos. Pablo y Octavia son un motivo de unión entre nosotros, pero ellos…

–Sí, es una lástima –sonrió Minucio Rufo. Sólo que su sonrisa escondía un pensamiento que silenció. Evidentemente estaba convencido de que ningún hijo contribuiría a arreglar las cosas.

Días después, Druso visitó la casa del banquero Tulio, quien, tal como no ignoraba, no estaba. Siempre iba atareado detrás de un gran negocio y, naturalmente, le recibió su hija Emilia y le condujo hasta el pórtico que rodeaba el patio interior. Allí, lejos de las miradas de los sirvientes, le besó.

–Pensaba que ya no regresarías –le dijo, pegada a su cuerpo, mientras se movía y se restregaba contra él.

–Cuento todas las horas que estoy lejos de ti –respondió Druso, e intentó levantarle la falda del vestido.

–Hoy no –le apartó las manos–. Cosas de mujeres –añadió al ver que Druso no se detenía.

–Amo todo cuanto viene de ti –insistió él, rebosante de pasión–. Pon a prueba mi amor. Sírvemelo en una copa y brindaré en tu honor.

–La prueba que pido de tu amor es mucho menor –respondió ella–. Y tú no quieres concedérmela.

–He descubierto la manera de repudiarla sin que Pablo Venecio pueda protestar –sonrió Druso.

–¿Cómo?

–Si ella me engañase con Sinesio…

Emilia ya tuvo más que suficiente con aquellas palabras para dejar que su mente trazase un camino y le mostrara una chispa de luz al final de un largo pasillo, estrecho y oscuro, construido con la procedencia de Ariadna. El padre de la esposa de su amante, el noble Pablo Venecio, antes había sido senador, después censor y ahora era gobernador, y sus antepasados constituían una larga estirpe de patricios, entre los que se encontraban brillantes oficiales y algún magistrado. No era fácil eliminarla, a menos que les ofreciese una buena oportunidad. Sin embargo, Druso llegaba tarde, como siempre. Ella ya hacía días que le daba vueltas al tema, desde la fiesta en casa de Minucio Rufo, porque ella también había captado algo extraño en las miradas.

–Un hombre muy atractivo –incluso había comentado a Ariadna en una ocasión en que se habían encontrado por la calle.

–¿Quién?

–Sinesio, naturalmente.

–No había reparado en ello –había respondido Ariadna.

–Pues la mirada que le dirigiste…

–¿Cuándo?

–Durante la fiesta.

–No me acuerdo.

–Cuando te tomó las manos –explicó Emilia, y bajando la voz, en un tono confidencial, añadió–: Entre mujeres no hay secretos. Somos diferentes de los hombres y nos comprendemos muy bien.

–Sí, nos comprendemos muy bien –corroboró Ariadna, y acompañó sus palabras con una sonrisa–. A veces, incluso demasiado –y la dejó con la palabra en la boca.

* * *

Roma es especial. Aunque las circunstancias le sean desfavorables, es un signo de orgullo y de coraje continuar como si nada sucediese. Incluso se considera que, en las épocas más difíciles, hay que mantenerse con el ánimo bien dispuesto. Ese talante desconcierta al enemigo. ¿Y qué mejor forma que prodigar las fiestas y despreciar el peligro?

–Podemos estar así siglos enteros –se quejó Terencio Varrón en una celebración en casa de Tulio con motivo del aniversario de su nieto mayor e hijo adoptivo, que dejaba atrás la edad pueril y entraba en la pubertad.

Terencio Varrón se refería a lo que él consideraba pequeños éxitos de Fabio Máximo. Terencio era un hombre enérgico que necesitaba de la acción y aquella aparente indolencia le sacaba de quicio. Si las puertas de la ciudad no caen con la primera embestida, caerán con la segunda o con la que haga treinta, pero tarde o temprano se abrirán. Ésta era su filosofía y la única paciencia que estaba dispuesto a admitir. La paciencia de los golpes.

Junto a él se encontraban los senadores Emilio Pablo y Minucio Rufo y el siempre presente Druso, que no perdía ocasión para estar cerca de los hombres grandes.

–Es la estrategia del desgaste y parece que da buenos resultados –respondió Emilio Pablo, sentado a su derecha–. No obstante, es muy cara y no puede sostenerse eternamente.

Terencio Varrón le miró. Tenía ante sí la encarnación de la prudencia del Senado, el hombre que jamás pronunciaba una palabra sin haberla meditado, la voz que nunca se alza si no es para pronunciar una sentencia.

—Estamos permitiendo que el enemigo crezca —exclamó.

—No exactamente —sonrió Emilio Pablo—. Diría que lo único que crece es su impaciencia, la peor de todas las consejeras.

—¿Y qué sucederá si Siracusa se alía con Aníbal? —se oyó la voz de Minucio Rufo, a la izquierda de Terencio.

El hábil Minucio Rufo, el jugador que siempre procuraba guardarse el último triunfo bajo la túnica y que también poseía una buena dosis de paciencia para esperar el momento adecuado y obtener el beneficio buscado.

—Es un peligro que hay que tener en cuenta —respondió Emilio Pablo.

—Es más que un peligro. Significaría el fin de Roma —replicó Terencio Varrón—. Tenemos que dar con una solución antes de que muera el rey Hierón, porque sus sucesores entregarán Siracusa en manos de nuestros enemigos.

—Un buen número de senadores piensa como tú —añadió Minucio Rufo—. Fabio Máximo ha conseguido detener a los cartagineses, pero ahora parece que tiene miedo de un enfrentamiento directo. Nosotros hemos rehecho el ejército y él no. Asdrúbal anda muy atareado con Hispania, y Cartago no envía refuerzos. Quizás es momento de tomar decisiones y no de esperar.

—¿Eres su lugarteniente y criticas sus decisiones? —le miró Emilio Pablo.

—Le respeto profundamente y reconozco sus méritos, pero no olvido que primero es Roma y después los hombres —respondió Minucio Rufo.

—Tienes razón —afirmó Druso—. Si Roma cae, caeremos todos.

—Sin embargo, no podemos olvidar que nosotros somos Roma —dijo el joven Cornelio, que había escuchado la conversación y que se unió a ellos—. Ella por sí sola no es nada. Únicamente un nombre.

Los ojos de los cuatro hombres se volvieron hacia el proyecto de león que ya empezaba a convertirse en realidad. Era alto y apuesto, con el perfil recto y los ojos grandes y separados. Su madre había muerto unos años atrás y él ocupaba la casa que su padre le había regalado. Muy joven, había comentado alguien. Pero, a pesar de su extrema juventud, incluso los prohombres del Senado le respetaban. Sin embargo, Druso le consideraba demasiado tierno e inexperto y se sentía superior ante de él. Tan sólo con las armas de la dialéctica, evidentemente, porque la fama de cómo manejaba la espada le era sobradamente conocida y en ese terreno le infundía temor.

—El valeroso hijo del noble Publio Cornelio Escipión se está convirtiendo en un filósofo —rió Druso—. Por lo que se ve, debe seguir las enseñanzas de Sinesio y prefiere los terrenos espirituales a los prácticos. Sin embargo, aquí no discutimos si primero fue el huevo o la gallina. Roma o romanos son conceptos. Que caiga Roma significa que somos nosotros los que hemos caído. Si nosotros morimos, Roma morirá.

—Aníbal ha derrotado a nuestros ejércitos en tres ocasiones y, ahora, por fin, hemos dado con la manera de detenerle —replicó Cornelio.

—Más bien diría que hemos dado con la manera de dejar que transcurra el tiempo —sonrió Druso, burlón—. ¿Sabes que todos hablan de Fabio Máximo *Cunctator*, el Temporizador?

—Filipo de Macedonia no ha firmado ningún pacto con Aníbal, porque ha visto que Roma aún puede morder, y Siracusa no se moverá ni un ápice si Macedonia no da el primer paso.

—¿Seguro? —preguntó Terencio Varrón.

—No hay nada seguro, pero, por el momento, Fabio Máximo es el único que le ha detenido —repitió Cornelio.

—No pongo en duda la capacidad de Fabio Máximo. Al contrario, creo que es un gran general y un buen dictador, pero el Senado ya está cansado de tanta inactividad, y él debería tenerlo muy presente —dijo Minucio Rufo.

—Fabio Máximo atacará cuando llegue el momento.

—Espero que ese momento llegue pronto —se mofó Druso.

—Llegará cuando tenga que llegar —respondió Cornelio, dirigiéndole una mirada desafiante.

–Cornelio, el protegido del Temporizador. Tal vez, el segundo *Cunctator* –sonrió Druso y, esta vez, Terencio Varrón le imitó–. Claro que, bien pensado, si intentásemos firmar un nuevo tratado con Cartago antes de que Aníbal llegue a un pacto con Filipo de Macedonia, el peligro dejaría de existir.

–¿Acaso has olvidado que es el propio Aníbal quien ha iniciado esta guerra? –le cortó Terencio Varrón–. Fuimos tan estúpidos que caímos en la trampa y le abrimos las puertas de par en par. Si no nos hubiésemos empeñado en conservar Sagunto, ahora no estaríamos donde estamos. Y no olvides que Cartago no tiene nada que ver con las decisiones de su general. Ni siquiera le envía refuerzos… –meneó la cabeza a derecha e izquierda–. De manera que no pienses en un posible pacto, porque Aníbal no lo quiere.

–No es un buen momento para sentarse a negociar. Hemos perdido tres batallas y Aníbal se pasea por toda la península con una insolencia que da miedo –corroboró Emilio Pablo–. Necesitamos encontrar una posición de fuerza, si queremos pactar. Me parece que lo más prudente es confiar en Fabio Máximo y buscar la solución más adecuada. Luego, ya hablaremos –entonces sonrió y alzó la copa de vino–. Mientras, disfrutemos de la fiesta, y de una conversación filosófica.

–Bromeaba cuando he mencionado un posible pacto con Aníbal –procuró Druso corregir sus palabras. Y, de pronto, mudó de tema–. Por cierto, hablando de filosofía, aún no he visto a Sinesio. Creía que Tulio le había invitado. Para animar la fiesta –aclaró con una sonrisa.

–Le he visto llegar hace un rato –dijo Emilio Pablo.

–Bien –exclamó Druso–. Pues, ahora ya estamos todos –murmuró, y buscó a su esposa con la mirada.

Ariadna se encontraba en la terraza, en compañía de otras mujeres.

Sí, Sinesio había llegado. El mensaje no era del todo claro, pero… ¿algún mensaje es claro cuando es una mujer quien lo envía? Parece que ellas utilizan un lenguaje diferente y esperan que los hombres las entiendan sin casi adjuntar palabras. Emilia le había invitado y había dicho que sería bien recibido. «Sin embargo, quien te aguarda no puede hablar», había concluido la esclava que le trajo el mensaje. ¿A quién se refería? ¿A Emilia? ¿A su padre? ¿O, tal vez, a otra persona?

Los ojos son el espejo del alma, sin duda. No obstante, cuando el corazón entra en juego... ¡Mal asunto! Entonces la imaginación toma el lugar de la intuición y la ahoga, uniendo, además, los recuerdos. Aristóteles decía que la intuición se halla por encima de la inteligencia, siempre que los sentimientos no desbaraten esta conexión con las esferas celestiales. En caso contrario, el deseo entorpece el resultado. El filósofo se pregunta constantemente ¿*por qué?*, la razón última de todas las cosas, y Sinesio había llegado a la conclusión de que es la ausencia de *porqués* lo que permite contemplar el mundo con la pulcritud del alma pura para alcanzar la respuesta, que siempre se encuentra en la propia pregunta. Y la intuición no busca razones, sino que, simplemente, extrae conclusiones a velocidades de vértigo, encadenando pensamientos con una lógica inspirada y exacta. Tan exacta que no necesita cuestionarse nada.

Sinesio retrocedió y abandonó su puesto junto a la puerta de la terraza para regresar a la sala llena de gente que parloteaba, reía, bebía y comía mientras los acróbatas procuraban acaparar la atención de los convidados, pero parecía que nadie sentía el menor interés por ellos. Su corazón podía más que su cabeza y no deseaba perder una batalla, a pesar de que él era hombre de paz. Había leído en los ojos de Ariadna la tristeza de un pasado lejano que todavía permanecía vivo y presente, y algo le turbaba. Él era capaz de escudriñar el alma más recóndita y aquella mujer... ¿Por qué le preocupaba tanto? De hecho, él había regresado a Roma para llevar a cabo una misión, para enjugar una deuda, y una vez concluido el trabajo regresaría a Siracusa. Ésta había sido su decisión cuando abandonó la ciudad más poderosa de la isla de Sicilia.

«Si algún día das de bruces con una puerta cerrada y te empeñas en abrirla y no sabes por qué, piensa que, quizá, esconde algo que te interesa.» Estas palabras, que brillaban como un faro en mitad de la noche, las había escuchado en boca de un campesino de Grecia. Y él sabía que el maestro siempre llega cuando el discípulo tiene los oídos dispuestos para escuchar. Por eso, durante todos aquellos años de viajes, había aprendido que los maestros no siempre son los hombres reconocidos, sino que, a menudo, la sabiduría aparece de la mano del más humilde de los mortales, en una frase o en una mirada o en un ligero comentario que te descubre un mundo diferente.

Y Ariadna lo atraía como la luz del sol atrae a las plantas. Se había fijado en que el ojo derecho era ligeramente menor que el izquierdo. Eso significaba que las relaciones con el padre no eran como serían de desear, porque el derecho representa la figura paterna y el izquierdo la materna, de la misma manera que las líneas de la mano izquierda son la herencia recibida y las de la derecha lo que hemos sido capaces de hacer con nuestra vida. Esas enseñanzas las había aprendido de la anciana mujer que conoció en Tarso, de aquella vidente que le enseñó buena parte de sus trucos y secretos. Tafaina era su nombre, y a ella le debía muchas de sus habilidades.

Decían que era un filósofo y añadían que era un pensador, pero él no lo consideraba así, sino que había desarrollado la intuición, ese sexto sentido que habita por encima de la razón. Incluso Arquímedes había alabado esta faceta de Sinesio en diversas ocasiones, cuando entre sus discípulos alzaba la voz y apuntaba una solución que a muchos les costaba un largo razonamiento. Entonces le preguntaba cómo lo había conseguido y Sinesio simplemente respondía: observando. Difícilmente habría podido explicar que era gracias a que no se formulaba preguntas, que le llegaba la respuesta, porque entonces, evidentemente, le habrían tomado por idiota. O, peor aún, por brujo.

Sin embargo, a pesar de que sabía que su estancia en Roma no sería demasiado larga y que la vida enseña que todo lo que no ha de durar, o que pertenece a otro, más vale dejarlo a un lado, no podía apartar la imagen de Ariadna. Cada vez que se sentaba y fijaba su mirada interior en el recuerdo de aquel rostro, los sentimientos le consumían y las preguntas le detenían. Deseaba entrar dentro de ella como nunca lo había deseado con otra mujer. Aun así, no deseaba únicamente su cuerpo, sino que sentía pasión por su alma. Imaginaba que iba desvelando, uno por uno, todos sus secretos, lentamente, como cuando se desnuda a una mujer y contemplas cada pedazo de su piel, cada forma de su cuerpo, cada suspiro de placer.

Un romano nunca lo entendería, y añoraba el tiempo que vivió en Tarso, las enseñanzas recibidas, su viaje a Alejandría, donde conoció a Aristófanes de Bizancio, el director de la magna biblioteca, y donde estudió junto a Apolonio de Pérgamo, y aquellos tiempos pasados que le permitieron leer y extasiarse con la poesía egipcia, de donde había aprendido a contemplar el mundo con unos ojos diferentes. Allí descubrió que el sentimiento lo ordena todo, que es la tercera fuerza que se une a la inteligencia y a la energía para mover el universo entero. Porque la inteligencia establece, la energía ejecuta, pero es el sentimiento el que desea y envía la orden de ejecución. Sin él, el hombre es un ser muerto. Por eso le costaba entender que los romanos intentasen ocultar el más impresionante de los sentimientos: el amor. Y tal vez por la misma razón Ariadna guardaba celosamente un secreto que la convertía en misteriosa y que había inducido a Sinesio a interesarse por ella, pero a pesar de que le habían explicado multitud de detalles de aquella mujer, todos, a sus ojos, eran banales, externos, meras circunstancias, y él buscaba más allá. ¿Por qué? ¿Intuición, pura intuición? ¿Ésta, para él, era la respuesta? No, evidentemente, porque cuando el corazón manda, el cerebro se detiene y se cubre de tinieblas.

Hija del gobernador de Ampurias, había vivido toda su infancia en aquellas tierras. Era cierto, había acertado en que el padre era un hombre duro y dominante, que habían discutido en muchas ocasiones y que la madre representó el bálsamo que ponía paz, hasta que murió. Su muerte no aparecía clara. Alguien comentaba que se suicidó. Quizás era cierto, o tal vez no, pero lo que resultaba innegable era que algo extraño había sucedido, aunque nadie fuese capaz de decir qué. Demasiada distancia separa Roma de Ampurias, las noticias no alcanzan tan lejos y, si llegan, lo hacen distorsionadas por la imaginación calenturienta de unas cuantas matronas.

En la terraza, Ariadna no prestaba atención a las palabras de las demás mujeres, sino que su mente se encontraba muy alejada de allí.

Había visto a Sinesio, pero no le había saludado, sino que había huido y se había refugiado rodeada de seres de su misma condición, amparada en las conversaciones que constituyen una muralla impenetrable a los hombres, e incluso a menudo les infunden temor. De sobra saben que sus conspiraciones pueden llegar a ser terribles. Su cabeza no podía apartar la imagen de aquel hombre que la había impresionado vivamente. Si ella explicase que, mucho tiempo atrás, había escuchado unas palabras que…

–Si yo pudiese, descendería hasta las profundidades donde habita Poseidón y le arrancaría el más preciado de sus tesoros para hacerlo palidecer de envidia ante la joya más hermosa del mundo –le había dicho un joven en Ampurias, en mitad del mercado, años atrás, cuando la vio que examinaba unas joyas y se le acercó–. Tus ojos son dos abismos misteriosos donde cualquier hombre podría perderse y vivir la mayor de las aventuras –había añadido aquel muchacho.

–Sí, es una diosa –exclamó el comerciante de cara redonda y eterna sonrisa, y aprovechó el momento–. ¿Y no es un brazalete digno de una mujer tan encantadora? –le mostró la pieza al joven y la puso en el brazo de ella–. ¡Oh, cómo luce!

–No –respondió el joven–. Se oscurece ante sus ojos.

–Te equivocas, joven amigo –replicó el mercader–. A la luz de sus ojos resplandece aún más.

Entonces ella se quitó el brazalete y lo dejó, pero el joven lo tomó de nuevo.

–Tienes razón –dijo al comerciante, sin dejar de mirarla–. Ahora que lo aparta me doy cuenta de que es cierto. Te lo compro porque sus manos lo han tocado –y pagó el precio.

Ariadna se había vuelto y sin mediar palabra había echado a andar. Él la seguía con el brazalete en la mano. Nunca le habían hablado de aquella manera. Nadie la acompañaba y el joven se ofreció. Ella tampoco contestó, sino que bajó la mirada con timidez, pero caminó despacio y permitió que él le regalase los oídos con palabras dulces y delicadas, verdadera poesía que arrancaba suspiros a su corazón y extendía ante ella una inmensa alfombra imaginaria para que caminase por encima.

Había llegado en un barco griego, le explicó aquel joven, e iba camino de Sagunto, pero se quedaría unos días. Entonces intentó tomarle el cesto y ella lo retiró y, por primera vez, habló.

–Los hombres no llevan cestos –había dicho Ariadna.

–Los romanos no, pero yo soy griego.

Y aquí el joven se enteró de que ella también llevaba sangre griega en sus venas y que conocía las costumbres de aquellas tierras, del otro lado del mar, y que sabía que en Grecia una mujer no permite que el cesto lo lleve nadie más que su amado, porque el cesto es la imagen de la cuna interior, de aquel lugar escondido que durante nueve meses cobijará el fruto del amor. ¿Y quién puede ayudarla a acarrear la carga, sino quien la engendró?

Cuando estaban cerca de la casa de ella, la muchacha se detuvo. No debían verla acompañada, se quejó.

–Te cambio el brazalete por este pañuelo –le dijo él.

Ella dudó, pero el joven, con extrema habilidad, le puso el brazalete en la muñeca, le arrebató el pañuelo de las manos y se alejó para impedir que ella protestase.

–¿No estás de acuerdo? –preguntó una de las mujeres.

Ariadna alzó los ojos. Aquella pregunta iba dirigida a ella y no sabía ni de qué le hablaban. Su mente seguía prendida en los recuerdos y su mano acariciaba el brazalete que aún conservaba. ¿Por qué se lo había puesto? Y tuvo que realizar un notable esfuerzo para centrarse en la conversación.

–Si se casan no pueden vivir en la misma casa donde murió su anterior marido –aclaró la mujer, pero no bastaba con aquella precisión–. ¿No nos escuchas? –preguntó.

–Naturalmente que os escucho, pero reflexionaba. No es sencillo responder a esta pregunta. ¿Por qué no pueden escoger la casa que quieran? –se zafó con otra pregunta.

–Por respeto –intervino otra de las mujeres, en un tono de evidencia–. A pesar de que la casa de Aurora sea mayor y más rica, una vez casada ha de ir a la de él. Después, con el tiempo, pueden mudarse. Es la costumbre. ¿Cómo quedaría el pobre marido ante los demás hombres, si no?

–Es cierto. Estoy de acuerdo –respondió Ariadna.

–¿Lo veis? –exclamó la que había hablado en primer lugar, y siguieron conversando, mientras Ariadna procuraba no volver a perder el hilo.

Sinesio la contemplaba desde el interior de la casa y recordaba el día en que la conoció, en la fiesta de Minucio Rufo. Cada palabra, cada gesto, cada mirada de aquellos ojos, y de otros, que le habían transmitido el mensaje de que el acuerdo matrimonial no se sostenía en nada. Sin palabras, sólo con una mirada.

El filósofo ya había captado esta revelación en los ojos de muchas otras mujeres romanas. En Roma el sexo es una cosa y el matrimonio y el amor otras muy distintas, y no tienen por qué andar de la mano, sino que el vínculo que une al esposo y a la esposa es un contrato para tener hijos y una garantía de lealtad, pero en el caso de Ariadna y Druso esta lealtad no existía, y los hijos tampoco. De manera que había aceptado el mensaje de Emilia con esperanza y, también, con recelo. Estaba más que convencido de que Ariadna no era de las que asisten a las fiestas e intentan encontrar un placer que supla las faltas que las costumbres romanas les imponen. Lo había imaginado desde el primer instante que la vio, pero ahora podía jurarlo, porque había visto demasiados ojos femeninos y había descubierto en ellos demasiados deseos no manifestados ni satisfechos. Muchas de las mujeres presentes en casa de Tulio le concederían sus favores sin demasiado esfuerzo por su parte. Y no precisamente por vicio, sino por abandono de sus maridos, que también buscaban el placer en otros nidos. Él no acababa de comprender aquella filosofía que cubría de una espesa capa los sentimientos más tiernos y los ahogaba en la cueva de la fuerza del macho. Signo de debilidad, explicaban que es manifestar sentimientos de amor. Síntoma y señal del miedo que algún idiota había generado en las mentes de aquellos pobres desgraciados, consideraba él. «Si el enemigo apresa a tu esposa podrás mantener la mente clara y tomar decisiones correctas», reza la máxima. Todo, absolutamente todo, era pasado por el tamiz de la guerra. Pero no es la guerra la que hace grande al hombre, sino la paz. No es en tiempo de guerra cuando nace el más alto de los pensamientos, sino en tiempo de calma, cuando las aguas permanecen quietas y el espíritu puede volar. No es merced a la lucha que se conquista el Olimpo, sino gracias al pensamiento. Y al final de todo, se alza la inteligencia por encima de la fuerza física. Sin embargo, siempre movidos por el sentimiento. Así ha sido y así será por toda la eternidad, reflexionaba Sinesio.

–¿Aburrido? –oyó una voz a sus espaldas, y se volvió.

Emilia sonreía y le miraba a los ojos.

–No. Quizá cansado –respondió él.

–¿Recibiste mi mensaje?

–Claro y limpio como la albada de un día de estío.

–¿Seguro? –arqueó las cejas Emilia–. Has permanecido aquí todo el tiempo, apartado, triste y silencioso.

–Ya te he dicho que me siento un poco cansado.

–A veces las mujeres nos tomamos unas libertades… –suspiró, y él permaneció en silencio–. Si ella supiera que he sido yo quien te ha invitado… –esbozó una de sonrisa–. Los romanos no saben tratar a las mujeres –añadió, como si acabase de leer los pensamientos de aquel hombre, y miró hacia el otro extremo de la sala, donde Druso discutía con otros políticos–. No le dirás que he sido yo. ¿Verdad? Piensa que lo perderías todo. ¡Ay! El alma femenina es muy complicada. Deseamos que nos entendáis sin pronunciar una sola palabra. En cambio, entre nosotras no hay secretos y nos lo contamos todo.

Sinesio se había dado cuenta de que Emilia, desde que había comenzado a hablar, ya no le miraba a los ojos, sino que paseaba la mirada por todos los rincones y soltaba frases a medias, esperando que él las concluyese. Entonces su sexto sentido se puso en marcha y guardó silencio.

El alma femenina es harto complicada. ¡Cierto! Y cuando una mujer habla sin conceder demasiada importancia a sus palabras, tal vez esconde más de lo que muestra. Eso también lo había aprendido de Tafaina, la bruja de Tarso, aquella que le enseñó a leer las manos, pero no para ver el futuro, sino para contemplar el presente, porque «si lo conoces, puedes deducir el futuro». Así se había explicado aquella anciana que también sabía mucho más de lo que manifestaba. «A nadie más revelaría estos secretos, pero tú eres especial», le había dicho con una pícara sonrisa. Y le enseñó a leer los signos del cuerpo, aquellos ligeros movimientos que delatan a la persona y que a ella le permitían sacar unos buenos beneficios de las predicciones que venían a buscar hombres y mujeres hambrientos del deseo de conocer lo que el destino les deparaba. «Ellos mismos podrían descubrirlo, si dejaran a un lado el corazón y contemplasen su interior.»

–Es cierto que las mujeres utilizáis un lenguaje especial –dijo Sinesio–. Pensaba que tu mensaje era claro, pero ahora no acabo de entenderlo.

Emilia se volvió hacia él y le miró.

–¿Qué es lo que no has entendido? –preguntó sorprendida.

–Creía que te referías a ti misma, cuando tu esclava me ha dicho que alguien me aguardaba. Sin embargo, ahora parece que hablas de otra persona –sonrió él, hizo una pausa y añadió–: Y me siento triste porque eres la más encantadora de las mujeres que veo en esta sala –se inclinó respetuosamente y se marchó.

Emilia se quedó con la palabra en la boca. Últimamente siempre la dejaban colgada. No esperaba aquella respuesta y, por un instante, se sintió halagada. Pasar una noche con aquel hombre la tentaba. Tenía los ojos verdes y grandes como dos esmeraldas, brillantes y seductores y, al mismo tiempo, misteriosos, sobre todo cuando los entornaba ligeramente, de aquella forma tan personal, dejando caer los párpados para apagar un poco su luz, como si se adentrase en sí mismo en busca de un punto de observación que le permitiera desnudar con la mirada. Su rostro comenzaba a mostrar arrugas en la frente, que todavía le conferían mayor atractivo. También se había fijado en sus manos, de dedos largos y espirituales, ágiles y elegantes que parecían hechos para acariciar con la delicadeza de una pluma, con el aleteo de una paloma, y para arrancar suspiros de placer. No tenían nada que ver con las manos de Druso, más anchas y más cortas, casi cuadradas y muy fuertes. Seguro que Sinesio era un buen amante, amable y sensual. Y siguió acariciando la idea, hasta que descubrió que todas las mujeres habían entrado, excepto Ariadna, que se había quedado en la terraza.

–En esta sala… –murmuró entonces–. ¡Qué hábil eres, jodido! –exclamó con una sonrisa.

¡Ya lo creo que eres hábil!, pensó, y asintió con la cabeza, repetidas veces, con parsimonia, mientras buscaba a Druso con la mirada. Tan hábil que aquellos ojos y la voz mesurada la habían excitado y necesitaba apagar el fuego que la quemaba.

Druso se había apartado del grupo de senadores y se había acercado a la mesa donde reposaban los capones que el cocinero había convertido en platos exquisitos. Iba a tomar un muslo, cuando Emilia le detuvo.

–Hoy puedo mostrarte todo lo que querías ver el otro día –murmuró al oído del hombre, y desapareció hacia la parte de atrás de la casa, hacia las habitaciones.

Allí se quedó, el muslo del capón, y Druso también desapareció de la fiesta.

–Algunos tienen más suerte que otros y pueden escoger el mejor muslo –sonrió Cayo Lelio mientras agarraba el pedazo de capón que Druso acababa de abandonar.

–¿Eso significa que la apuesta aún sigue en pie? –preguntó Cornelio.

–No puedo engañar a un amigo –respondió Cayo Lelio, mordió el muslo y, con la boca llena y un gesto de disgusto, añadió–: No la he conseguido, pero no porque no haya podido, sino porque hay otra que me interesa más –y dejó los restos del muslo en la mesa.

En aquel momento Cornelio vio a Sinesio y abandonó a su amigo para dirigirse a su encuentro. Una idea bullía en su cabeza.

–¿Pueden los dioses esconderte algún secreto? –preguntó, y el filósofo se detuvo y le miró.

–Los dioses pueden decidir sobre los hombres –respondió.

–No has contestado a mi pregunta –insistió Cornelio.

–Los dioses no necesitan secretos. Poseen el poder.

–¿Entonces, por qué dijiste que Ariadna guarda un secreto, si ella es una diosa?

–He dicho que no los necesitan. No que no los tengan. Y yo no conozco el suyo.

Cornelio sonrió divertido. No le creía.

–¿Puedes enseñarme a escudriñar las almas?

Sinesio le miró a los ojos, entornó ligeramente los párpados y durante unos instantes guardó silencio. Después dijo:

–Joven, impulsivo, atrevido e inteligente. Mientras los demás se han conformado con el espectáculo, tú deseas ir más allá. No te basta con ser un espectador, sino que ambicionas el papel de actor. ¿Por qué quieres aprender a escudriñar las almas?

–Porque el día que me enfrente cara a cara con Aníbal quiero mirarle a los ojos y saber qué piensa.

–Quizás alguien le derrotará antes y no será necesario.

–Más vale prevenir que curar.

–¿Ya tienes en cuenta que antes deberás acercarte lo suficiente como para verle los ojos?

–Ésa es mi tarea. La tuya será enseñarme. ¿Puedes hacerlo? –insistió el oficial.

–¿Quiero hacerlo?

–Fija el precio.

–Quizá no podrás pagarlo.

–¿Quién lo dice?

–He dicho quizá.

–Ya hablaremos –sonrió Cornelio, y se retiró.

Alguien con suficiente fuerza, pensó Sinesio. Alguien que puede llegar lejos. Y alguien con quien volvería a hablar. No le cabía la menor duda, porque los ojos no engañan. Pero ahora él se sentía cansado y deseaba retirarse.

4

UN CIEGO NUNCA PUEDE GANAR

Era por la mañana, temprano. Se habían encontrado por casualidad. Cornelio iba camino de la caserna para entrevistarse con Fabio Máximo, y Sinesio se dirigía a casa del senador Mario. Desde la conversación en casa del banquero Tulio no habían vuelto a hablar.

Echaron a andar, el uno junto al otro, y hablaron de temas banales, hasta que llegó el momento de separarse. En aquel corto trayecto Sinesio pudo constatar que los elogios que dirigían al joven oficial no eran gratuitos. Poseía una mente rápida y precisa. No utilizaba más palabras de las estrictamente necesarias y sus ojos eran transparentes y fuertes. Naturalmente, ya lo había descubierto en casa de Tulio, pero había otros detalles en el joven que también le agradaban. Cuando hablaba de Fabio Máximo, transpiraba respeto y admiración y era más que evidente que tenía los oídos bien dispuestos para escuchar cualquier explicación que le procurase nuevas ideas. Únicamente existía un detalle que no le hacía gracia. Era demasiado ambicioso y buscaba con demasiado afán el poder. Claro que, por otro lado, eso no es ningún defecto en Roma, sino todo lo contrario.

–¿Has reflexionado sobre mi petición? –dijo Cornelio cuando ya se despedían–. Enseñarme a leer en los ojos –aclaró.

–No he tenido tiempo. Ando demasiado atareado.

–Ya volveremos a hablar –sonrió Cornelio, e hizo ademán de marcharse, pero Sinesio le detuvo.

–Fabio Máximo debería ser más cauto con la gente que le rodea –dijo el filósofo.

–¿Tus capacidades alcanzan para ver el futuro, o es que hay algo que debería saber? –se interesó el joven.

–Me pregunto si hay alguien capaz de prever el futuro con acierto –sonrió Sinesio–. Porque sólo el presente es seguro, mientras que el futuro depende de demasiadas decisiones.

–¿Entonces?

–Si en estos momentos hay alguien que puede detener a Aníbal, sin duda alguna es él, pero quien ocupa el lugar más alto ha de saber que hay otros con afán de poder –hizo una ligera reverencia y se dio la vuelta.

–¿Quién? –le detuvo Cornelio.

–Un nombre sólo puede pronunciarse cuando se sabe ciertamente la respuesta. En caso contrario, es más prudente guardar silencio.

–¿Y por qué has hablado?

–Intuición. Pura intuición.

Sinesio le dedicó una nueva reverencia y se encaminó hacia su destino dejando a Cornelio preocupado. Desde el día en que le vio actuar en casa de Minucio Rufo, aunque de lejos, aquel hombre le había sorprendido extraordinariamente, porque estaba convencido de que descubrió en los ojos de Ariadna mucho más de lo que había dicho. Y ahora aquellas palabras… ¿Quizás había descubierto algo? ¿Qué había querido decir?

Siguió andando cabizbajo. Tan meditabundo deambulaba que a punto estuvo de tropezar con dos mujeres que venían en sentido contrario.

–No únicamente en las fiestas no prestas atención –dijo la mayor.

Cornelio alzó la mirada y se encontró con los ojos de Claudia, y después con los de Virginia, que estaba preciosa con la cabellera negra que le caía sobre los hombros y aquella sonrisa franca y abierta que alargaba sus labios, hinchaba sus pómulos y hacía brillar sus pupilas.

–Lo siento. No os había visto.

–Ya me he dado cuenta de que no ves demasiado. ¿O quizás es que no miras? –respondió Claudia, tomó el brazo de Virginia y prosiguieron su camino.

Cornelio se quedó allí, sin saber qué responder. Entonces un pensamiento divertido cruzó su mente. No sabría decir cuál de ambos culos le gustaba más, porque ambos se movían con mucha gracia. Y en aquel instante Claudia volvió la cabeza, le pilló con la vista fija en la parte más baja de su espalda, él se dio cuenta, enrojeció como un tomate, dio media vuelta y se alejó con paso firme y decidido mientras oía las risotadas de las dos mujeres.

Cuando entró en la caserna aún pensaba en las dos mujeres. Virginia era joven y sensual. ¿Cómo serían sus pezones? ¿Oscuros o claros? ¿Quizá puntiagudos? ¿De aquellos que invitan a lamerlos...? Y Claudia, a pesar de ser mayor, aún conservaba toda la gracia de un cuerpo bien formado. Comentaban que era una mujer inteligente y astuta como una zorra, que removía la cuchara del puchero de su casa, y de alguna otra, que poseía una habilidad extraordinaria para moverse entre las matronas y saber todo cuanto había que conocer. También afirmaban que Mario le consultaba buena parte de sus decisiones, a pesar de que no lo confesaba, porque sería despreciado por los demás miembros del Senado. Cornelio sonrió. Seguro que en la cama también era ágil como un gato y, más que seguro, poseía una notable experiencia. Debía de tenerla para contentar a su viejo marido que, según contaban, cuando joven no dejaba escapar la menor ocasión, pero desde que se había casado con ella ya no miraba a ninguna otra. Posiblemente, tenía más que de sobra con ella.

Tuvo que hacer un notable esfuerzo para apartar aquellos pensamientos y recordar las palabras de Sinesio. No fue sencillo, pero cuando ya se encontraba frente a Fabio Máximo lo había conseguido y se preguntaba quién podía ambicionar su puesto. ¿Tal vez Minucio Rufo, presente en aquel instante? ¿O... Terencio Varrón?

Fabio Máximo acabó de dar las instrucciones y Minucio Rufo abandonó la sala de los mapas.

—Minucio Rufo dice que el Senado está inquieto y que no soportan la táctica dilatoria que he puesto en práctica. ¿Has oído algún comentario? —preguntó su general y dictador.

Cornelio recordó de inmediato la conversación que poco antes había mantenido con Sinesio. No dejaba de ser curioso que aquel hombre le hubiese insinuado una posible conspiración y que ahora el propio Fabio Máximo le formulara aquella pregunta. Parecía una premonición o ¿es que Sinesio ya sabía lo que tenía que pasar?

Sin embargo se limitó a decir:

–Siempre corren rumores.

–¿Y qué dicen los rumores?

–Que tienes miedo de enfrentarte a Aníbal –respondió Cornelio con sinceridad, repitiendo las palabras que había escuchado en casa de Tulio, en boca de Terencio Varrón.

–¿Miedo? –meneó Fabio Máximo la cabeza, a derecha e izquierda–. El valor de nuestros generales nos ha supuesto tres derrotas consecutivas. Y si el Senado no lo ve, quiere decir que están ciegos. ¿Tú también piensas como ellos?

–Emilio Pablo está contigo, pero Terencio Varrón cree que ya ha llegado la hora de derrotar a Aníbal –dudó un instante y coronó–: Y como él, parece que hay más voces que se alzan en el Senado, pero yo estoy contigo.

–Sí –sonrió Fabio Máximo con tristeza–. Y lo mismo pensaban Sempronio Longo en el río Trebia y Cayo Flaminio a orillas del lago Trasimeno –alzó la voz–. ¿Dónde están ahora…? ¡Muertos! –bajó de nuevo el tono y prosiguió–: El gran Flaminio, constructor de la Vía Flaminia, tribuno de los plebeyos, cónsul y censor. Y ahora muerto y no sé si enterrado, porque su cadáver fue pisoteado por los caballos de Aníbal y nos lo devolvieron en pedazos tan pequeños que era imposible reconstruirlo. ¡A saber si no enterramos pedazos de todos nuestros soldados! –levantó la mirada–. ¿Es eso lo que quieren?

–No, noble Fabio. Desean la victoria, como todo el pueblo de Roma.

–Entonces, que tengan paciencia, porque ésta es una guerra de desgaste. Quien aguante más tiempo será el vencedor. Quien pierda la paciencia lo perderá todo –respondió Fabio Máximo–. Hemos rehecho el ejército, dicen. No hemos rehecho nada. Nuestros hombres son jóvenes e inexpertos. ¿Qué quieren que haga con ellos? Un enfrentamiento significaría el fin de Roma. ¿Alguno de ellos conoce de veras la forma de derrotarlo?

–Hay un hombre… –comenzó Cornelio, y se detuvo. Ahora dudaba más que nunca.

–¿Un hombre? –se interesó Fabio Máximo–. ¿Qué puede hacer ese
hombre? ¿Y quién es?

–Su nombre es Sinesio. Es un filósofo medio griego medio romano. El hijo de Marco Romeo.

–Sí. Ya he oído hablar de él. Es el preceptor de los hijos de Mario
–levantó una ceja e inquirió–: ¿Y…?

–Posee unos dones especiales. Es capaz de leer en los ojos de las
personas y entrever el futuro.

La risotada colmó la sala. Capaz de leer en los ojos y entrever el
futuro, no cesaba de repetir Fabio mientras se enjugaba las lágrimas.

–¿Quizás anoche bebiste más de la cuenta? –concluyó.

–Hizo un retrato de Minucio Rufo con menos de diez palabras y
puedo jurar que todas ellas eran exactas –respondió Cornelio–. Estoy
convencido de que si le pidiésemos ayuda…

–Ya tenemos nuestros augures. Y todos dicen lo mismo: Aníbal es
una fiera salvaje y los dioses le son favorables –negó Fabio Máximo–.
Hay que esperar.

–Sí. Tenemos nuestros augures, a los que no escuchamos –replicó Cornelio–. Si Cayo Flaminio hubiese tenido en cuenta las palabras
de Silvio no habría perdido la vida.

–Tienes razón, pero si no escuchamos a los romanos, menos escu-
charemos a un griego.

–No olvides que también es romano.

–Griego o romano. ¡Qué más da! La fe se va perdiendo con el tiempo –dijo Fabio Máximo, y dio por acabada la conversación.

Cornelio hizo ademán de insistir, pero calló. Conocía muy bien a
su dictador y sabía que no le escucharía. ¡Lástima! Pensó.

* * *

Druso abandonó la casa temprano. La noche anterior había llegado muy tarde y no había cenado. Ariadna le vio marchar cuando
se dirigía hacia el altar de los lares situado en el atrio, bajo el techo

que lo protegía de las inclemencias del tiempo. El día era claro y sereno. Nada más desaparecer la figura de su marido, su memoria le retornó hechos que preferiría olvidar.

Tres días antes, Druso había discutido con ella, como tantas otras veces. ¿El motivo...? Carecía de importancia. Cualquier palabra era excusa suficiente para incitar un discurso plagado de insolencia y procacidad, sólo que, en aquella ocasión, las ofensas fueron más allá de lo que era habitual y traspasaron la frontera del cinismo y la doble intención para adentrarse en los gritos y las amenazas. Entonces, Ariadna, al ver el cariz que tomaba la escena, se levantó de la mesa y se dirigió a su habitación, dejándole con la palabra en la boca.

No era la primera vez y no estaba asustada, porque ciertos hábitos acaban por endurecer el corazón y ahogan los sentimientos, pero aquella noche se sentía inquieta y no podía conciliar el sueño. Después de dar vueltas y más vueltas en la cama, de escuchar cómo la casa poco a poco se quedaba en silencio y de contemplar el largo desfile de recuerdos que la abrasaban, finalmente se había levantado tensa y se había acercado al peristilo para pasear un rato bajo la luz de las estrellas y dejar que ellas fuesen testimonio mudo de su tristeza.

Aún no había alcanzado el banco que ocupaba el centro cuando, a través de la ventana de la habitación de Druso, le llegaron sonidos que le eran familiares. Demasiado familiares, porque los había oído otras veces, cuando salía a pasear por aquel jardín a cielo abierto, prisión y, al mismo tiempo, pequeña libertad. Su marido usaba con harta frecuencia los servicios de las esclavas y de algún que otro esclavo y aquello no representaba ninguna novedad. De manera que se sentó alejada y contempló las estrellas.

Sus recuerdos hicieron una pirueta en el tiempo y rememoró el día en que su hijo nació muerto.

—Has frustrado una vida por el odio que sientes por mí —había gritado él.

—Quizás has depositado en mí una semilla podrida y muerta, porque tú también estás podrido y muerto por dentro —había replicado Ariadna con desprecio, aún débil a causa del parto.

Y él la abofeteó con rabia, una y otra vez, hasta que se cansó.

–No vuelvas a hablarme así nunca más –le había gritado, tras descargar toda su furia sobre ella.

Hubiese querido mirarle. Con odio, naturalmente, pero se abstuvo y bajó la mirada. Lo contrario habría resultado peligroso. Druso medía cada vez menos la fuerza de su castigo. ¿Qué podía sentir, si no, por aquel hombre que en la noche de bodas, al concluir el convite y bebido en exceso, quiso poseerla nada más llegar a la habitación nupcial?

Ella, tras abandonar Ampurias con el corazón hecho jirones por todos los recuerdos, creyendo que la lejanía le permitiría olvidar la brutalidad de su padre, esperaba algo más que sentirse propiedad de su señor. La ceremonia había seguido los pasos marcados por la costumbre y Druso simuló el rapto del convite, mientras su padre procuraba retenerla y los invitados se lo impedían. Todos reían, todos lo estaban pasando en grande y ella siguió a su marido hasta la habitación que las esclavas les habían preparado en su nuevo hogar. Allí todo cambió. Druso ya no reía, sino que la miraba con deseo y un cierto desprecio.

–Te he aceptado, aunque hayas vivido entre los animales y seas mercancía de segunda mano –le dijo él, empujándola hacia la cama–. A partir de ahora sabrás qué es la honradez.

Se asustó y quiso resistirse, pero él la asió con fuerza, la inmovilizó, le arreó un bofetón, le arremangó la falda, le abrió las piernas y la penetró sin el menor preámbulo. Se movía como un animal, con fuertes empujones, y ella le dijo:

–Avísame cuando hayas acabado. Así podré lavarme y quitarme de encima tu hedor –y apartó el rostro para cerrar los ojos.

Druso se dio cuenta de que aquello era lo mismo que estar encima de un cadáver. Parecía como si ella se hubiese dormido. Los labios de Ariadna permanecían mortecinos, todo su cuerpo estaba desmayado y no respondía a ninguna de sus caricias. ¿Caricias...?

No pudo. No pudo coronar su gesta porque la sangre se le había quedado helada, porque aquel rechazo era muy superior a cuanto podía imaginar y el desprecio por parte de aquella mujer le impedía toda excitación. Medio turbio por el vino, enrabiado, la golpeó de nuevo, hasta que la cara de ella se cubrió de sangre. Derrotado, Druso se levantó de la cama y, en pie, al descubrir el resultado de los golpes, le dijo:

–Si se lo cuentas a alguien, te mataré–. Pablo Venecio le había recordado que Ariadna era la niña de los ojos de su amada esposa, ya muerta, y que un miserable griego la violó. Por eso quería estar seguro de que la casaba con un hombre que la trataría bien–. Te has caído. ¿Comprendes? –añadió con la mirada de un loco.

Ariadna se incorporó, se limpió los labios y la nariz, contempló su mano manchada de sangre y, temblando, no se atrevió a responder. Al día siguiente, disimuló cuanto pudo los efectos de la brutalidad del animal que tenía por marido e incluso esperó una semana para dirigirse en busca del fuego de las vestales, cuando nadie podía adivinar cuál había sido su destino.

La poseyó. Más tarde, naturalmente. Sólo su cuerpo, sin embargo. Y cuando el niño nació muerto, no volvió a tocarla.

–Me das asco –le repetía Druso con frecuencia. Nunca en público, porque Roma vive de las apariencias.

Ahora ella sabía que Druso se resarcía con las esclavas y los esclavos y callaba. El sexo, en Roma, no forma parte del amor y los placeres se hallan en otros cuerpos y en otras circunstancias, le habían explicado, y Ariadna lo aceptó casi con un suspiro de alivio, porque mientras fuese con otras ella podía estar tranquila.

Durante los dos primeros años de matrimonio Ariadna se había encargado personalmente de que el fuego de los penates se cubriese cada noche y se reavivase cada mañana, hasta que su embarazo ya se encontraba muy avanzado y le impidió seguir con la misma actividad que de costumbre. Entonces, había rogado que se hiciese cargo de esa delicada tarea a Octaviana, su hermana, amiga y confidente, la persona que gozaba de su confianza, a quien le había explicado buena parte de los secretos más íntimos y personales, callando otros, los más punzantes. Y bien que habría preferido que siempre fuese así, que otra mujer tuviese a su cuidado aquellas llamas, porque para ella eran frías como las aguas del Tíber en mitad del invierno.

Acabó de azuzar el fuego y se dirigió hacia la cocina para dar las órdenes a los sirvientes y a los esclavos. Lo hizo mecánicamente, como un acto repetido mil veces, mientras su cerebro no cesaba de meditar. ¿Estaban al corriente de todo, los criados? Quizá sí, porque viven bajo el mismo techo, guardan silencio, pero tienen oídos para escuchar, ojos para mirar y suficiente capacidad como para sacar sus propias conclusiones.

Un detalle la preocupaba. Ya hacía demasiados días que Emilia le ensalzaba las cualidades de Sinesio, de aquellos ojos verdes e inmensos, claros y embrujadores, de su voz mesurada y profunda, de las manos de dedos elegantes y largos, de aquel cuerpo delgado y de su rostro enigmático. Y cada vez lo hacía con mayor insistencia, como si se tratase de una obstinación femenina disimulada y disfrazada de deseo. ¿Por qué?

El primer día que la oyó comentar que tenía que ser un gran amante, no le gustó. Pero no fueron sus palabras lo que no le agradaba, sino el tono que había empleado para pronunciarlas y, sobre todo, la mirada que le dirigió con el afán de descubrir alguna reacción en su rostro. Sin embargo, ella encogió los hombros y simuló que no le concedía mayor importancia. No podía explicar que el tiempo tal vez difumina, pero nunca consigue matar por entero las imágenes del pasado, que revive cuando se nos hacen presentes. En aquellos días, desde que había conocido a Sinesio, desde que había tomado sus manos entre las de él y había acariciado su mejilla, más de una noche el recuerdo, el tierno recuerdo del segundo día que vio a aquel joven en Ampurias, que también había tomado su mano para descubrir sus secretos –los tesoros de Poseidón, le había dicho–, había regresado con la calidez de su piel. Bajo la tenue luz de la luna, en más de una ocasión se había despertado excitada y feliz, con los pezones duros, y había acariciado su cuerpo hasta conseguir que aquella imagen adquiriese una fuerza casi real y, por un instante, lo había sentido dentro de ella con toda la energía del universo. Pelagio se llamaba. «Mar profundo» era su significado, según le había explicado. Mar profundo que se adivinaba en el verde de sus ojos que parecían reflejar la luz, de la misma manera que hace el agua del Mediterráneo cuando las algas flotan cerca de la costa.

Los ojos de Sinesio también eran verdes, pero más suaves, más claros y más tiernos. ¿Por qué misteriosa razón ambos hombres, a pesar de que no fuesen el mismo, habían pronunciado casi idénticas palabras? ¿Por qué aquel hombre se había ofrecido a llevarle el cesto? Tal vez por esa coincidencia durante un instante creyó que los dioses habían robado los ojos de Pelagio y los habían encastado en las cuencas del filósofo que desnudaba las almas. ¿De veras podían hacerlo los dioses?, se preguntó. ¿Son capaces los dioses de romper las fronteras del tiempo y revivir un pasado ya muerto? Quizá no o tal vez sí, porque algunas noches la imagen del joven se confundía con el rostro de Sinesio y sus sueños se convertían en extrañas mezclas donde las voces cabalgaban unas sobre las otras y repetían las mismas frases, mientras unas manos intentaban arrebatarle el cesto.

De pronto apartó todos aquellos recuerdos de su mente. No era momento de revivir el pasado, sino de dedicarlo a otros asuntos más urgentes, e hizo un esfuerzo por olvidar los sueños y centrarse en la realidad del presente.

Emilia era libre, su padre era rico y podía escoger a quien deseara, mientras que Ariadna tenía que conformarse con lo que el destino le había deparado, con su marido, con Druso, el hombre que la golpeaba, que le había separado las piernas y la había poseído con toda la frialdad del mundo, y del que había recibido por segunda vez los brutales empujones de un macho en celo, de un pene que le reventaba las carnes nunca húmedas y le producía dolor, mucho dolor. Y no únicamente en su cuerpo, sino más en el interior, donde el odio y el deseo de venganza arden con toda la fuerza del fuego de Vulcano, dios de la forja de los cielos y esposo de la dulce Venus, la diosa del amor que, posiblemente, también tendría que consentir ante la brutalidad de un ser acostumbrado a manejar el martillo, el hierro y las brasas.

En no pocas ocasiones había intentado apartar el recuerdo de Sinesio, del hombre que representaba el retorno de un pasado perdido en la noche de los tiempos, pero no lo había conseguido. Al contrario: cuanto más pretendía alejar su imagen, aquel rostro se le aparecía en sueños, cada vez con mayor frecuencia, y traía consigo cogida de la mano la imagen de Pelagio, que la torturaba con la dulzura de sus caricias imaginarias. Y al día siguiente, cuando se encontraba con Octaviana, tenía que morderse la lengua para no relatarle las maravillosas sensaciones arrancadas a la oscuridad de la noche, aquel tierno y afectuoso tormento que le permitía vivir instantes de pequeñas plenitudes.

¿Qué frenaba a Druso? ¿Por qué no la repudiaba? Bien podía haberlo hecho, alegando que no le había dado hijos. Claro que, entonces, ella hablaría y saldrían demasiadas cosas a la luz. ¿De veras lo haría? ¿Ciertamente hablaría? Y su pensamiento se desvió hacia Ampurias. Allí se hallaba el motivo de la cobardía de su marido, el hombre que todo lo dejaba a medias. ¿Cobardía o interés? Ella apuntaría hacia el interés. ¿O, quizás, una mezcla de ambos? Conocía muy bien a Druso y sabía que hasta que no obtuviese el cargo de senador no deseaba perder ninguna de las relaciones que le permitían mantenerse a niveles altos. Ella era hija de alguien importante y principal y hermana de la esposa de Minucio Rufo. Pero una vez Druso hubiese alcanzado su objetivo, ya no necesitaría el apoyo del gobernador de Ampurias, antiguo senador y magistrado. Entonces la repudiaría y, entonces, si tenía suficiente valor, todo saldría a la luz pública, cosa que ella tampoco estaba demasiado dispuesta a consentir.

No dejaba de ser curioso que el motivo de su infortunio fuese, a la vez, su mejor garantía de seguridad.

¡Bien! Ya basta por hoy de reflexiones. Decidida, tomó el cesto y se dirigió al mercado.

Cuando andaba por las calles de Roma tuvo un pensamiento. Tal vez la costumbre de pasear por el mercado, tal como hacía en Ampurias, no era nada más que el deseo de mantener vivo un recuerdo. Y, quizá, no debería haber reaccionado como lo había hecho cuando Sinesio se le presentó y le pidió que le dejase llevar el cesto. Había empleado casi las mismas palabras que ya había oído en Ampurias. Y lo mismo había sucedido en casa de Minucio Rufo. Aquello constituía la prueba irrefutable de que aquel hombre podía leer en los ojos de cualquiera y arrancarle los secretos más agazapados, a pesar de que dijese que él no podía atreverse a tocar los tesoros de Neptuno.

Y sintió temor.

* * *

El senador Mario siempre decía que los baños son mejores que los duros y fríos bancos del senado y que las termas constituyen el mejor de los inventos. No empleaba los baños de vapor, sino que se conformaba con la piscina termal, porque dentro del agua caliente, cuando el cuerpo parece flotar, la mente se libera y los pensamientos son más precisos. Por eso acudía regularmente, cada tres días, para encontrarse con los compañeros de las gradas y plantear asuntos que requieren calma y paciencia, lejos del ajetreo de las acaloradas discusiones que encienden a los grandes oradores. Era mucho más acertado hacer ciertas cosas bajo las expertas manos de los masajistas, tras haberse sumergido en el agua fría para retornar a la vida los humores que Hipócrates tanto y tanto mencionaba en sus escritos y que su médico particular procuraba mantener activos. Su cuerpo ya no poseía la fuerza y la destreza de la juventud, de manera que no entraba en el gimnasio, excepto cuando había alguna apuesta de por medio, pero seguía manteniendo un cerebro claro y sus palabras eran acogidas con respeto.

Durante un buen rato había permanecido en silencio, mientras en una de las salas que rodeaban la piscina principal, aquellas manos le amasaban los músculos de la espalda. Parecía dormitar, pero tan sólo se trataba de una apariencia, porque su mente seguía prendida de las últimas palabras pronunciadas por Terencio Varrón, que no era asiduo visitante de aquellos placeres, pero que aquel día, curiosamente, se había acercado hasta los baños. No albergaba la menor duda de que el motivo de su presencia era él y que Terencio Varrón había escogido especialmente la hora de la cita, justo a media tarde, cuando, tras un ligero refrigerio y un rato de descanso, el cuerpo se encuentra bien y los oídos más dispuestos a escuchar. Después, al concluir el baño, regresaría a casa y se prepararía para la verdadera comida del día: la cena. Los romanos se levantan temprano y comen poco, al mediodía casi ni se sientan a la mesa, pero la noche, que empieza cuando el sol aún está en el cielo, representa el fin de la jornada, el merecido descanso y el disfrute de la mesa con la ayuda de una agradable conversación.

El senador se relajó y se centró en los dedos ágiles y fuertes que se paseaban por su piel como haría una paloma, con delicadeza. De vez en cuando la presión aumentaba, cuando la destreza del masajista había descubierto un punto de tensión. Mario se preguntaba cómo aquel hombre podía detectar el lugar exacto donde él precisaba de una especial atención, cómo aquellos dedos, a tientas, eran capaces de traspasar la piel y hurgar en las carnes para deshacer todos los nudos que las preocupaciones generan.

Finalmente, el masajista acabó su trabajo y el senador respiró hondo y se incorporó. Se sentía bien.

—Te lo recomiendo encarecidamente –sonrió a Terencio Varrón, que se hallaba cerca, sentado en el banco–. Tiene unas manos que son oro puro.

—Ya he tenido suficiente con el baño –respondió Terencio Varrón. Ambos estaban envueltos en una toalla.

Sí, afirmó Mario con ligeros movimientos de cabeza. Sin embargo quería decir que no, que no era que su interlocutor hubiese tenido suficiente, sino que había tenido demasiado. De paciencia, naturalmente. Le había hecho bailar por toda la estancia, porque aquel hombre le había seguido como un perrillo faldero. Podría jurar que no se había separado en todo el tiempo ni cinco codos de él y no había dejado de hablar y hablar en voz baja hasta que Mario se dirigió a la sala de masajes y se tendió sobre el banco de piedra. Entonces Terencio Varrón había cortado su discurso, a pesar de que no lo hizo para que el senador disfrutase de un instante de reposo, sino para no ser escuchado por nadie.

—Esta mañana ha venido a visitarme Minucio Rufo –dijo Mario cuando se habían quedado solos–. Le he preguntado si estaba de acuerdo con el planteamiento de Fabio Máximo y, como siempre, me ha ofrecido una respuesta imprecisa que puede interpretarse en cualquier sentido. Por un lado es consciente de que no avanzamos, pero por otro piensa que, cuando menos, Aníbal se ha detenido.

—Bien podría atacar Roma y destruirnos, si sus fuerzas fuesen tan grandes como algunos imaginan –replicó Terencio Varrón–. Yo estoy convencido de que, si aún no lo ha hecho, es porque nos tiene miedo y sabe que un nuevo enfrentamiento significaría su fin.

—Lo mismo pensábamos en Trasimeno.

—Te equivocas —le corrigió Terencio Varrón—. En el lago Trasimeno no habíamos podido rehacer nuestras legiones y él vino a buscarnos. Ahora todo es diferente. Nos esquiva. Se ha dirigido hacia el Adriático y allí se ha quedado quieto. ¿Por qué? Sólo hay una respuesta: porque tiene claro que un enfrentamiento directo sería su perdición —insistió en la misma idea.

—Emilio Pablo sigue opinando que aún no hemos establecido una estrategia clara respecto a Aníbal y que más vale esperar.

—¿Hasta cuándo?

—A esa pregunta no ha respondido —dijo Mario con una sonrisa.

—Nuestras naves son atacadas constantemente. No podemos comerciar con nadie y todo el Mediterráneo se mofa de nosotros. Aníbal aguarda refuerzos de Macedonia y reza a todos los dioses para que Hierón de Siracusa muera pronto —alzó la voz Terencio Varrón. Después atemperó de nuevo el tono—. Hemos de tomar una decisión.

Mario guardó silencio. Su esposa Claudia, a quien siempre solicitaba consejo, no sentía demasiado afecto por Minucio Rufo. Es un intrigante, repetía cada vez que se lo mentaba. ¿Y Terencio Varrón? Es un hombre del pueblo. Más corazón que cerebro. Ésta era la valoración de una mujer a la que él consideraba sincera y leal. Sin embargo, Terencio Varrón tenía razón. Si aquella guerra continuaba, Roma moriría de hambre y de miseria. Todo el norte de la península ya estaba en manos de Aníbal y si Siracusa se le unía, perderían el sur.

—¿Quién sustituiría a Fabio Máximo? —preguntó.

Terencio Varrón se lo tomó con calma. Esperaba la pregunta, y... ¡la deseaba!, porque significaba que, por lo menos, existía una posibilidad de volver las tornas. No obstante, la respuesta era extremadamente delicada y era preciso escoger con mucho tiento las palabras.

—Estamos en manos de un solo hombre y eso no es bueno —dijo—. Si el Senado nombra dos cónsules, la responsabilidad será compartida y dos cerebros piensan más que uno.

—¿Quiénes serían esos dos cerebros? —preguntó Mario, aunque ya conocía la mitad de la respuesta.

—Emilio Pablo siempre habla con sensatez y sentido común. Él ha de ser uno de ellos.

–¿Y el otro? –alzó una ceja.

–Alguien capaz de guiar el ejército hasta la victoria, alguien que no tema a Aníbal, aunque le infunda respeto.

–¿Alguno de los hermanos Escipión?

Terencio Varrón no esperaba aquella salida. Tal vez se había equivocado al valorar al viejo senador. Sin embargo, respondió:

–Están en Hispania y no podemos prescindir de ellos. Se encuentran demasiado ocupados.

–¿Claudio Marcelo? –siguió pinchando Mario. Le gustaba aquel juego.

–No negaré que venció a los galos en Clastidium y que mató a Virdumar, pero ahora nos enfrentamos a un peligro muy distinto. Se necesitaría alguien con más batallas a sus espaldas –respondió Terencio Varrón. Notaba que su corazón empezaba a trotar y no quería perder la paciencia.

–¿Como tú, por ejemplo? –sonrió Mario.

–Sería un honor –inclinó ligeramente la cabeza en señal de sumisión.

–Lo meditaré –concluyó Mario, y se tendió panza arriba mientras entornaba los párpados.

Terencio Varrón abandonó la sala de masajes, se vistió la túnica y salió a la calle.

Lo meditaré, había dicho Mario. No era momento para meditaciones, sino que había llegado la hora de actuar, gritaba en su interior. Lo meditaré. Y, mientras, Aníbal conseguiría convencer al rey Filipo de Macedonia, Hierón moriría y Siracusa decantaría definitivamente hacia un lado los platillos de la balanza. Pues, si no quería perderlo todo, ya podía meditar deprisa.

Aún no había andado ni cien pasos cuando se encontró con Minucio Rufo. Aquél debía de ser un día de encuentros planificados, porque el hábil senador no llevaba ningún rumbo fijo, sino que parecía dejar correr el tiempo aguardando a alguien. ¿Tal vez a Druso, su eterno acompañante? No. Seguramente a él, concluyó.

–Podías haber insistido más –exclamó Terencio Varrón, por toda salutación. No era necesario que mencionase a quién ni qué.

–Mario es un viejo senador demasiado listo –respondió Minucio Rufo–. Y a los viejos hay que saberlos conquistar poco a poco. ¿Cómo ha ido?

–Dice que lo meditará –dijo impaciente.

–Eso es una buena señal.

–Yo no lo veo como tú.

–¿Le has propuesto que Emilio Pablo sea uno de los cónsules?

–Sí.

–Entonces, yo te digo que es buena señal.

–Ojalá aciertes.

–Mañana le visitaré de nuevo y espero que él me cuente vuestra charla. Entonces será el momento de hablar con Marco Pomponio y rematar el trabajo –guardó silencio un instante y miró a Terencio Varrón, a los ojos–. Si Mario acepta tendremos a la mayor parte del Senado de nuestra parte, porque no creo que sea demasiado difícil convencer al pretor. Pero recuerda tu promesa.

–Si Mario acepta y el Senado lo apoya, Marco Pomponio será general y tú serás el nuevo pretor urbano. Te lo garantizo.

* * *

El sol caía lentamente y las sombras se alargaban. No hacía ni un momento que Aníbal había ordenado a sus oficiales que lo tuviesen todo a punto para el día siguiente. En el interior de la tienda, la luz era cada vez más tenue y él se echó sobre la piel que cubría la cama improvisada en el suelo. Le gustaba dormir sintiendo la tierra bajo su cuerpo, la tierra que había decidido dominar. Miró hacia la puerta y entornó de nuevo el ojo derecho para comprobar que el izquierdo seguía perdiendo claridad y le anunciaba una noche oscura. Quizá debería seguir los consejos del físico y ponerse la cataplasma de arcilla en la cara. Sin embargo no acababa de decidirse, porque dudaba de todo y de todos. Su humor había variado tanto en las últimas semanas… Ahora su mente luchaba para no permitir que los sentimientos hundiesen el universo de gloria que había construido con tanto esfuerzo.

Fabio Máximo era peligroso. Tal como imaginó en un principio, en todo aquel tiempo no había aceptado ningún enfrentamiento directo. Había transcurrido todo el verano y la situación no había variado ni un ápice. Aquel maldito romano atacaba sus flancos, esperaba pacientemente hasta que algunos de sus hombres estuviesen solos y los eliminaba. Era desesperante. Necesitaba más hombres si quería atacar Roma, porque únicamente con sus fuerzas no podía arriesgarse a un asedio largo, y Cartago continuaba ciega, mientras que Iberia tampoco podía proporcionarle ayuda porque los hermanos Escipión mantenían quieto a Asdrúbal. Por otro lado no podía seguir avanzando hacia el sur. A pesar de la victoria del lago Trasimeno, todas las ciudades de la Toscana y la Umbría le habían dado con la puerta en las narices y cada vez que necesitaba abastecerse significaba una nueva batalla y un nuevo desgaste. De manera que había tomado la decisión de dirigirse hacia el Adriático y alejarse de su objetivo principal. Tal como le había enseñado el gran Amílcar, hay que saber esperar con paciencia hasta que los dioses vuelvan sus ojos hacia ti y las circunstancias te sean propicias. En caso contrario el fracaso será tu compañero y la derrota el precio que tendrás que pagar por tu precipitación. ¿Pero, de dónde sacaría los hombres que necesitaba?

Ahora, la decisión de dirigirse hacia el este le parecía la más prudente. Aquellas tierras, las del Adriático, se mostraban más hospitalarias. Le tenían miedo, sin duda, porque la proximidad de Grecia las hacía más débiles. Sin embargo, las negociaciones con Filipo de Macedonia tampoco avanzaban a buen ritmo. Muchas promesas, muy buenas palabras, pero ninguna realidad tangible. Aníbal sabía que Filipo sólo entraría en la contienda cuando viese que todo estaba muy claro.

«¿Quién puede confiar en un macedonio?», exclamó echado en la cama, y apuntó con sus ojos hacia el sur a través de la tela de la tienda, hacia Siracusa. Hierón no era más que un anciano y se encontraba gravemente enfermo. Su muerte significaría una bendición. Sus espías le habían hecho llegar el mensaje de que la poderosa ciudad de Sicilia rompería todos los pactos con los romanos cuando Hierónimo alcanzase el poder. Al llegar a ese punto sus pensamientos se desviaron ligeramente para recordar el plan que tan meticulosamente había preparado antes de atacar y conquistar Sagunto. Con mucha paciencia aguardó hasta que su ejército en la sombra ocupó los lugares que le había asignado y ahora recogía los frutos. Conocía al dedillo cada movimiento de los romanos. Sin embargo, Fabio Máximo había iniciado una estrategia que se basaba en la improvisación y eso impedía que sus espías pudiesen proporcionarle datos fiables y exactos.

A Fabio Máximo, y sólo a él, Aníbal respetaba. Ahora todo dependía de lo que fuesen capaces de hacer sus servicios en el interior de Roma. Tres eran los hombres fuertes de la ciudad que pretendía destruir. Fabio Máximo al frente y, bajo su mando, Terencio Varrón y Emilio Pablo. Los otros hombres fuertes, los hermanos Escipión, permanecían fuera, en Iberia, y ya se ocuparía de ellos cuando hubiese acabado con la urbe.

En aquellos tres hombres se hallaba la respuesta y la solución al problema, aunque el verdadero estorbo era Fabio Máximo, y Aníbal ya había decidido deshacerse de él. ¿Pero, cómo? Y la falta de respuesta le alteraba los nervios. Todo lo que se escapaba de sus manos no le gustaba, a pesar de que sabía que un solo hombre no puede hacer nada de nada y que somos lo que somos gracias a la gente que nos rodea.

Un prodigio. Eso es lo que pedía a los dioses. Un milagro que le permitiese enfrentarse por cuarta vez a los romanos y, si la victoria le sonreía, quebraría todas las reticencias de Filipo, obtendría refuerzos, entraría en Roma y dominaría todo el Mediterráneo occidental.

—¡Dioses! —gritó con los puños en alto.

El oficial de guardia entró corriendo. Aquel grito le había asustado.

Aníbal se incorporó ligeramente. El pobre jefe de los centinelas ponía cara de idiota, allí, de pie, con la espada en la mano, casi temblando y escrutando con la mirada el interior de la tienda en busca de algún peligro que pudiese atentar contra la vida de su general.

—Creía que... —empezó una frase.

—No ha sido nada —le cortó Aníbal, e hizo un gesto con la mano para que se retirarse.

El jefe de los centinelas enfundó el espada y salió tras hacer una reverencia.

Ahora Aníbal se sentía cansado, pero, por lo menos, aquella imprecación le había servido para recuperar la calma y parecía que se había llevado consigo buena parte de las preocupaciones de los días anteriores.

–Dioses –repitió en voz baja, volvió a tenderse y cerró los párpados–. Dioses –murmuró de nuevo, y el sueño por fin se apoderó de él.

* * *

Sinesio escuchó golpes en la puerta. No era la hora en que llegaban los hijos de Mario para recibir sus enseñanzas y tampoco esperaba a nadie. Se extrañó. Más aún cuando vio al joven Cornelio plantado allí, con un rollo en la mano.

–Quiero hablar contigo –anunció el oficial romano–. ¿Puedo entrar?

El filósofo se apartó y Cornelio entró. Entonces cerró la puerta y lo condujo hasta la habitación que le servía de sala de trabajo. La estancia de las reflexiones, como él la había bautizado. Una sala grande con pocos muebles y una mesa repleta de escritos, encarada hacia el este, con una ventana que daba a un patio interior, sin cortinajes.

Durante el corto trayecto a través del pasillo que unía el atrio con la parte posterior de la casa, el joven oficial se fijó en que la casa aparecía descuidada y que el polvo llenaba buena parte de los rincones. Eso sólo podía confirmarle que su amo no gozaba de una generosa fortuna y, en consecuencia, aceptaría la propuesta que había venido a hacerle.

–¿En qué puedo servirte? –preguntó Sinesio, mientras le ofrecía fruta y vino.

–De sobra sabes lo que quiero –respondió Cornelio.

–Derrotar a Aníbal –afirmó Sinesio.

–Enséñame a leer en sus ojos –dijo Cornelio.

Sinesio, sin mirarle, acabó de servir la copa de vino y le acercó la bandeja donde reposaban las manzanas y los higos de inicio de otoño.

—Es un largo camino —dijo, moviendo la cabeza arriba y abajo.

—Soy un soldado y estoy acostumbrado a las largas marchas —replicó Cornelio.

—Con las piernas —sonrió el filósofo.

—Y con la cabeza —le devolvió la sonrisa Cornelio.

—Lo que me pides es peligroso. Es un cuchillo de doble filo y muy afilado con el que puedes herirte tú mismo, porque has de cerrar los ojos y nunca sabes qué lado es el que corta.

—Correré el riesgo.

—¿Y yo?

—Pagaré generosamente tus servicios —y depositó sobre la mesa cinco trientes de plata.

No le había entendido. Sinesio hablaba de riesgos, no de dinero. Poner en manos de cualquiera la capacidad de leer en los ojos es más que peligroso. Sobre todo cuando esas manos pertenecen a alguien que persigue el poder con tanto afán. Sin embargo, eso se lo había callado. Ahora tenía un problema. Negarse significaría ganar un enemigo, porque aquel joven, a pesar de sus cualidades, como buen patricio romano no aceptaría fácilmente una negativa y, a pesar de que abandonaría aquella casa con la cabeza bien alta y una sonrisa en los labios, la ofensa quedaría grabada por siempre jamás.

—No es un problema de precio —respondió el filósofo sin siquiera mirar el dinero.

—¿Entonces?

Sinesio se sentó al otro lado de la mesa y contempló largamente los ojos de Cornelio.

—Antes de leer en los ojos has de aprender a leer en los rostros y, antes de leer en los rostros, tienes que demostrar que puedes alcanzar el nivel que permite leer en las almas.

—Dime cómo y lo haré.

—Debo meditarlo —dijo, mientras empujaba las monedas hacia Cornelio—. Debo meditarlo —repitió, y se levantó.

El oficial no abandonó su silla, sino que empezó a jugar con los trientes de plata. Los alineó, después avanzó dos y finalmente trazó un círculo con ellos.

–Mientras lo meditas, podrías prestarme un servicio.

–Si está en mis manos… –respondió Sinesio, y dejó la frase en el aire.

–¿Si yo te mostrase un rostro, serías capaz de decirme qué piensa su dueño? –preguntó Cornelio, sin alzar los ojos.

–No es tan fácil leer un pensamiento como leer un escrito –sonrió su interlocutor–. Puedo decirte qué carácter tiene, cuál es su talante, tal vez qué desea… Sin embargo, no es una ciencia exacta.

–Te pagaré bien –dijo Cornelio, y empujó de nuevo los cinco trientes de plata para dejarlos cerca de Sinesio.

Ahora el filósofo contempló las monedas. Se sentó de nuevo y miró otra vez a Cornelio, a los ojos. El tribuno no se daba fácilmente por vencido. Y era inteligente. Quería verle actuar de cerca.

–¿De quién se trata? –preguntó Sinesio. Demasiadas largas o demasiadas negativas podían resultar temerarias.

El joven oficial desplegó el rollo que traía en la mano y lo depositó en la mesa.

–Aníbal –pronunció.

–¿Un retrato de Aníbal? –se extrañó Sinesio, observando con mucho interés aquel dibujo–. Debería haberlo supuesto. No es lo mismo un dibujo que un rostro. El dibujo siempre es frío y únicamente capta un instante de la vida de una persona. Un rostro lleva escrita toda una existencia y los movimientos hablan. La quietud, por el contrario, es silencio.

–Es fiel. Te lo puedo asegurar. Sobre todo en lo tocante a su mirada –explicó Cornelio–. Necesitaba encontrar a una persona de unas características especiales, porque, posiblemente, no podría acercarse a Aníbal y debería conformarse con verle pasar a lo lejos. Eso significaba una vista magnífica y una memoria precisa. Y no hay muchos entre los artistas romanos. Más bien diría que no hay ninguno. De manera que escogí a Clístenes, el griego.

–Le conozco y es una buena decisión –respondió Sinesio.

–Le he pagado generosamente para garantizar la exactitud y el silencio –siguió explicando Cornelio–. Pero, por el mismo precio, creo, habría podido traerme su cabeza –soltó una carcajada.

—Es muy rico en detalles —admiró la obra el filósofo—. Si de veras es fiel a la realidad, puedo decir que se trata de un retrato perfecto, de una verdadera obra de arte —y se acercó el dibujo para poder escudriñar con más calma aquel rostro.

—Yo estoy convencido de que sólo puedes derrotar a un enemigo si sabes quién es y, hasta ahora, Aníbal es un desconocido para todos nosotros. Quiero que me digas quién es este hombre. ¿Puedes hacerlo? —preguntó Cornelio.

—Ya te he dicho que es difícil, sólo con un dibujo.

—¿Pero qué ves? —insistió Cornelio.

Sinesio respiró hondo. Le agradaba aquel joven. Era inteligente y rápido, valiente y muy prudente para su edad, aunque impulsivo. ¿A quién se le podía ocurrir hacer un dibujo de su enemigo si no a un hombre osado y despierto? Sonrió. Seguro que Cornelio era de los que, cuando se enfrenta al enemigo, no mira sus armas, sino que se centra en sus ojos, porque en ellos puede descubrir las intenciones antes de que su opositor mueva los brazos.

—Siempre suponiendo que el retrato, tal como afirmas, sea fidedigno, yo diría que se trata de un rostro que a primera vista parece equilibrado, pero sólo aparentemente.

—¿Y eso qué significa? Explícamelo con todo detalle.

—¿Deseas aprender? —rió Sinesio.

—Ya te lo he dicho. Quiero desnudar su alma.

No tan sólo era osado, sino tozudo. Llegaría lejos, sin duda. ¿Pero, sabría detenerse a tiempo?

—De acuerdo. Abre bien los ojos y observa —señaló el dibujo y, conforme hablaba, su dedo índice marcaba los puntos y las líneas—. La frente es ancha, la nariz está bien situada, los ojos se mantienen en armonía con los pómulos y los labios son proporcionados. Por lo que respecta a la barbilla, es poderosa. Si divides el rostro en tres partes con dos líneas horizontales, una justo encima de las cejas y la otra justo bajo la nariz, descubrirás que la altura de cada una de ellas es casi idéntica a las demás. Y si trazas dos líneas verticales, una a cada lado de la cara, te darás cuenta de que no hay ninguna parte que sobresalga en demasía. Eso es equilibrio, porque la parte superior representa el espíritu, la del medio es el universo de los sentimientos y la inferior nos muestra el aspecto más material de la persona –explicó Sinesio–. Pero si trazas una línea vertical que divida la cara en dos mitades, a derecha e izquierda, comenzarás a hallar muchas diferencias. Si el retrato es fiel –repitió de nuevo. Valía la pena ser prudente–, la nariz está ligeramente torcida hacia la izquierda y los labios también. Y no parece el efecto de los golpes, sino que cada uno de nosotros adquiere carácter con el tiempo. Pero lo que más nos ha de informar sobre la persona que tenemos enfrente son sus ojos. El izquierdo es menor que el derecho. No únicamente es menor, sino que lo entorna levemente, mientras que el derecho se mantiene más abierto de lo que sería deseable –guardó un corto silencio, entornó los párpados y respiró hondo–. Yo diría que es posible que esté perdiendo la vista.

–¿Estás seguro? –se le iluminó el rostro a Cornelio.

–He dicho que es posible –sonrió el filósofo ante la impaciencia del joven oficial–. Sin embargo, un dibujo no es la realidad, por más que sea exacto. También hemos de tener en cuenta que Aníbal no llegó a conocer a su madre y, por lo que sabemos, sentía admiración... ¡No! Más bien adoración por su padre. Eso explicaría la diferencia entre la parte derecha y la izquierda de la cara. Tampoco podemos olvidar que estamos en presencia de un hombre nada vulgar.

–¿Un genio? –apuntó Cornelio.

–Un error de la naturaleza –corrigió Sinesio y, al ver la cara de sorpresa del joven, explicó–: La perfección es el equilibrio absoluto. Así lo explican los griegos y ellos han establecido los cánones por los que nos regimos. Cuando una cualidad destaca demasiado por encima de las demás se produce un desequilibrio. Estos ojos pertenecen a un hombre duro, frío y, posiblemente, cruel. La crueldad es una cualidad muy abundante entre los genios. Arquímedes ha de hacer verdaderos esfuerzos para no saltar sobre sus alumnos y machacarles la cabeza. Él, con una inteligencia que podría compararse a la de los dioses, no puede admitir que alguien que le escucha no entienda sus palabras, porque sus explicaciones, según pregona, son exactas y lógicas. Y únicamente siente respeto por alguien que sea tanto o más rápido que él.

–¿Y con este retrato conseguirás conocer sus pensamientos?

–No –respondió Sinesio–. Yo también tengo mis limitaciones. De todas maneras, investiga si tiene algún problema en los ojos.

–¡Bien! –exclamó Cornelio, puso la mano sobre las cinco monedas y las acercó al filósofo–. Con lo que me has dicho, por el momento ya tengo bastante y te has ganado el precio. –Recogió el rollo y añadió–: Si se te ocurre alguna cosa, sea cual sea, házmela saber. Como puedes ver, soy generoso –calló un instante–. Y cuando hayas meditado cómo puedo demostrarte que soy capaz de conseguir cualquier cosa, ya sabes dónde encontrarme.

Sinesio le acompañó hasta la puerta y se despidieron. Pero no cerró de inmediato, sino que contempló cómo Cornelio desaparecía entre la gente. Aquel joven estaba predestinado a escribir la historia. Sin embargo, este pensamiento se lo había guardado para sí, a pesar de que ya era la segunda ocasión que tenía idéntica sensación.

* * *

Los descubrimientos son importantes, pero aún lo es más saber cómo han de usarse. La mentalidad práctica de Druso le conducía a estar continuamente midiéndolo todo, buscando aplicaciones que, naturalmente, le fuesen favorables. Tenía muy claro que cuando los dioses te conceden una pequeña bendición no has de hacerle ascos, sino aceptarla con alegría y sacar el mayor partido. ¿Y no había sido una bendición que se encontrase con Cayo Lelio que regresaba a casa muy bebido, después de un paseo por las tabernas?

Conocía a su padre y le ayudó porque el pobre casi no se tenía en pie. Así que se ofreció a acompañarle a su casa. Hablaba de forma embarullada. Primero no le hizo caso, porque tampoco entendía demasiado lo que explicaba, pero en un cierto instante el joven dijo:

–No ve –y soltó una carcajada–. Le tenemos pánico y no ve nada.

–¿Quién no ve? –preguntó Druso.

Entonces Cayo Lelio se detuvo, soltó una risotada de borracho y negó con la cabeza.

–He jurado que no lo diría –respondió, mientras alzaba el dedo índice y procuraba mantenerlo tieso.

–De acuerdo. No se lo diremos a nadie. Será un secreto entre tú y yo –sonrió Druso.

–Entre tú, Cornelio y yo –seguía riendo Cayo Lelio.

–¡Sí, hombre, sí! Entre tú, Cornelio y yo –repitió Druso–. De acuerdo. ¡Vamos, camina!

Sin embargo, Cayo Lelio se quedó plantado, apoyado en la pared de una casa. El que no ve nada eres tú, pensó Druso mientras contemplaba aquella mirada perdida y rezaba para que no cayese tendido. Entonces llegó la gran revelación.

–Aníbal se está quedando ciego –exclamó el joven oficial.

–¿Cómo lo sabes? –se interesó Druso, pero el oficial no le escuchaba, sino que entornaba los párpados e inclinaba la cabeza sobre el pecho. Lo zarandeó–. ¿Cómo lo sabes? –repitió.

Cayo Lelio, de pronto, alzó la cabeza y abrió los ojos. Acababan de formularle una pregunta y ni siquiera era capaz de decir de dónde había partido.

–¡Ah, sí! –exclamó, y se quedó pensativo. Se golpeó el pecho con el dedo índice y dijo–: Nuestros espías han hablado con el médico que le acompaña. Es un hombre al que le gusta beber y que habla más de la cuenta –rió–. No sabe que cuando tienes un secreto más vale no ser amigo de Baco –calló una vez más y Druso lo zarandeó de nuevo. Abrió los ojos–. Aníbal está perdiendo la vista del ojo izquierdo y mucho se teme que después perderá la del derecho.

–¡Eso significaría su fin! –exclamó Druso.

–Cuando se haya quedado ciego, sí –respondió Cayo Lelio–. Pero mientras pueda ver, aunque sólo sea con un ojo, no –soltó otra risotada–. Es lo que ha dicho Fabio Máximo: hemos de esperar.

Druso acompañó a Cayo Lelio hasta su casa y al día siguiente el joven no se acordaba de nada de lo que había sucedido la noche anterior.

Hemos de esperar, había dicho Fabio Máximo, pero a Druso le faltó tiempo para ponerse en contacto con su cuñado y explicarle lo que la suerte le había permitido escuchar. Y Minucio Rufo no tardó demasiado en ir al encuentro de Terencio Varrón y ponerle al corriente de la nueva situación.

A partir de aquí todo se precipitó y las decisiones se tomaron en sólo una mañana, en una reunión en casa de Mario, a la que asistieron diecisiete senadores. Entre ellos Emilio Pablo, Terencio Varrón, Minucio Rufo y el pretor Marco Pomponio.

–El Adriático –exclamó Terencio Varrón, y señaló en el mapa–. Aquí le detendremos.

–No podemos cometer un nuevo error –dijo Tiberio, un hombre mayor.

–No habrá errores. Ahora ya sabemos por qué se ha detenido, y es el momento y no podemos esperar más, porque si Filipo de Macedonia se le une será el fin de Roma. Emilio Pablo y yo mandaremos las fuerzas –se volvió hacia él–. Podrás ver al enemigo y, si decides echarte atrás, yo desistiré –se dirigió a todos los presentes–. De manera que disponéis de todas las garantías.

–¿Y Fabio Máximo? ¿Qué hacemos con él? –preguntó Mario.

–Retirarlo con todos los honores –intervino Minucio Rufo–. No podemos olvidar que él nos ha proporcionado tiempo para hallar la solución, pero no es el hombre que ha de enfrentarse a Aníbal en una gran batalla.

–¿Y tú qué dices? –preguntó Marco Pomponio a Emilio Pablo.

–¿Cómo lo has descubierto? –Emilio Pablo se dirigía a Terencio Varrón, como si ignorase la pregunta del pretor.

El general dudó, miró un instante a Minucio Rufo y dijo:

–Tengo mis informadores y, mientras otros se quedan quietos, yo sigo avanzando.

–De acuerdo –se conformó Emilio Pablo–. Pero recuerda que antes de atacar mediremos bien las fuerzas del enemigo. Y ten muy presente que la decisión final la tomaré yo.

–Yo os acompañaré –dijo Marco Pomponio, y aquello significaba su asentimiento.

Ninguno de los presentes abrió la boca y Terencio Varrón aceptó la condición.

–Mañana por la mañana lo plantearemos en el Senado –concluyó Mario.

Entonces se acabó la reunión y todos salieron sin añadir nada más.

Una vez fuera, Minucio Rufo se acercó a Terencio Varrón.

–Mañana sería un buen momento para cumplir tu promesa.

–No te preocupes, que mañana también aprovecharé para solicitar al Senado tu nombramiento. Ya has visto que Marco Pomponio quiere ocupar su puesto de general.

–Hay otra petición.

–¿Cuál?

–Druso desea ser senador, pero no es necesario que te esfuerces. Ha hecho un buen trabajo. No lo niego. No obstante, aún está un poco verde –alzó una ceja y dijo–: ¿Comprendes?

–Y tiene demasiada ambición –añadió Terencio Varrón.

–Demasiada. Habrá que vigilarle –respondió, y su interlocutor asintió, sólo que el cerebro de Minucio Rufo pensaba en otro personaje. A quien realmente habría que vigilar era al joven Cornelio. Éste sí que era peligroso y, ciertamente, ambicioso.

Aquella tarde, Druso visitó la casa de Tulio. Como siempre, había escogido un momento en que sabía que el amo se hallaba fuera. Emilia le recibió y él le explicó que, solito, había descubierto el secreto de Aníbal y que Minucio Rufo le había prometido el cargo de senador.

Se encontraban en el *triclinium*, el comedor de tres asientos reclinatorios, la nueva costumbre que se estaba imponiendo en Roma y que les permitía cenar recostados. Todo cambiaba con rapidez. Hasta hacía poco sólo el amo de la casa comía en aquella posición, mientras que las mujeres y los niños lo hacían sentados. También, hasta hacía poco, el vino no presidía la mesa y las mujeres tenían prohibido su consumo. El marido era el juez de su esposa y el castigo por tomar vino o cometer adulterio podía llegar a la muerte, pero con las últimas guerras todo había evolucionado y las costumbres de otras tierras se mezclaban con las suyas. Las esposas adquirían un papel mucho más importante, tomaban decisiones, influían en las de sus maridos, los amantes ya no eran tan mal vistos, por lo menos entre los hombres, y las bebidas alcohólicas empezaban a ganar la batalla al agua.

Los criados habían dispuesto viandas y vino sobre la mesa que presidía el centro de la herradura que formaban los tres sofás. Después, siguiendo las órdenes del ama, se habían retirado y habían cerrado la puerta.

Druso estaba echado, recostado en su brazo izquierdo, tal como mandaba la nueva etiqueta, y ella permanecía sentada. Le había escuchado en silencio, mientras le acariciaba el cabello y ahora contemplaba cómo él alargaba la mano y alcanzaba un higo de la cesta que reposaba sobre la mesa. Entonces, Emilia se lo quitó de las manos e hincó sus dedos en la fruta para abrirla en dos mitades. Era un higo oscuro, con la pulpa jugosa y roja, que ella acercó lentamente a los labios del hombre y se lo restregó, mientras murmuraba:

–Llenaré tu casa de hijos.

Druso la miró a los ojos y notó que la pasión lo devoraba. Se incorporó, la asió por los tobillos, la tendió sobre el sofá, le levantó el vestido y con los labios húmedos por el jugo del higo buscó el nuevo fruto que se le ofrecía y lo lamió con deleite. Ella soltó un ligero gemido, puso sus manos en la nuca de él y lo ahogó entre sus muslos para sentir el calor de su aliento, hasta que notó que su interior se alteraba, que las carnes se le abrían y que la sangre corría exaltada y veloz.

–¡Tómame! –gritó entonces–. ¡Penétrame!

Y no hubo de repetirlo. Casi no había terminado de pronunciar la última palabra cuando los labios de él sellaron los suyos y una lengua, con los gustos mezclados de las frutas, exploró su boca al tiempo que notaba con placer un pene duro y palpitante que se colaba en su interior y las embestidas del hombre que gemía sobre ella mientras se arqueaba. Le agarró las nalgas, echó la cabeza hacia atrás y aplastó todo su cuerpo contra el de su amante para obtener el máximo contacto y asegurarse de que lo que Druso había de depositar quedase muy dentro y bien atrapado.

Cuando los cuerpos se separaron y Druso se tendió de espaldas, con la cabeza sobre los pechos de la mujer, respirando hondo, Emilia preguntó:

–¿Qué sucederá si Aníbal gana la batalla?

–Si los dos cónsules mueren, el tribuno urbano es quien tomará todas las decisiones. Y yo seré el hombre de confianza de Minucio Rufo.

–¿Y si no mueren?

–Significará que han vencido.

–¿Y si no mueren, pero tampoco ganan?

–¡Qué más dará! –rió él–. Ya seré senador.

–Eres el más grande de todos los hombres de Roma –susurró Emilia, y lo cobijó entre sus brazos.

Por fin veía la luz al final del pasillo. Cuando Druso consiguiese su meta, repudiaría a Ariadna y ella se convertiría en la esposa de un senador. ¡Había soñado tanto con aquel momento! Druso era ambicioso, aunque no demasiado inteligente, pero con su ayuda llegaría a lo más alto. Y por lo que respectaba a Ariadna y a Sinesio, ella que regresase a Ampurias, porque una mujer que no es capaz de parir hijos vivos no sirve para nada, y él que restase en paz, que ya no necesitaba de sus servicios para apartar de su camino a una rival.

5

CITA EN CANNAS

Terencio Varrón no tuvo la menor dificultad para convencer al Senado de que había llegado la hora de pedir cuentas a Aníbal ni para conseguir que Minucio Rufo fuese nombrado pretor urbano. Otro cantar fue cuando llegó el momento de saldar su deuda con Druso. No había plazas libres; esa fue la excusa pactada por diversos senadores a instancias del nuevo pretor urbano.

–Tendrás que esperar –se había disculpado Minucio Rufo a la salida del Senado, donde Druso le esperaba ansioso–. Quizás han sido demasiadas peticiones en un solo día –sonrió–. No te preocupes, que cuando Terencio Varrón regrese, obtendrás tu beneficio.

¡Mira que su padre se lo había repetido muchas veces! No metas todos los huevos en el mismo cesto. Sin embargo Druso no había seguido tan prudente máxima y se había adormecido en el cómodo sueño de que la meta estaba a la vuelta de la esquina y que bien podía descansar. Ahora, en el último instante, todo su mundo se derrumbaba. De manera que no hubo opción. La decisión era firme y, a pesar de que a Druso no le hizo ninguna gracia, no le quedó más remedio que guardar silencio y marcharse con el rabo entre las piernas.

Y, evidentemente, a Emilia tampoco le sentó bien. Tenía demasiado asumida la victoria como para aceptar un receso o una derrota.

–Hemos de esperar. –Druso empleó idénticas palabras que Minucio Rufo. No podía decir otra cosa.

–No podemos esperar mucho tiempo –respondió ella–. Se comenta que Pablo Venecio aspira a regresar a Roma como magistrado.

—No es más que un rumor —sonrió Druso—. Y no ha de preocuparnos. Minucio Rufo es el nuevo pretor urbano y él me apoya.

—¿Seguirá apoyándote cuando Pablo Venecio llegue a Roma?

—Ya te he dicho que sólo es un rumor y que antes de que él llegue yo seré senador y nada podrá detenerme.

Y Emilia también guardó silencio, aunque no quedó satisfecha.

Otro hecho había tenido lugar el mismo día. Cornelio había abordado a Minucio Rufo en mitad de la calle y le había espetado:

—Tarde o temprano, todos recibimos lo que merecemos.

El senador, ya investido como pretor urbano, le dedicó una sonrisa burlona y le contestó:

—Antes de rugir, asegúrate de que de veras eres un león, porque la osadía de un cachorro no hace más que cosquillas en las orejas de los adultos. Y procura temperar tus impulsos, no sea que acabes pisoteado por las garras del verdadero león.

Entonces, el joven oficial, consciente de sus limitaciones y de la fama que precedía al nuevo pretor urbano, calló. Sabía que cualquier enfrentamiento con Minucio Rufo generaba una deuda que, tarde o temprano, había que saldar. Sin embargo, lo que su falta de experiencia le impedía imaginar era que aquel hombre tenía muy claro que la información es la base del poder y que a los cachorros hay que limarles los colmillos si no quieres que acaben por morderte. De manera que tan pronto Minucio Rufo ocupó el nuevo cargo empezó a mover sus peones y creó una red particular de espías que le proporcionaban datos valiosos sobre todo aquel que tomaba o que podía llegar a tomar decisiones. Entre ellos, naturalmente, el joven tribuno.

* * *

Aquella mañana Sinesio se levantó con dolor de cabeza. No había dormido bien, se había despertado en diversas ocasiones y se sentía débil, por lo que se había preparado una infusión de manzanilla y menta y había comido fruta. El sonido de la piel de la manzana desgarrada por los dientes le resultaba agradable, el dulce jugo llenaba su boca y la pulpa ligeramente harinosa le permitía retener sobre su lengua la caricia de la naturaleza, aquella sensación de pulcritud que sólo se consigue al arrancar la luz del sol retenida y guardada por la brillantez de una superficie lisa y encarnada. Como decía Hipócrates, si el estómago se conserva limpio el cuerpo también estará limpio y, si el cuerpo se mantiene limpio, la mente funciona como debe, porque los humores se mueven con entera libertad.

Durante toda la noche, cada vez que entornaba los párpados y el reposo le alcanzaba, se le aparecían imágenes del pasado mezcladas con sus sueños. Entonces se despertaba sobresaltado y se preguntaba si todo aquello había sido real. La noche era oscura como los ojos de Ariadna y ella ocupaba buena parte de las escenas que se dibujaban entre terribles sombras. Cada vez que había tenido sueños similares, en otras ocasiones, era el preludio de un descubrimiento que nunca se traducía en felicidad. Por esa razón, cuando se despertaba intentaba pensar en asuntos bien distintos, pero al regresar a la oscuridad del descanso, el sueño se encadenaba.

No tendría que haber venido a Roma, se arrepentía. No tendría que haber desafiado al pasado, se quejaba. Pero tenía que cumplir con el deber de todo buen hijo, a pesar de que su progenitor no hubiese sido un buen padre. Y ahora ya era demasiado tarde para echarse atrás. Nadie debe abandonar este mundo con deudas pendientes.

Justo después de desayunar, dejó a un lado sus recuerdos y se centró en otro tema que intuía más urgente. Cuando llegó, unos meses atrás, creía que Roma carecía de atractivo para él. De manera que había decidido que cuanto antes concluyese su cometido, antes podría marcharse y regresar a Siracusa junto a Arquímedes. Pero, ahora...

¡No! Ya volvía a caer en la trampa de los recuerdos y no podía permitirlo. Tenía muy claro que Cornelio regresaría y en este hecho debía centrarse. Sobre todo después de haber acertado la enfermedad que amenazaba a Aníbal con dejarle ciego. Y ahora aún habría más preguntas, sólo que en esta ocasión el precio sería mucho más elevado.

El tiempo corría, Sinesio necesitaba dinero para saldar las deudas y pensaba en el rostro que únicamente conocía a través del dibujo mostrado por Cornelio. Aníbal era imprevisible, capaz de imaginar la argucia más increíble y el joven oficial romano, aspirante a digno sucesor de su padre, buscaba la manera de vencerle. Pero el cartaginés representaba un hueso difícil de roer. Ejemplos los había a montones. Había utilizado cualquier cosa para convertirla en arma mortal: serpientes, aceite, deslumbramientos del sol, falsos mensajes... Pero no bastaba con una fértil imaginación para explicar sus éxitos encadenados. Por eso Sinesio había estudiado las batallas, una y otra vez, tanto las que habían tenido lugar en tierras de la península como las anteriores. De la observación de los datos se extraen las conclusiones, decía Arquímedes. La intuición es importante, a menudo mucho más que la propia inteligencia, pero cuando se trata de hallar una explicación lógica, no hay nada como un buen razonamiento. Aristóteles también lo decía. Y Sinesio no despreciaba ningún recurso que le pudiese conducir a una posible solución de un problema, siempre y cuando tuviese presente que la mente es una herramienta, nada más que una herramienta, a pesar de que siempre la convertimos en el centro de toda nuestra vida.

Datos y más datos que había ido sumando, ordenando, analizando y desmenuzando lentamente, hasta que, finalmente, había atisbado el componente que siempre estaba presente en todas las acciones de Aníbal. Un minúsculo detalle que le proporcionaría unos buenos beneficios.

Sin embargo, otro asunto le inquietaba. Los últimos acontecimientos habían expulsado a Fabio Máximo y habían encumbrado a Terencio Varrón y Emilio Pablo. Por todas las calles de Roma circulaban rumores de que la lluvia y el viento arrastraban a unos y los sustituían por otros. ¿Qué significa esto? ¿Qué ha sucedido?, se preguntaba él, y los rumores seguían escurriéndose entre la gente y apuntaban a que el Senado había perdido la paciencia, deseaba acabar aquella guerra a cualquier precio y había decidido buscar la sustitución del dictador. Las voces murmuraban que Fabio Máximo tenía miedo de Aníbal, aunque sabía que perdía la vista y que sus fuerzas estaban exhaustas. Por eso no había atacado Roma. Y no hay que esperar nada de un general que rehúye la lucha. Otro rumor prefería... Y así uno tras otro.

¿Había sido Cornelio quien divulgó la noticia de la ceguera de Aníbal? ¿Era él responsable de la desgracia de Fabio Máximo? No podía creerlo. O él andaba muy equivocado o la noticia no había partido de los labios de Cornelio. Y aquí sí que hizo caso de la intuición y llegó a la conclusión de que el joven no había tenido nada que ver con la caída del dictador. Por lo menos, no de forma directa. De manera que le esperaba, a pesar de que no había recibido mensaje alguno, cuando escuchó los golpes en la puerta. Se lo tomó con calma, porque no necesitaba echar a correr para descubrir quién era su visitante.

—¿A qué debo el placer de tu presencia? —preguntó cuando le vio aparecer por la puerta.

—Necesito respuestas —contestó el joven, y Sinesio lo condujo de nuevo hasta la sala de las reflexiones, aquel lugar que había escogido para recluirse.

—Si están a mi alcance, bien sabes que serán tuyas —dijo mientras se sentaba. El oficial prefirió quedarse en pie.

—¿Por qué has explicado que Aníbal se está quedando ciego? —preguntó Cornelio, y su voz era dura—. Pagué un buen precio y eso incluía tu silencio.

Sinesio inspiró lentamente, avanzó el cuerpo y clavó su mirada en los ojos del joven.

—Si yo hubiese dicho algo, ahora estaría muerto, porque nada más abrir la puerta tú me habrías atravesado con tu espada —dijo; guardó un corto silencio y preguntó—: ¿No es cierto?

—¿Y si no has sido tú, quién se ha ido de la lengua? —inquirió, pero Sinesio negó con la cabeza. Entonces Cornelio afirmó con lentos movimientos de la suya y dijo—: De acuerdo. No lo sabes, pero la situación es demasiado delicada y necesito respuestas claras.

—No me equivoqué —sonrió Sinesio—. Eres hombre de acción. No hay duda. Sin embargo, no soy buen adivino y si no tienes otra pregunta, poco puedo ayudarte.

—Trasimeno ha significado la peor derrota de todos los tiempos —dijo el joven oficial—. Allí hemos perdido al valeroso Cayo Flaminio con todas sus fuerzas. Nadie escapó con vida. —Sinesio asintió lentamente, y Cornelio siguió hablando—: Aníbal nos ha vencido en todas las batallas: Ticino, Trebia y Trasimeno. Y cada vez ha sido peor que la anterior. En Ticino mi padre estuvo a punto de morir; en Trebia perdimos treinta mil soldados y al noble Sempronio; y en Trasimeno ha caído Flaminio y quince mil hombres más. No hacemos más que encajar derrotas y no podemos ocultar que nuestros ejércitos están exhaustos, mermados y desanimados, y por más que intentamos rehacer las fuerzas el peligro de Aníbal avanza sin que nada lo detenga, y dentro de poco lo tendremos delante. Ahora, parece que los ánimos se han exaltado, porque todos ya dan por hecho que Aníbal está ciego.

Una nueva punzada recordó a Sinesio su dolor de cabeza, que ni la infusión ni la fruta habían conseguido erradicar. Aquellos dolores de cabeza cada día eran más frecuentes. Tal vez debería visitar a un físico, pero ya conocía la respuesta. Conforme se sucedían los días, sus ojos perdían la capacidad de ver con claridad. Ahora, en según qué momentos, le costaba leer y su escritura cada vez era mayor, para poder compensar la falta de visión y, tal vez, por el miedo a que al día siguiente no pudiese descifrar lo que había escrito unas horas antes. La pasada noche había trabajado hasta altas horas, ¡demasiado!, y ahora lo pagaba. Le asustaba pensar que sus ojos le traicionasen y le negaran el don de la lectura. ¡Aún quedaba tanto por hacer!

–¿Has venido a explicarme lo que todos ya saben? –cortó Sinesio aquel discurso.

–Tienes razón. Todos somos conscientes de nuestra situación. Pero el Senado ha perdido el juicio –exclamó Cornelio mientras caminaba por la habitación y Sinesio le contemplaba. De pronto se detuvo–. Ni Terencio Varrón ni Emilio Pablo saben que estoy aquí –dijo en voz baja y Sinesio no movió ni un solo músculo de la cara–. Ellos piensan en enfrentarse de nuevo a Aníbal y derrotarle, pero yo estoy convencido de que, dadas las actuales circunstancias, una nueva batalla sería una nueva derrota. ¿Tú también lo crees?

–Tomar una decisión es difícil. El problema siempre es saber si vale la pena correr el riesgo de echar a andar hacia adelante.

–Tus palabras no son ninguna respuesta –replicó Cornelio apoyando sus puños sobre la mesa y mirándole fijamente a los ojos–. Son las palabras de un filósofo, y los filósofos siempre dudan de todo, y yo te he dicho que busco respuestas claras.

–Si deseas una respuesta concreta te diré que no has venido a pedir mi opinión, sino mi ayuda. Pero, añadiré, que gracias a la duda acabas por encontrar la respuesta.

–¡Enséñame, pues, a descubrir las almas! –gritó Cornelio impaciente, desesperado.

–No te servirá de nada, porque las respuestas que buscas las necesitas de inmediato y, por tanto, no tienes tiempo para aprender.

–De acuerdo –asintió Cornelio, se sentó y contempló sus manos, que temblaban ligeramente a causa de la vehemencia. Entornó los párpados, inspiró profundamente, se calmó y dijo–: Entonces, quiero un consejo.

–¿De mí? ¿Un hombre de paz? ¿Un pobre maestro? –rió Sinesio.

–La experiencia me ha enseñado que una retirada a tiempo puede ser una victoria. –Cornelio miró a Sinesio, a los ojos–. Aníbal no es un hombre vulgar. Esto ya me lo dijiste. En cierta ocasión nos venció con una táctica absolutamente increíble. Atacó nuestras naves, pero no con flechas, sino con sacos repletos de serpientes que, al caer en cubierta, se abrieron y desparramaron su contenido, y nuestros hombres perdieron toda orientación y abandonaron las posiciones. Entonces, sus arqueros les cazaron como a conejos. En otra ocasión simuló que rehusaba el enfrentamiento y envió una barca con un mensaje. Nuestros hombres creyeron que habían de entregarlo al general de la flota y ordenaron que una barca se lo llevase. Cuando el jefe de la flota abrió el rollo y leyó los insultos, descubrió que aquello era lo que Aníbal pretendía: saber cuál era el barco donde se encontraba él. El resto ya forma parte de la historia de nuestras derrotas. Sus naves atacaron y, muerto el general, ¿qué podíamos esperar? No es un hombre vulgar –repitió–. Estoy seguro de que sólo con la suma del pensamiento y de la fuerza venceremos a Aníbal. Por eso necesito una mente especial, capaz de ver donde nadie miraría, capaz de entrar en sus pensamientos y robárselos.

–¿Y yo qué puedo hacer por ti? –preguntó Sinesio.

–Tengo entendido que has viajado por todo el Mediterráneo y que has vivido en Siracusa. También sé que conoces a los cartagineses y corren rumores de que Hierón puede dejar de ser nuestro aliado. ¿Qué me dices?

–Lo que todos ya sabéis: que Hierón es un buen rey, pero ya muy mayor y enfermo, y que lo más probable es que Hierónimo, su nieto, le suceda y, tal como le conozco, si Aníbal sigue avanzando, no esperará mucho para firmar un acuerdo con Filipo, rey de Macedonia, que tampoco se siente muy feliz con la expansión de Roma. A partir de aquí, si Filipo y Aníbal... –Y no acabó la frase, porque no era necesario–. Éstas son las noticias que me han llegado de mis amigos de Siracusa.

–Sí. Una alianza entre Cartago y Macedonia pondría en peligro todo el delicado equilibrio de fuerzas que bordean el Mediterráneo, y Roma quedaría aislada. Tienes que ayudarnos a impedirlo.

–Soy un hombre que siente pasión por la filosofía y me he visto obligado a regresar a Roma para salvar el honor y la memoria de mi padre. No soy senador ni ocupo ningún cargo ni político ni militar. Y por lo que respecta a las artes de la guerra, las desconozco por entero. ¿Cómo quieres que yo pueda impedirlo?

–No es eso lo que te pido, sino que nos ayudes a saber dónde y cuándo podemos derrotar a Aníbal.

Sinesio asintió repetidamente. Sin embargo, sus movimientos con la cabeza no servían para aceptar el encargo, sino para afirmar que no se había equivocado con la valoración que había hecho de aquel joven oficial. Tal como había imaginado desde un buen comienzo, nada más verle, sabía que era capaz de aceptar sus limitaciones y buscar apoyo, y eso es un signo evidente de claridad mental, a pesar de que fingía una desconfianza absoluta.

–Ya te lo he dicho. Soy filósofo, no estratega –contestó–. El *qué* lo has planteado tú, pero yo nunca seré capaz de decirte dónde, cómo y cuándo debéis derrotarle, porque un filósofo sólo busca el *porqué*. Es decir: las razones por las que sucede un hecho. –Sinesio también era consciente de sus limitaciones.

Cornelio aceptó la respuesta. No tenía ante sí a ningún idiota, sino a una persona prudente.

–Con eso ya tendré suficiente. Dime por qué Aníbal nos derrota siempre, y nosotros ya hallaremos cómo, cuándo y dónde hemos de plantarle cara.

–No será fácil responder esa pregunta.

–Tendrás tu recompensa. –Y depositó sobre la mesa la bolsa que llevaba escondida en el cinturón.

–Evidentemente eres hombre de acción. Pero no es un problema de precio. Es un problema de conocimientos. Pregúntame por qué los barcos flotan y te explicaré el principio de Arquímedes; si deseas conocer los secretos de la lógica, te hablaré de Aristóteles, del silogismo y de su *Organon*; si te interesa la geometría o el cálculo, recurriremos a las teorías de *Los elementos* de Euclides o a sus algoritmos; y si prefieres conversar sobre el mundo de las ideas nos dirigiremos hacia Platón, Parménides, Anaxágoras, Empédocles, Demócrito o Sócrates. Pero, de guerras... –negó con la cabeza y coronó–: No sé nada.

Cornelio se acercó a la mesa, puso sus manos sobre ella y se recostó para acabar mirando fijamente a Sinesio.

–No es de filosofía de lo que quiero hablar. No son tus conocimientos de geometría los que me interesan, sino una habilidad que te ha hecho famoso. Quiero que escudriñes el alma de Aníbal. Pide todo cuanto quieras y lo tendrás –dijo–. Ofréceme el secreto de su éxito y yo te aseguro que no tendrás que preocuparte del resto de tu vida.

Sinesio apartó los ojos de su interlocutor y contempló los tejados que se podían ver a través de la ventana. Respiró hondo e intentó que su cuerpo adoptase una postura que le permitiese descansar y apartar, aunque fuese ligeramente, la preocupación que le producía el hecho de haber perdido el poder sobre su cuerpo. «La mente lo es todo. El cuerpo es la herramienta que ha de obedecer ciegamente. El día que el cuerpo decide por sí mismo es como el esclavo que se rebela. Y el amo, si no recupera su puesto, está perdido», le había enseñado Héctor, su maestro en Corfú. ¿Pero qué sucede cuando los ojos fallan y la oscuridad se apodera de tu entorno?, se preguntaba él.

–Antes de aceptar, permíteme que lo medite –dijo lentamente–. No es prudente ofrecer lo que no tienes ni aceptar un encargo que no podrás cumplir.

–Sé que eres capaz de contemplar unos ojos y leer en nuestro interior como si fuese un pergamino. Aguardaré con impaciencia tu respuesta. Si necesitas algo de mí, sea lo que sea, pídemelo. Yo te informaré de todo cuanto precises saber. –Se quedó callado un instante y añadió–: Sin ninguna limitación.

El joven movió la cabeza arriba y abajo, una sola vez, y aquí concluyó la conversación. Cornelio se dirigió hacia la puerta, pero dejó la bolsa sobre la mesa. Cuando ya habían cruzado el atrio, Sinesio le alcanzó y le dijo:

–Te has olvidado el dinero.

–No lo he olvidado –respondió Cornelio–. Y aún habrá más si tus respuestas me complacen. –Hizo un corto silencio y, con una sonrisa, añadió–: Después, cuando dispongas de tiempo, vendré y me enseñarás cómo escudriñar las almas. ¿Ya has pensado en la manera de saber si soy capaz?

–Aún no sé si he de hacerlo.

–Lo harás –sonrió Cornelio, y asintió con la cabeza.

–¿Cómo puedes estar tan seguro?

–Evidentemente no poseo los mismos ojos que tú, pero no necesito ser vidente para descubrir que esta casa necesita una buena reparación y que tu vajilla no se corresponde con la de un hombre que nada en la abundancia –dijo–. Además, sé que si dentro de quince días no pagas parte de la deuda, te echarán de esta casa.

–Soy un hombre sencillo y puedo vivir en cualquier lugar –replicó Sinesio–. Perder una casa no significa nada.

–Ya sé que esta casa ni siquiera es tuya, pero echarte fuera de ella sin que hayas saldado todas las deudas significaría perder el honor de la palabra dada –dijo Cornelio abriendo los brazos como si abrazase las paredes–. ¿Y si tú no tienes honor, como podrás retornárselo a tu padre? ¿O quizás has venido a Roma por alguna otra razón?

No hubo respuesta.

Dos días después Sinesio visitó a Cornelio en su nueva casa. Antonio, el esclavo de confianza del oficial, le condujo hasta la planta superior de una de las pocas edificaciones que se atrevía a alzarse por encima de los otros tejados y que iniciaba una nueva arquitectura.

El filósofo siguió a aquel hombre a través de las escaleras. Era joven y bien formado, con una eterna sonrisa en los labios, andaba ligeramente encorvado, plegando la espalda en señal de perpetua sumisión y cruzaba las manos por delante del pecho como si rezase con devoción. Antonio anunció la visita a su amo, se retiró y cerró la puerta para dejarles solos.

–He decidido aceptar tu encargo –comunicó el filósofo–. Sin embargo, pondré dos condiciones.

–¿Cuáles? –pidió Cornelio.

–La primera es que nadie, excepto tú y yo, debe saber nada. Cuando menos, de momento.

–Eso ya lo había decidido yo –respondió el joven–. ¿Cuál es la segunda?

–Deseo hacerte una pregunta y quiero que la respuesta sea sincera.

–Adelante –respondió Cornelio–. Todas las que quieras. Ya te lo dije el otro día.

–¿Por qué me has escogido a mí, si soy mitad griego? ¿Por qué no hablas con tu padre?

Cornelio se puso tenso. Era cierto que aquel hombre podía leer en el alma de los mortales. Le había sorprendido gratamente desde el primer instante que le vio, evidentemente, pero dentro de su cerebro seguía presente que era medio griego y él no sentía demasiado afecto por los habitantes del otro lado del Adriático. Contempló aquellos ojos verdes e intentó descubrir qué escondía aquella pregunta, pero no lo consiguió.

–Mi padre dice que aún soy demasiado joven para entender ciertas cosas y que no tengo suficiente experiencia. De manera que no me escucha –explicó–. En cuanto a tu origen, mitad griego, he de decir que, cuando se alcanza la desesperación, has de escoger un camino y yo he decidido fijarme sólo en tu costado romano. Así que no tengo más remedio que confiar en ti. –Entonces le miró a los ojos y preguntó–: ¿Confías tú en un joven inexperto como yo?

Sinesio sonrió.

—Confío en la inteligencia de un oficial que tiene las ideas claras. Siempre y cuando él también deposite su confianza en mí. Como puedes ver, no exijo más de lo que estoy dispuesto a ofrecer.

—¿Y ya tienes respuestas? —preguntó Cornelio.

Sinesio respiró hondo. ¡Ya lo creo que las tenía! Las había tenido antes de la visita anterior, pero era preciso ser prudente, porque cuanto más alto crees que es el valor de una respuesta tanto más estás dispuesto a pagar. Podía captar las vibraciones que aquellos muros desnudos emanaban, porque los pensamientos y los sentimientos, las emociones, las palabras, las discusiones y los acontecimientos se pegan a las piedras y tardan mucho tiempo en desprenderse. A veces, incluso, cuando las vivencias son muy fuertes, permanecen por toda la eternidad. Eso también lo había aprendido de la mujer de Tarso. Tafaina, cuando entraba en una habitación, con aquellos andares lentos y mesurados, con la espalda encorvada y apoyada en el bastón, cerraba los ojos y respiraba hondo. «Las piedras hablan más que sus moradores y hay que escucharlas en silencio», le había explicado. «Libera y limpia la mente de todo pensamiento y deja que ellas te informen de quién vive y de cuanto desea. Ellas, al contrario que los hombres, nunca te engañarán. Incluso si alguien te visita en tu casa, cuando se haya ido, interroga a las paredes.» Y allí, en aquella sala, captó que se cobijaba la fuerza de un hombre, la del joven que tenía frente a él. Joven y fuerte, pero inexperto. Y la experiencia tiene su precio.

—Si analizamos las derrotas descubrirás que, en Ticino, Aníbal venció con el concurso de los animales. Es evidente que en Trebia la batalla se decantó hacia el lado de la mejor caballería, que separó las legiones y las ahogó, mientras los elefantes hacían verdaderos destrozos. Y la misma historia se repite en el lago Trasimeno —explicó—. Cuando viniste a verme, me pediste que te dijera lo que ese hombre piensa. Pues bien. Él está convencido de que los generales romanos son pobres idiotas que cometen una y otra vez el mismo error y seguirá empleando la misma táctica hasta que no os deis cuenta, porque las derrotas son lecciones aún no aprendidas que seguirán repitiéndose hasta que alguien vea la luz.

–¿Estás seguro de ello?

–Compruébalo tú mismo –respondió, y le entregó unas notas que había confeccionado durante los dos días precedentes.

El joven las leyó con suma atención.

–Sí, parece bastante claro –dijo finalmente, pensativo–. ¿Cómo no había caído antes? –se preguntó en voz alta.

–Aníbal ha conquistado toda la orilla mediterránea de Iberia, ha atravesado los Alpes y ha separado Roma de las provincias del norte –siguió explicando Sinesio. Era curioso que él continuaba usando el nombre de Iberia para referirse a la península que los romanos llamaban Hispania, pero así lo había estudiado y así le sonaba mejor–. El rey Hierón de Siracusa está cada día más cerca de la muerte, tan cerca que dicen que ya empieza a oler, y sus sucesores ya manifiestan abiertamente que quieren aliarse con Macedonia, que también mira con simpatía a los cartagineses. El rey Filipo odia a Roma, a la que considera una rival en el comercio en el Mediterráneo. Si Aníbal consigue esa alianza, el sur y el este también serán suyos. ¿Y si perdéis todo lo que os rodea, qué os quedará?

–Una situación desesperada que conocemos muy bien –reflexionó Cornelio, también en voz alta–. Por eso hemos decidido atacarlo. Bien… el Senado ha decidido, porque en este asunto no contamos para nada los demás y cuentan todavía menos nuestros pensamientos.

Quizá no debería haberlo mencionado, pero ya estaba hecho. Además, lo murmuraban por las calles…

Sinesio abrió los párpados y fijó sus pupilas en los ojos del joven Cornelio.

–Han eliminado a Fabio Máximo y esperan deshacerse de Aníbal –afirmó con la cabeza repetidas veces–. ¿A quién se le ha ocurrido tan brillante iniciativa?

El tono con que había pronunciado las palabras alertó a Cornelio.

–Tú tampoco lo ves claro, ¿verdad?

–Demasiado arriesgado, porque si os derrota lo perderéis todo –respondió Sinesio.

–¿Entonces, qué harías tú?

—Yo sólo respondo a los *porqués* –sonrió.

Cornelio también sonrió.

—Más que un filósofo yo afirmaría que eres un gran comerciante –dijo. Entonces sacó una bolsa llena de monedas–. Ya sé que tú sólo respondes los *porqués*, pero ahora imagínate que te pido que me vendas el pensamiento que cruza por tu mente.

Sinesio contempló la bolsa en manos de Cornelio. Si contenía la misma cantidad que la primera (y por el tamaño, bien podría jurarlo), aquellas dos bolsas representaban, de momento, el fin de sus quebraderos de cabeza, porque podría pagar parte de la deuda en el plazo establecido. De manera que aprovechó la ocasión.

—Cuando las fauces del monstruo son demasiado poderosas, hay que atacarlo por la cola –respondió.

—¿Hispania?

—No veo otra salida.

—¿Y si el monstruo se revuelve?

Sinesio abrió las palmas de las manos hacia lo alto y encogió los hombros.

—¿No es eso lo que tú deseas?

—¡Claro! –sonrió Cornelio.

Aquel hombre decía que no entendía de guerras. Quizá no, pero él ya tenía suficiente. Jugó con la bolsa y preguntó:

—¿Cuándo me enseñarás a leer en los ojos?

—Ahora hay asuntos más urgentes. ¿No crees?

Cornelio sonrió y le entregó la bolsa del dinero. Después llamó a Antonio, le ordenó que acompañase a Sinesio hasta la puerta y se quedó solo. Tenía que meditar.

* * *

—Cannas –exclamó Terencio Varrón.

Emilio Pablo, Minucio Rufo, Claudio Marcelo, Marco Pomponio y Mario escucharon aquel nombre. Ya hacia rato que buscaban el lugar más adecuado y, tras haber descartado Metauro, más al norte, Cannas, junto al río Aufido, constituía un emplazamiento ideal. Las fuerzas de Capua permanecían intactas y podrían llegar a orillas del Adriático antes de que Siracusa y Macedonia pudiesen reaccionar, mientras que desplazarse hasta Metauro significaría tanto como brindar a Aníbal la posibilidad de recibir ayuda por parte de Asdrúbal.

—Cannas —repitió con rabia Terencio Varrón. Puso su dedo sobre aquel punto y lo hizo girar en ambos sentidos, como si aplastase un escarabajo imaginario—. Y esta batalla será nuestra.

—No acabo de verlo claro —negó Emilio Pablo—. Ayer vino a visitarme el joven Cornelio y me dijo algo que no es ninguna tontería. Él cree que, si atacamos Hispania, obligaremos a Aníbal a abandonar la península para apoyar a su hermano Asdrúbal.

—Cuando los hermanos Escipión obligaron a Asdrúbal a desplazarse hacia el sur, Aníbal no movió ni un dedo. ¿Qué te hace pensar que ahora reaccionará? —preguntó Claudio Marcelo—. Cornelio es demasiado joven y no tiene suficiente experiencia. ¿Por qué Aníbal no ha atacado Roma? Sólo hay una explicación. Porque está ciego y está acabado.

—Parece bastante evidente —dijo Minucio Rufo.

—De acuerdo —aceptó Emilio Pablo. Se había quedado solo—. Pero esta vez actuaremos con astucia. Partiremos con una columna hacia el norte y después, cuando nadie pueda vernos, nos dirigiremos a Capua, uniremos las legiones y marcharemos hacia Cannas. —Calló un instante y exclamó—: ¡Ah! Y quiero al joven Cornelio a mis órdenes. Es alguien con quien hay que contar, porque en lugar de pensar sólo en atacar, también piensa cómo hay que hacerlo. Además, según él, el secreto de Aníbal se encuentra en la caballería, y me lo ha demostrado.

—Ya te hemos dicho que Cornelio aún es demasiado joven y se conforma con explicaciones sencillas —sonrió Terencio Varrón—. El secreto de Aníbal es que nunca plantea una batalla de forma directa, sino que nos azuza y echa a correr hasta que caemos en su trampa. Pero en esta ocasión tendrá que luchar conforme nuestras normas. No atacaremos hasta que no forme todo su ejército frente al nuestro.

—Cornelio es joven, pero no es ningún imbécil —replicó Emilio Pablo.

–Nadie ha dicho que lo sea. Al contrario, será un gran oficial, pero todos podemos analizar los mismos datos y llegar a conclusiones bien distintas –intervino Minucio Rufo–. La táctica que propone Terencio Varrón es tan buena como…

–No es momento de discutir detalles –le cortó Claudio Marcelo–. Lo único que hay que tener claro es que ni una sola de las palabras pronunciadas en esta habitación será repetida en ningún otro lugar.

Y aquí concluyó la reunión. Todos salieron y Minucio Rufo abandonó la estancia mientras recordaba la conversación que el día anterior había sostenido con Antonio.

–No sé cuál es el encargo que Sinesio ha aceptado, pero al final de la conversación Cornelio le ha pedido que le enseñe a leer en los ojos –había explicado el esclavo.

–Interesante –había exclamado Minucio Rufo–. Muy interesante.

No hay nada como saber qué desea un hombre para mantenerlo bien atrapado, y Antonio suspiraba por su libertad. Podía confiar en él.

* * *

Las noches en las que cenaban solos Ariadna y Druso casi ni se dirigían la palabra. Incluso, a veces, ni siquiera cenaban juntos. Iris, la esclava que tenía a su cuidado la tarea de servir la mesa, se acercaba sigilosamente, sin hacer el menor ruido, y depositaba la comida con la mirada baja para desaparecer tan pronto como podía, porque las únicas palabras que brotaban en la sala eran las de Druso y nunca representaban ningún halago. Por contra, Ariadna era amable con ella.

Aquel anochecer Iris notó que su señor se mostraba especialmente tenso. No tenía hambre y ya había apurado dos jarras de vino e iba por la tercera.

–Comentan que no todo ha salido a gusto de todos –escuchó la voz de Ariadna.

Iris alzó ligeramente la mirada para fijarla en Druso y volvió a bajarla de inmediato. Recordaba otras ocasiones en las que el amo abría los ojos y respiraba de aquella manera, y ninguno de estos actos presagiaba nada bueno. Sirvió el vino.

—¿Qué quieres decir? —escuchó que preguntaba Druso.

—Dicen que Terencio Varrón no cumple todas sus promesas —contestó Ariadna sin conceder mayor importancia a sus palabras.

—Ya lo hará —contestó su marido—. Y si no lo hace, alguien la cumplirá. —Y bebió un nuevo trago de vino.

—¿Quizá Minucio Rufo?

Druso se levantó de un salto, la jarra se estrelló contra el suelo y se hizo añicos desparramando todo el vino. Su mano se había alzado amenazante y Ariadna se cubrió el rostro, pero en esta ocasión, a pesar de toda la rabia que albergaba en su interior, quizá por la presencia de Iris, no la golpeó. Sin embargo, su mirada era dura y directa, mientras que su respiración delataba el odio que sentía por aquella mujer, sentimiento que, a pesar del silencio, era correspondido punto por punto.

—Si fuesen inteligentes pactarían con Aníbal —dijo Druso con una sonrisa cínica—. Cannas será mi gran victoria, por encima de Emilio Pablo y por encima de Terencio Varrón —añadió—. ¡Nadie me arrebatará ese triunfo! —gritó y se encaminó hacia la puerta.

Iris aguardó a que Druso hubiese desaparecido. Entonces, se arrodilló y recogió los pedazos de cerámica, sin alzar la vista. Mientras, Ariadna siguió comiendo como si nada hubiera sucedido y, al acabar, se dirigió a su habitación, pero no pudo conciliar el sueño y acabó por salir al patio para sentarse un rato y contemplar la oscuridad de la noche.

Llevaba un rato allí cuando oyó la voz de su marido.

—¡Sois putas! —gritaba en mitad de la noche, y hasta ella llegaban los gritos—. ¡Todas sois unas putas! —repetía, y sus alaridos apagaban unos gemidos femeninos.

Siempre ha de pagar alguien, pensó Ariadna. Podía haber entrado en la habitación para intentar salvar a aquella pobre desgraciada de manos del animal que tenía por marido, pero aún habría sido peor, porque entonces Druso no se habría detenido e incluso habría recibido ella. De manera que aguardó un poco y respiró aliviada cuando el jaleo se apaciguó y vio salir a Iris con el vestido roto, mientras se cubría la cara con las manos y cojeaba. Entonces se dirigió hacia la esclava y la condujo a su dormitorio.

–¿Eso también se lo haces a Emilia? –murmuró Ariadna entre dientes, mientras lavaba con agua las heridas de Iris y le aplicaba un ungüento sobre los morados para aliviarle el dolor.

–Yo no quería, señora, pero él me ha obligado –se disculpó Iris.

–Lo sé –sonrió Ariadna, acarició la mejilla de la esclava, la tomó de la mano y se la llevó a la cama.

Aquella noche Iris durmió en brazos del ama. En la oscuridad, cuando el sueño casi la alcanzaba, Ariadna sintió el calor de aquel cuerpo delicado que ahora estaba desnudo. Sin despegar los párpados, notó que la mano de la esclava subía por sus muslos, lentamente, levantaba la túnica, alcanzaba las carnes del estómago y seguía subiendo hasta descubrirle los pechos. Durante un instante le invadió el miedo, pero no se quejó, sino que dejó que aquellos dedos ágiles se pasearan por encima de su piel. Poco a poco se abandonó hasta que el ánimo se le despertó. Entonces, entrelazó el cuerpo de Iris con sus piernas y frotó su vulva contra las carnes desnudas, buscando que el calor provocase sus humedades y dilatase los labios más íntimos. La muchacha respondió con ternura y acarició los pechos de la señora, mientras buscaba sus labios y depositaba en ellos tiernos besos. Ariadna se dejó arrastrar por el deseo y aquella noche, como tantas otras, el recuerdo de Pelagio se le apareció en sueños, pero poco a poco se difuminó y otro rostro ocupó su lugar.

–Sinesio –murmuró, y se excitó hasta extremos impensables cuando el dedo de Iris alcanzó su entrepierna, le abrió la vagina, la penetró y le arrancó toda la fuerza de su cuerpo, mientras ella le atrapaba la mano como si la cabalgase y soltaba un concierto de gemidos.

Temblorosa y sudorosa, Ariadna permaneció quieta y en silencio. Allí, únicamente con la luz de las estrellas, bien podía imaginar lo que quisiera, y las manos de Iris, con sus dedos largos y suaves, podían confundirse con los de cualquiera, pero... ¿por qué había pronunciado el nombre de Sinesio? Entonces, sin conocer bien la razón, besó los labios de Iris con pasión, deseando que fuesen otros, y poco después, exhausta, se adormeció.

* * *

El pastor andaba entre los dos soldados, siguiendo al oficial. Tenía que moverse deprisa para no quedarse atrás, porque cada paso de aquellas dos torres representaba casi dos de los suyos. Incluso hubo un instante en que se detuvo. Respiraba pesadamente. Había tenido fiebre y ya hacía días que no digería bien. ¡Ya es mala suerte! Caía enfermo cuando más necesitaba de sus fuerzas. Sin embargo, no perdería la ocasión. Aún recordaba la última vez que estuvo en el campamento cartaginés y cómo aquel par de putas le habían dejado exhausto. Las había poseído a ambas, y tenía muy claro que no es lo mismo una hembra como debe ser que una oveja, a pesar de que todo acaba igual, porque, por lo menos, las mujeres ríen, hablan y saben cómo utilizar la lengua.

Había llegado al campamento cartaginés muy temprano y había tenido que aguardar a que el oficial regresara con la orden de conducirlo hasta Aníbal. En las manos traía el haz de cañas y no paraba de repetirse la frase que había de pronunciar, para no olvidar ni una sola palabra ni cambiar una por otra. Eso lo tenía más que claro.

Dentro del campamento no había demasiada actividad. En una pequeña explanada, alejados de las tiendas, un grupo de hombres se entrenaba en el manejo de la espada. Un poco más cerca las enormes cacerolas humeaban y más allá el pastor descubrió a unos hombres que salían de una de las tiendas y se arreglaban la armadura, mientras unos gritos femeninos, de alegría, mezclados con carcajadas que surgían de debajo de los toldos, delataban la tarea que acababan de realizar y que otros empezaban. La vida del soldado es dura, pero tiene sus compensaciones, sonrió. «Esperadme, que ahora mismo vengo», siseó entre dientes. «Y hoy no os acabaréis lo que os traigo entre las piernas», rió por lo bajo.

El oficial se detuvo delante de una tienda grande guardada por centinelas y ordenó que esperase. Tan sólo fue un instante y el pastor le vio aparecer de nuevo acompañado de Giscón, que le hizo una señal para que entrase.

La estancia era grande, y descubrió la mesa y la cama junto a todas las pieles que cubrían buena parte del suelo. Se acercó lentamente hasta la mesa y depositó el haz de cañas. Entonces, el hombre que se encontraba de espaldas se dio la vuelta y pudo contemplar el rostro de Aníbal.

–Buen amigo José, hace mucho tiempo que no nos veíamos y ya te echaba de menos –sonrió el cartaginés.

–Meses, señor –asintió el pastor–. Meses –repitió–. Y yo también sentía deseos de regresar. –Sonrió y el general se acercó y lo abrazó.

–Estás más gordo –exclamó Aníbal–. Mis brazos casi no pueden rodearte –bromeó.

–La falta de ejercicio pasa su factura. –Rió Giscón, mientras hacía un gesto harto elocuente que simulaba el acto de copular–. Pero hoy te resarcirás. ¿Verdad que sí? –le dirigió un guiño.

–La falta de ejercicio y la buena mesa –añadió Aníbal–. ¿Aún comes tanto?

–El paso de los años atempera las pasiones y la mala salud pone freno a los excesos –se quejó José–. No ha sido un buen año –negó con la cabeza–. Tú, en cambio, cada día estás más fuerte.

Aníbal escanció tres vasos de vino, le entregó uno y el otro se lo ofreció a Giscón. El pastor lo tomó y se sintió cohibido. Jamás había brindado con dos generales. Sin mediar palabra, los cartagineses alzaron los vasos y apuraron el líquido. Después, el pastor hizo otro tanto.

–¿Cómo va todo por Roma? –inquirió Aníbal.

–Hay un buen jaleo. –José se limpió la barbilla y dejó el vaso sobre la mesa–. Los rumores se extienden por las calles y las plazas y el ejército se prepara para algo grande.

–Ésa es una buena señal. Quizá quieren presentar batalla. –Sonrió Aníbal de nuevo–. ¿Qué me traes hoy? –preguntó y echó una mirada al haz de cañas.

José entornó los párpados y dijo:

–El viento puede soplar en cualquier dirección, pero el hombre sabe que sólo hay un camino. A pesar de ello, aquellos que son se mantienen y no se moverán, sino que dejarán que cada árbol cuide su fruto –recitó, y abrió los ojos, seguro de que no había olvidado ni una palabra y de que el orden era el correcto.

Aníbal asintió lentamente, digiriendo cada una de sus palabras. Después contempló la mercancía que aquel hombre había depositado sobre la mesa y dijo:

–Procura dejar alguna para mis soldados.

–No te preocupes, señor –sonrió el pastor–. Ya te he dicho que no ha sido un buen año. He estado enfermo y aún no me he rehecho del todo.

–Me quedo más tranquilo, porque, según dicen, tras tu última visita, ellas sienten más miedo de tu verga que mis hombres de las lanzas romanas. –Rió Aníbal, y le acompañó hasta la puerta de la tienda.

Cuando regresó, Giscón tenía sus ojos fijos en el haz de cañas.

–*El viento puede soplar en cualquier dirección.* ¿Y qué es el viento sino aquel que viaja? –meditó Aníbal, y Giscón meneó la cabeza arriba y abajo–. *Pero el hombre sabe que sólo hay un camino.* Porque aunque parezca que van en la dirección equivocada, acabarán por dirigirse al punto de encuentro. *A pesar de ello, aquellos que son se mantienen y no se moverán, sino que dejarán que cada árbol cuide de su fruto.* Y aquel que es, ¿quién es, sino el que ha sido nombrado? –Alzó una ceja y miró a su general.

–Terencio Varrón y Emilio Pablo. Ellos mandarán el ejército –dijo Giscón–. ¿Qué significa que cada árbol cuide de su fruto? –preguntó.

–Es evidente –contestó Aníbal–. Los hermanos Escipión permanecerán en Iberia.

–Ahora sólo queda por determinar el punto de encuentro –afirmó Giscón–. Y la respuesta tiene que hallarse en el objeto que tenemos aquí delante.

–Veamos –sonrió Aníbal–. Un haz de cañas... –Se detuvo un instante y exclamó–: ¡En latín, caña es *canna*! Por lo tanto...

–¡Tenemos una cita en Cannas! –exclamó Giscón, y Aníbal asintió.

6

EL GRAN DESASTRE

Siempre hay un momento en que el pasado retorna. Quizá demasiado a menudo. A lo largo de un mismo día, a veces un pensamiento nos ocupa la mayor parte del tiempo y nunca acabamos de entender la razón. Nos obsesiona hasta ahogarnos, nos tortura con el desfile de las imágenes que ya vivimos y que, posiblemente, no hemos podido digerir. Entonces nace un sentimiento de culpa y la pregunta, nefasta pregunta: ¿Qué habría sido de nuestras vidas si las reacciones y las decisiones hubiesen sido otras? Sin embargo, sabemos que el pasado es pasado y que lo que sucedió ya no puede regresar. ¿Y si se tratase de lecciones que hemos de aprender, de errores que hemos de corregir y que no enmendamos? ¿Tal vez por esa razón se repiten?

Sinesio se había levantado temprano. ¿Por qué durante toda la noche la imagen de Ariadna, aquellos ojos negros y misteriosos, se le había aparecido tantas veces y con tanta fuerza? Y recordó palabras oídas muchos años atrás. «Si algo te preocupa significa que tienes cuentas pendientes», le había dicho aquel campesino griego. «¿Quizá contigo mismo?», había añadido mirándole a los ojos. Y ahora él se preguntaba: ¿Por qué me siento inquieto? ¿Qué es lo que tanto me aflige?

¡No, no y no! No podía caer en la trampa de la razón. No podía ser tan idiota de formular la peor de todas las preguntas. Preguntarse *por qué* es morir. Contemplar es vivir. Y retomó el camino que le permitía abrir de par en par las puertas de la intuición.

Ariadna había nacido en Ampurias y sus ojos negros representaban la oscuridad que la rodeaba, el misterio que llega de lejos, el secreto que toda persona guarda celosamente y no explica a nadie. Pero, ¿qué era lo que él había entrevisto en sus ojos?, ¿qué tenía que ver ella con su pasado? Sinesio nunca había estado en Ampurias y nunca se habían visto hasta el día de la fiesta en casa de Minucio Rufo. Y aquella pregunta le obsesionaba hasta el extremo de impedirle dormir en paz.

Aquella noche también había recordado a su padre, el orgulloso Marco Romeo, incapaz de doblegarse ante nada ni nadie, ni de aceptar un solo error. ¿Por qué había soñado con él?, se preguntaba ahora. Quizás fue a causa de aquel carácter por lo que abandonó la casa y se marchó a Tarso para iniciar su vida aventurera, de largos viajes, en busca de las respuestas a un mundo que no comprendía y que le ahogaba. Y todo porque él ya había advertido que su sobrino Justo, hijo de Pompeya, su hermanastra mayor, y de Teseo, un mercader griego, no estaba lo suficiente maduro como para hacerse cargo de parte de los negocios de la familia.

Sí, recordó. El muchacho sólo contaba con dieciséis años, estaba camino de los diecisiete, pero Marco Romeo no cesaba de repetir que él a su edad ya servía en el ejército y ya estaba harto de navegar por todo el Mediterráneo a las órdenes de Publio Claudio Pulcro, el hombre que conquistó Sicilia y derrotó a los cartagineses en la primera guerra púnica. Y no quería entender que Justo jamás sostendría una espada en sus manos. Pero todos habían de ser como él. La diversidad no cabía en su cerebro. El joven poseía el mismo carácter que Sinesio, más inclinado hacia la literatura, la poesía y el pensamiento que hacia el arte de la guerra, detalle que Marco Romeo no aceptaba de ninguna de las maneras pues quería que su nieto constituyese a cualquier precio un motivo de orgullo y limpiase la negra mancha de su único hijo Sinesio, que él tildaba de cobarde a pesar de que guardaba silencio por respeto a su madre. Tal vez ese respeto era una de las escasas debilidades que se permitía. Cuando menos, así lo creía, y se arrepentía, porque algún que otro comentario había llegado a sus oídos en el Senado.

Por todos esos motivos, Marco Romeo confió su nieto a Bocco, el hombre que era el brazo derecho de Teseo, para que lo despabilase, pero le devolvió su cadáver. Un accidente, explicó.

Por aquellos días Sinesio se encontraba de viaje por el norte de Italia y regresó cuando todo había concluido, cuando Marco Romeo ya había tomado todas las decisiones.

–Él era responsable de la vida de mi nieto y él tenía que pagar por ello.

Éstas habían sido las palabras inflexibles de un ser orgulloso y cruel, incapaz de prestar oídos a ninguna otra voz, que compró el testimonio de los marineros para que quedase más que claro que Justo había muerto por un descuido de Bocco. Y Teseo le apoyó. Era su hijo quien había muerto y no valía la pena darle más vueltas. De manera que Bocco fue condenado y murió enterrado vivo.

Sinesio, con el recuerdo de amargas y duras discusiones, en las que las palabras se mezclaron con los insultos y las descalificaciones, tras haber hablado con los marineros y haber demostrado que el pobre Bocco nada habría podido hacer para salvar la vida de Justo, sin que nadie quisiera escucharle, finalmente embarcó dejando atrás a toda su familia. No lo entendía y no podía aceptarlo. Por más que había intentado razonar, por más que había recordado a su padre que Bocco era un hombre fiel que había dedicado toda su vida a servirles con una devoción que jamás podría alabar lo suficiente, Marco Romeo no reconoció su error. Y Sinesio guardaba un gran recuerdo de aquel sirviente, de quien había aprendido muchas cosas.

De pronto, Sinesio apartó todos aquellos recuerdos y contempló los documentos que reposaban sobre la mesa. Todos aquellos pagarés recuperados eran la prueba de que había perdonado a su padre. Y seguiría enjugando las deudas hasta que el último de todos hubiese desaparecido.

–Nadie debe abandonar este mundo con deudas pendientes –murmuró, y afirmó con la cabeza.

Entornó los ojos y la imagen de Ariadna se le apareció con absoluta nitidez. Ella le había dicho que ya había visto sus ojos en otro lugar, meditó. Él también tenía idéntica sensación cada vez que se contemplaba en sus espejos negros. Se habían encontrado en diversas ocasiones y ella, poco a poco, había dejado de huir. Sin embargo, siempre que se veían lo hacían rodeados de gente y a él le gustaría disfrutar de la soledad para perderse en la oscuridad de sus noches, sentirla cerca y acariciar de nuevo aquella mejilla.

Por más que lo intentaba no podía apartar su imagen de sus recuerdos. Acudía a todas las celebraciones para verla, aunque sólo fuese para distinguir su perfume entre todas las mujeres, para sentir su presencia y para arrebatarle una mirada. Miradas que cada día eran más claras, más sugerentes y más expresivas.

Entonces recordó que aquel día había mercado.

Abandonó la casa y enfiló calle abajo. Era media mañana, la hora que Ariadna escogía invariablemente para acercarse hasta las paradas y comprar, y no tuvo que esperar demasiado para verla aparecer con el cesto en el brazo. Lucía una túnica blanca y andaba con la cabeza bien derecha. Casi una diosa que se desliza sin tocar el suelo, pensó.

Se echó hacia atrás para ocultarse en el portal, dejó que se acercara y cuando ya estaba cerca, la abordó.

–Un misterio sale a la luz.

Ariadna se asustó y se llevó una mano al pecho y la otra a la boca, mientras el cesto caía al suelo y se desparramaba la fruta.

–Parece que tengo la virtud de asustarte –y se arrodilló para recoger lo que había caído. Después tomó el cesto y lo alargó, pero Ariadna no lo tomó, sino que se quedó mirándole a los ojos–. Una mujer griega sólo permitiría que su cesto lo llevase su amado –sonrió Sinesio.

–Ya lo sé, pero no olvides que también soy medio romana –respondió ella, y aún tardó un rato en aceptarlo.

–Sí, pero un romano nunca acarrearía con un cesto de mujer.

–También lo sé, y no puedo olvidar que eres medio griego.

–¿Y con qué parte te quedarías?

–Quizá con tus ojos.

–¿Porque se parecen a otros?

–No. Porque son el reflejo de un alma enamorada.

–¿Enamorada? ¿De quién?

–De alguien que, seguramente, también te ama. De alguien que te ve en sueños y que, por más que se esfuerza, no puede apartar tu imagen.

–Desearía conocer a esta persona y hablar con ella. ¿Crees que vendría a mi casa, si se lo pidiera?

–Se lo preguntaré.

–¿Y cómo sabrá dónde vivo?

–Ya hace tiempo que lo sabe –respondió Ariadna, y siguió andando, pero uno pasos más allá se volvió con una amplia sonrisa.

Sinesio ya tuvo suficiente. Ya no eran necesarias más preguntas. Ya tenía todas las respuestas. Ahora sólo tenía que soñar y aguardar.

* * *

Emilio Pablo se levantó tarde. No lo entendía. Inexplicablemente había dormido más de lo que en él era habitual. ¿Tal vez el silencio...? No. No era el silencio. Había olvidado beber mucha agua antes de acostarse para que las necesidades del propio cuerpo le despertasen temprano. Siempre lo hacía, pero anoche se retiró demasiado tarde, olvidó su costumbre y los soldados de guardia no le habían despertado. Nunca lo hacían, sino que él se levantaba solo y, seguramente, habían creído que más valía dejarle descansar, porque Terencio Varrón ya le sustituía.

Se aseó la cara, las manos y los brazos en la jofaina que un soldado le había traído a la tienda. Se secó lentamente, mientras recordaba las pequeñas escaramuzas (si así podían calificarse) que habían tenido lugar durante los cinco días anteriores. Procuraba analizar el resultado. Aún incierto, evidentemente.

Nada más poner los pies en Cannas descubrieron el campamento enemigo. El llano era ancho y ellos escogieron su emplazamiento. Un pequeño accidente del terreno les permitiría contemplar el enfrentamiento. Seguramente Aníbal no les esperaba, porque no había ocupado la pequeña colina, que era el lugar más adecuado para dirigir una batalla. Incluso Terencio Varrón hizo el comentario de que las fuerzas cartaginesas eran inferiores, y lo dijo con orgullo, mientras que él se limitó a observar y a callar. En Ticino, en Trebia y en Trasimeno también habían gozado de superioridad numérica y las habían perdido, las tres. Más valía no fiarse.

–Casi dos a uno –aún había añadido Terencio Varrón.

Y Emilio Pablo siguió guardando silencio. Dos a uno, meditaba. También podían hablar de dos cabezas contra una, pero no podían perder de vista que tenían frente a ellos una leyenda viva. Por eso habían decidido que se turnarían en el mando. El primer día Emilio Pablo, el segundo Terencio Varrón y así irían alternándose. Y también habían decidido que sería una batalla de desgaste, sin ataques frontales, sin tentar la suerte, procurando mantener las fuerzas intactas e intentando socavar aún más las del enemigo.

Durante toda la primera jornada no hicieron más que pequeñas escaramuzas para medir las fuerzas del contrario. El segundo día tuvo lugar un enfrentamiento más acusado, pero sin que pudiesen tildarlo de batalla. Terencio Varrón no cayó en la argucia de Aníbal, mantuvo quietas las legiones y respondió tan sólo a los ataques puntuales. El tercer día retomaron la táctica dilatoria. El cuarto parecía que Aníbal iba a lanzar a sus hombres, pero todo acabó en luchas personales de pequeños grupos que salían para fustigar a Terencio Varrón, que también siguió firme. Finalmente, el quinto, el día anterior, había sido una repetición del tercero. Una larga espera. Podría imaginar que Aníbal les temía, pero eso sería un grave error. ¿Qué es lo que escondía? De hecho, el cartaginés sólo atacaba los días pares, cuando Terencio Varrón se hacía cargo del mando de las fuerzas romanas. ¿Por qué? ¿Por qué ni siquiera movía a sus hombres cuando era él quien mandaba?

Para desayunar tomó pan con queso, trigo y fruta. Un buen refrigerio, bien estudiado para poder mantenerse firme todo el día y no desfallecer a media jornada. Acababa su desayuno cuando apareció el joven Cornelio.

–¿A qué se debe tanto silencio? –preguntó Emilio Pablo.

–El ejército está formado y aguarda.

–Otro día aburrido –comentó el general–. ¿A qué espera Aníbal?

–Su caballería no se ha movido. Podría significar que aguarda a que lancemos la nuestra. Una vez derrotada, tendrá las manos libres para destruir la infantería.

Le agradaba aquel joven. Era fiel y reflexivo, valiente y despierto. Fabio Máximo también le tenía en gran estima y el padre, el valeroso Publio, a pesar de que no lo manifestaba nunca delante de su hijo, se sentía muy orgulloso de haber engendrado un soldado que seguía punto por punto la línea maestra marcada por tres generaciones e incluso parecía con suficientes cualidades como para engrandecer la fama que ya les precedía.

–Es posible. Pero, en esta ocasión, no se saldrá con la suya –meditó en voz alta–. ¿Sabes que Terencio Varrón no cree en tu teoría sobre el secreto de Aníbal?

–Porque el imbécil de Druso le apoya y le ríe todas las gracias. Es su mano derecha, un recomendado de Minucio Rufo, y se siente fuerte e importante. ¿Por qué no se ha quedado en Roma, agazapado en casa, como es su costumbre? Se cree alguien y no tiene dos dedos de frente, porque si analizase todas las batallas descubriría que Aníbal siempre ha sacado la caballería en el último instante. Y ahora hace lo mismo. La mantiene quieta y a cubierto –respondió Cornelio.

De pronto el sonido de las trompetas cortó la conversación, los dos hombres se miraron y abandonaron la tienda a toda prisa para ir en busca de los caballos.

Aún no habían alcanzado lo alto de la pequeña elevación que les permitía abarcar con la mirada todo el campo de batalla cuando las legiones romanas ya avanzaban hacia las líneas cartaginesas.

–¡Por fin! –oyeron la voz de Terencio Varrón.

Druso estaba junto a él y mantenía el cuerpo bien erguido sobre el caballo.

Emilio Pablo contempló el llano. La infantería cartaginesa avanzaba en semicírculo convexo y la romana mantenía la formación cerrada y se enfrentaba a los primeros enemigos.

–Una táctica absurda –exclamó Emilio Pablo con una sola ojeada, y la sombra de la preocupación cruzó por su rostro, mientras sus ojos no cesaban de buscar dónde se encontraba la caballería de Aníbal.

–Ha cometido un error –dijo Druso–. Ésta es la clase de batalla que esperábamos. Nuestras fuerzas destruirán su centro y luego se abrirán para atacar los flancos.

Y así parecía, porque el centro de la infantería cartaginesa empezaba a retroceder hasta abandonar la posición de semicírculo y convertirse en una línea recta.

–¡Retroceden! –gritó entusiasmado Terencio Varrón–. ¡La victoria es nuestra!

El centro de la infantería de Aníbal siguió retrocediendo hasta invertir completamente el semicírculo y convertirse en cóncavo y, entonces, Emilio Pablo se dio cuenta del desastre que se avecinaba.

–¡Es un saco! –gritó desesperado–. Hay que ordenar que se retiren las legiones.

Pero ya era demasiado tarde. Los cartagineses, a una velocidad increíble, estaban cerrando el saco y sólo necesitaban atarle un lazo.

Terencio Varrón no podía creérselo. Hacía tanto tiempo que soñaba con aquel enfrentamiento, a campo abierto, que había caído en la trampa más burda e infantil. Y Emilio Pablo, con los ojos desorbitados, procuraba hallar una solución para aquel desaguisado, porque su colega no podía ni pensar.

De pronto, la caballería cartaginesa, quieta hasta aquel momento, empezó a avanzar hacia el centro de la batalla. Era evidente que, al contrario que en otras ocasiones, Aníbal había decidido destruir primero la infantería. Y aquélla era la única oportunidad de Emilio Pablo: rodear con su caballería las fuerzas cartaginesas y atacar desde fuera hacia dentro y desde dentro hacia fuera.

–Toma los caballeros del ala izquierda y abre un pasillo para que nuestros soldados puedan escapar –ordenó a Cornelio, tiró de las riendas del caballo y se dirigió hacia el llano para hacerse cargo del resto de la caballería romana.

El joven oficial contempló un instante a Terencio Varrón, completamente anulado. Druso tampoco se movía de su lugar. Contemplaba el desastre con cara de espanto. Entonces sintió pena por ambos y siguió a su jefe.

El grueso de la caballería romana, a las órdenes directas de Emilio Pablo, atacó el círculo de cartagineses, mientras Cornelio entraba en línea recta. Pero Aníbal también los aguardaba.

Poco después, Terencio Varrón alzaba la mirada y podía contemplar el magno desastre. Un inmenso círculo de círculos concéntricos, el centro ocupado por la infantería romana, ahogada por la infantería cartaginesa y parte de la caballería, encima de ellos la caballería romana y, finalmente, el resto de la caballería cartaginesa. ¡Un saco de cadáveres!

–¡Dioses, la caballería! –exclamó, incrédulo.

Ahora descubría su error. Ahora creía en las palabras de Cornelio, pero ya era demasiado tarde.

Llegada la noche, los despojos de los romanos cubrían todo el llano. Cornelio había conseguido abrir una brecha por donde escaparon cuantos romanos pudieron, que no fueron demasiados. Pero la batalla se había perdido y, con ella, Emilio Pablo.

Cuando Cornelio subió de nuevo a la pequeña elevación, Terencio Varrón permanecía sobre su caballo, plegado, como si meditase o pidiese perdón a todos los dioses por su tremendo error. El joven oficial se acercó y le llamó, pero, como no respondía, le tocó. Entonces descubrió que no meditaba, porque el cuerpo del general cayó al suelo. ¡Dioses de dioses! No había podido resistir la vergüenza y con su propia espada se había atravesado el corazón. ¿Y Druso? ¿Dónde estaba aquel desgraciado?

7

EL ÚLTIMO BASTIÓN

El mensaje que Iris le había transmitido era corto. Simplemente le había dicho que su ama quería verle y le había rogado que la acompañase. Bastaba con tan pocas palabras. Sinesio la siguió a través del mercado y aún anduvieron un rato hasta una calle estrecha y sucia. Entonces Iris se detuvo frente a una pequeña puerta de madera vieja y ennegrecida, llamó y una mujer mayor, encogida y ayudada por un bastón, apareció y se apartó para dejarle entrar. La esclava también se hizo atrás y se quedó fuera mientras le invitaba a entrar.

La casa era humilde pero limpia, y la vieja no había hecho preguntas. Ni siquiera había abierto la boca, sino que condujo a Sinesio hasta la habitación de atrás, la que daba al patio, cerró la puerta y le dejó solo.

No había demasiado mobiliario. Únicamente una cama y una silla, sobre la que descansaba el cesto que él ya conocía. Se sentó a los pies de la cama, alargó el brazo, tocó el asa del cesto, entornó los ojos y la acarició. Desprendía un calor que pocas manos podrían sentir, unos efluvios que pocas almas podrían captar y una ternura que ningún otro corazón podría apreciar.

Aún tenía los ojos entornados cuando la puerta que daba al patio se abrió y la figura de Ariadna quedó recortada por la claridad de la mañana. A contraluz no podía distinguir su rostro y no sabía si sonreía o no. La puerta se cerró de nuevo y sus ojos tardaron algún tiempo en recuperar la visión de las formas, hasta que ella se acercó y se sentó junto a él.

No hubo palabras. Sinesio acariciaba su mejilla y ella cerró los ojos y apoyó la cara en aquella mano de dedos largos y tiernos, para acabar besándola. Entonces él alzó la otra mano y buscó la nuca de ella para poder acercar sus labios. Depositó en ellos un beso, casi una ligera caricia, como el aleteo de una paloma. Ella permaneció quieta, sin mover las manos, y continuó con los ojos cerrados para sentir cómo los besos dibujaban su mejilla y alcanzaban el cuello que quedaba al descubierto, y que ella procuraba alargar más mientras echaba la cabeza hacia atrás. Ariadna suspiró y el estómago se le encogió.

Lentamente, la dejó caer sobre la cama y la contempló. Ella abrió los párpados. Sus ojos cantaban todo lo que su deseo exigía. Ariadna alargó los brazos, tomó las manos del hombre y, con dulzura, lo obligó a echarse junto a ella, sin apartar la mirada del verde intenso de la inmensidad de aquel océano que la arrebataba. Ahora él permanecía quieto, aguardando, y ella se lo agradecía en silencio. Dejó resbalar los tirantes del vestido y se incorporó ligeramente para poder deslizar la tela y descubrir sus pechos. Entonces, Sinesio se volvió y le tocó los pezones con la punta de los dedos. Otra caricia, otro aleteo de una paloma y otro suspiro. Luego bajó la cabeza y sus labios lamieron, sin que las manos tocasen, la aureola oscurecida, que se endureció y se puso tensa, y se levantó más el pezón.

Ariadna temblaba. Era el tercer hombre que la desnudaba, pero ninguno lo había hecho así, con la barbilla, arrastrando el vestido hacia abajo, paseando sus labios por toda su piel, sin pronunciar una sola palabra, con los ojos entornados. Su respiración se alteró y, cuando la desnudez alcanzó su entrepierna y recibió el calor de su aliento, quiso gritar de placer, pero se tapó la boca y abrió las piernas mientras lloraba en silencio. Sinesio se dio cuenta e intentó alzar la cabeza, pero ella le retuvo con ambas manos.

–Sigue –murmuró Ariadna, mientras le rogaba con la presión de sus manos que permaneciese allí. Era la primera palabra que pronunciaba. Y fue la única.

Sinesio continuó besando su templo, hasta que la pasión se desató y se fundió con la ternura. Ella había empezado a respirar entrecortadamente y su cuerpo se arqueaba y se movía con una intensidad imposible de imaginar en un ser tan delicado. De pronto, aquellas manos le obligaron a abandonar su presa y subieron su rostro hasta que los labios de ella atraparon los de él y la lengua exploró su boca.

El mundo entero tembló dentro del hombre, que arremangó su túnica y le hizo la ofrenda, que ella aceptó de buen grado abriendo las piernas y atrapando el regalo entre los más deliciosos jugos de su intimidad. Y el temblor de la tierra se extendió por todos los confines, y el universo entero desapareció para dejar paso al cielo infinito y recuperar la calma, para acabar extasiados, el uno encima del otro, fundidos en el abrazo del amor, con los labios a tan poca distancia que compartían el mismo aliento.

Entonces, el silencio tomó las riendas y la penumbra se convirtió en claridad que dibujaba dos rostros con mano diestra y trazo firme. Dos caras que se contemplaban y unos ojos que parecían hechos para complementarse.

Un rato después, aún abrazados y en silencio, Ariadna retiró ligeramente el rostro para mirarle directamente a los ojos.

–He rezado a los dioses para que Druso no regrese –dijo.

–Los dioses, en este caso, no son un buen camino –respondió él.

–¿Por qué hemos de escondernos? ¿Por qué he de esperar nueve días para poder estar contigo? ¿Por qué los dioses nos castigan, si nosotros sentimos amor?

–Ojalá tuviese respuestas, pero los dioses no cuentan con nosotros, sino que juegan con nuestras almas.

Tiempo después, cuando el sol ya alcanzaba el cenit, la anciana llamó a la puerta. En todo aquel rato casi no habían hablado. Habían permanecido abrazados, en silencio. El único momento en que él rompió el silencio, fue para preguntarle sobre su pasado, por la causa de la tristeza que llenaba sus ojos, y ella le había tapado la boca.

–Únicamente existe este instante –había respondido–. No quieras saber nada sobre mí y, así, el día que tengamos que separarnos para siempre sólo quedarán los buenos recuerdos.

Ariadna fue la primera en marchar. Él aún permaneció echado sobre la cama, y tardó un rato más en levantarse y vestirse. El olor de la sábana le absorbía y le impedía todo movimiento, y el tierno calor dejado por el cuerpo amado lo mecía y lo adormecía. Finalmente se levantó, se vistió y se fue.

Nada más alcanzar la calle, Sinesio captó un movimiento mayor del habitual y aún tardó algún tiempo en descubrir qué sucedía. La gente, en el mercado, no compraba, sino que discutía, comentaba y se estremecía. Entonces, se movió entre aquellos rostros desencajados. Roma estaba horrorizada. Los comentarios saltaban de boca en boca. De los más de ochenta mil hombres que se unieron para enfrentarse a los cincuenta mil de Aníbal, sólo habían sobrevivido cuarenta mil, mientras que el enemigo únicamente había perdido seis mil soldados y, de ellos, cuatro mil eran galos. Indudablemente, la peor derrota de toda la historia de la ciudad que pretendía ser una de las más poderosas del Mediterráneo y, si querían llegar más lejos todavía, nadie recordaba que los anales relatasen una derrota de tamañas proporciones. Además, a los muertos había que añadir ochenta senadores, entre ellos Emilio Pablo y Terencio Varrón.

* * *

El día que Cornelio cruzó las puertas de Roma, una multitud le esperaba en silencio. Nadie se atrevía a abrir la boca y observaban los rostros tristes de los soldados que marchaban en una larga hilera. Muchas mujeres buscaban con la mirada a su marido, a su hijo, a su hermano…, y muchas aguardaron en vano, hasta que el último de los hombres cruzó aquella puerta. Entonces los gritos y los llantos inundaron las calles.

Aún no habían entrado todos cuando las noticias ya apuntaban que Capua se había rendido. Mejor dicho: sus habitantes, tras matar a los soldados romanos de las guarniciones, habían entregado la ciudad al cartaginés sin ofrecer la menor resistencia y Aníbal se había paseado triunfal por todos los rincones, aclamado por la multitud, que le recibía con honores de libertador. No obstante, la mayor preocupación de Cornelio, y del Senado (o lo que quedaba de él), no era la caída de la antigua ciudad etrusca, ni que ello significase la separación total de las provincias del sur (las del norte ya hacía días que habían perdido todo contacto con la urbe), sino la muerte del rey Hierón de Siracusa ocurrida hacía pocos días, casi coincidiendo con la derrota de Cannas, y que su nieto Hierónimo hubiese accedido al trono. No necesitaban consultar a los augures para adivinar lo que era más que evidente: los antiguos aliados cambiarían de bando y ellos se quedarían solos, porque Macedonia también se uniría al vencedor. Y si no lo había hecho antes era por dos razones. La primera que el rey Filipo V quería estar bien seguro de que Aníbal era un vencedor y, la segunda, que la flota romana le impedía cruzar el Adriático y un viaje por tierra sería demasiado largo y arriesgado.

Ahora, más que nunca, Hispania se erigía en el último bastión, la única puerta sin derribar que quedaba en pie. Pero si los hermanos Escipión caían, Roma caería inevitablemente.

Sin embargo, no todos estaban compungidos. Emilia meditaba y sonreía. Druso había regresado y ya no tendría el menor impedimento para convertirse en senador. Ahora no existiría la excusa de que no había vacantes. De una forma o de otra, Cannas también se convertía en el gran triunfo de Druso, que nadie podría arrebatarle, tal como había prometido a Ariadna. Y lejos de reflexionar con sensatez, Emilia no se daba cuenta, o no quería hacerlo, de que la situación era verdaderamente dramática, porque muchos jóvenes patricios aplicaban una filosofía muy particular. Razonaban que cuando un barco se hunde la única solución es saltar al agua y apartarse, no sea que el remolino te arrastre a los abismos oscuros de Neptuno. Por ese motivo un buen número de prohombres habían decidido que Grecia los acogería. Todos ellos, educados en la patria de Platón, la cuna del gran Alejandro, volvían la mirada hacia una tierra que se convertía en el ideal de paz y de prosperidad.

Al día siguiente de la llegada del ejército derrotado, el Senado se reunió. Las malas noticias no hacían más que sumarse unas a otras. Los samnitas, en la región de Campania, se habían rebelado contra las guarniciones romanas y también habían matado a los soldados. Lo mismo habían hecho los abruzos y los lucanos, con lo que Crotona,

Locri y Metaponte habían caído en manos de los cartagineses. Ahora, toda la costa adriática les pertenecía, así como toda la mediterránea, que iba desde el Ebro hasta las costas africanas.

Aquella mañana Minucio Rufo llegó acompañado de Druso en el mismo instante en que Cornelio, en mitad del Senado, relataba el desastre. Druso se quejaba de que quizá los senadores protestarían por la presencia de gente extraña, pero nadie alzó la voz. Aspirantes a senador, como el cuñado de Minucio Rufo, los había a patadas. Se trataba de cubrir muchas sillas vacías, las dejadas por los muertos.

–Te damos las gracias –se levantó Mario, una vez concluidas las explicaciones de Cornelio–. A ti y a aquellos que habéis luchado con coraje. Y hemos de pedirte disculpas, porque tenías razón. La caballería de Aníbal es su gran secreto y nosotros, ciegos como estábamos, prestamos oídos a las palabras de Terencio Varrón, a quien el coraje arrastraba más allá de la razón.

Cornelio asintió lentamente. Reconocer los errores es de sabios, a pesar de que, a menudo, el arrepentimiento llega demasiado tarde.

–Ahora tenemos que defender Roma –dijo Claudio Marcelo–. Sin embargo, ¿cómo la defenderemos si algunos de nuestros patricios ya piensan en huir a Grecia?

–Roma no puede olvidar la sangre vertida por nuestros hermanos –gritó un oficial. Era joven, pelirrojo, medio desdentado, con los dientes separados pero apuesto. Miraba con un deje de insolencia y hablaba con voz clara, pronunciando bien las palabras y con una seguridad impropia de su edad. Se había adelantado sin que le hubiese sido concedida la palabra, pero su vehemencia impidió que se alzasen las protestas de los senadores–. Si ahora firmamos la paz con Aníbal la vergüenza no nos dejará vivir y sufriremos la peor de todas las muertes, la muerte del alma –coronó su corta intervención.

–Nuestros valientes soldados hablan más con el corazón que con la mente. Ya se ha derramado demasiada sangre –dijo Minucio Rufo–. Es hora de pensar en los que aún viven y firmar la paz con Aníbal antes de que ataque las murallas de Roma.

–Es cierto. Más vale una paz, aunque tengamos que ceder y pagar, que contemplar cómo el fuego y la muerte acaba con todo lo que nuestros antepasados construyeron –corroboró Druso, encorajinado ante la pasividad del Senado–. He visto morir al valeroso Terencio Varrón y ya se ha vertido demasiada sangre –repitió las palabras de Minucio Rufo.

Se hizo el silencio. Cornelio observaba a Druso. ¡Cobarde!, deseaba gritar. ¿Dónde estabas cuando atacamos?, quería preguntar. Druso apareció tiempo después, cuando las fuerzas se replegaban, y no exhibía ni el menor rasguño. Ni siquiera su uniforme estaba sucio.

–¡No! –se escuchó de pronto la voz del joven oficial que había tenido la osadía de hablar ante el Senado–. Prefiero morir a hincar las rodillas, vivir como un pedigüeño y suplicar por mi vida, porque nuestros padres se levantarían de su tumba para pedirnos cuentas. Si es necesario, saldré fuera y esperaré a todos esos cobardes que piensan huir y antes de hacerlo tendrán que matarme –se adelantó y miró a Druso–. ¿Serás tú el primero? –preguntó y agarró el puño de su espada.

Druso se puso tenso y se hizo un gran silencio, pero no despegó los labios para contestar. Evidentemente no es lo mismo enfrentarse a una mujer que a un soldado.

Mario volvió la cabeza hacia Cayo Oppio, un senador famoso porque se había empeñado desde hacía tiempo en que el Senado aprobase una ley encaminada a acabar con la fastuosidad y el lujo de las mujeres romanas. Tanto era así que sus compañeros habían bautizado aquel proyecto con el nombre de *Lex Oppia*.

–¿Quién es ese desdentado? –preguntó en voz baja, mientras señalaba con la barbilla hacia el joven que había hablado.

Cayo Oppio lanzó la misma pregunta hacia atrás, hasta que alguien pudo responderla.

–Marco Porcio Catón, un protegido de Valerio Flaco –transmitió.

–¡Oh, sí! Ahora lo recuerdo. Estudia para abogado y comentan que es inteligente –exclamó Mario–. Parece que hoy la juventud quiere ocupar el lugar de los senadores y no podemos permitirlo –sonrió, y se puso en pie–. Nadie abandonará la ciudad –gritó con voz firme. Entonces miró a Druso–. Y nadie firmará una paz vergonzosa con el enemigo. Esperaremos a Aníbal aquí mismo y esta vez su caballería no le servirá para nada, porque tendrá que derribar las murallas para poder entrar. Pido que acaparemos cuantas provisiones podamos y que Roma sea nuestra tumba o la suya.

–Así será –corearon otros senadores.

–Nunca aceptaremos una rendición –aprovechó Cayo Oppio la ocasión–. Hemos perdido una batalla más, pero Roma sigue en pie. Propongo que se acepte la ley que he presentado al Senado, que se supriman las fiestas y que quede prohibida la exhibición de joyas, de vestidos de colores y el uso de carruajes. No es momento para celebraciones, sino de duelo, pero no un duelo absurdo y estúpido, sino sensato y valiente. No habrá faustas ceremonias por los muertos. Todos hemos de entender que es momento de lucha y no de llanto.

–Así sea –aplaudió el Senado.

–Nuestro querido Cayo Oppio no pierde ocasión –comentó Mario a Claudio Marcelo, al oído–. Ya ha logrado su propósito.

–No es una medida demasiado popular, sobre todo entre las mujeres, pero hoy sería temerario iniciar una discusión. El pobre no es consciente de que se enfrenta a un ejército mucho más peligroso que el cartaginés. –Claudio Marcelo sonrió y siguió a los demás prohombres que abandonaban las gradas.

Una vez fuera, Mario abordó a Cayo Oppio.

–No hay que perder de vista al joven Catón –dijo–. No le conocía personalmente, pero he oído hablar de él. Posee buenas cualidades y, según tengo entendido, es valiente, se expresa con entusiasmo y es capaz de arrastrar a la gente que le escucha. Soy gato viejo, demasiado viejo y cansado, pero aún reconozco enseguida a un hombre que puede llegar lejos, y Catón y Cornelio están hechos de la misma pasta. Puedo asegurarlo.

–Falta nos harán, siempre que no pretendan más de lo que se les puede conceder –respondió Cayo Oppio.

–Todos hemos sido jóvenes, todos hemos tenido ambiciones y todos hemos aprendido a conformarnos con lo que nos toca. La experiencia enseña, pero hay que tener madera.

* * *

Cinco días después, una tarde, Cornelio relató de nuevo el desastre de Cannas, sólo que su interlocutor fue único y él hubo de responder muchas más preguntas.

Sinesio le escuchaba con los ojos entornados y se interesaba por detalles que podían parecer absurdos. De vez en cuando el oficial romano formulaba alguna pregunta, pero el filósofo no respondía, sino que le replicaba con un nuevo interrogante que le obligaba a buscar nuevos datos en su memoria. Finalmente, cuando ya llevaban largo rato, las preguntas se agotaron. Entonces Sinesio levantó los párpados y fijó su mirada en las pupilas de Cornelio, aquellos dos círculos que emanaban fuerza y sinceridad.

–Me halaga sobremanera que el Senado por fin haya entendido lo que era evidente desde un buen comienzo –exclamó–. Lástima que el precio que hemos tenido que pagar sea demasiado alto.

Era la primera ocasión, en todas las conversaciones, que utilizaba el plural en primera persona, como si él también participase de la desgracia.

Sin embargo, el Senado no tan sólo había comprendido que la caballería había concedido cuatro victorias consecutivas al cartaginés, sino que esta vez había aceptado las palabras de Cornelio y había decidido que la presencia del ejército romano en Hispania era imprescindible y que no representaba ningún desaguisado atacar al monstruo por la cola. De manera que, al contrario de lo que exigían muchas voces, no mandaron en busca de los hermanos Escipión para que defendiesen la ciudad, sino que los encorajinaron para que no dejasen en paz a Asdrúbal. Una decisión valiente y arriesgada que el joven oficial romano tenía muy claro debían al filósofo, quien durante una tarde entera le había escuchado y le había ofrecido unas respuestas más que sensatas.

–Ahora sí que has de enseñarme a escudriñar en las almas –dijo Cornelio.

–Sí, me dijiste que querías derrotar a Aníbal, pero yo también te dije que esta tarea requiere mucho tiempo.

–Mientras me enseñas, quiero que seas mi asesor –sonrió Cornelio.

Su rostro aún mostraba el cansancio de la larga marcha. Se había rehecho un poco y había recuperado peso, así como buena parte de las fuerzas que le eran habituales, pero aún no era el mismo.

Durante aquellos días los generales habían dedicado sus esfuerzos a prepararse para un asedio que se adivinaba duro y largo. Tal como el Senado había prohibido, a instancias de Cayo Oppio, no hubo ninguna manifestación de duelo y nadie lloró, a pesar de que un grupo de mujeres fregó los suelos de los templos con su cabellera. Sin embargo, ninguna voz se alzó, porque aquello representaba una muestra de fuerza, de la determinación que un pueblo golpeado por la derrota estaba dispuesto a dejar bien patente y un aviso para sus maridos, hijos y parientes. Roma no se rendiría ante ningún enemigo y, si era necesario, las mujeres también lucharían.

–¿Un asesor militar? –Levantó las cejas Sinesio–. Has perdido el juicio. –Rió divertido.

–Llamémosle mi segundo pensamiento –corrigió Cornelio–. El título o el nombre que escojamos carece de importancia. Únicamente fija el precio –añadió.

–Todos tenemos nuestras limitaciones y es preciso conocerlas para…

–Pues enséñame a leer en los ojos. Pide cuanto quieras y, si está en mi mano, será tuyo –le cortó Cornelio. No era momento de discutir asuntos ni de regatear precios–. Quiero el poder que te ha permitido descubrir el secreto de Aníbal. Quiero mirar con sus ojos y saber lo que piensa.

Quieres otro poder mayor, pensó Sinesio. ¡Demasiado grande!

–Ya te dije que se requiere tiempo y esfuerzo –repitió Sinesio.

–Y yo te he dicho que, mientras me enseñas, no tendrás ninguna dificultad en escuchar mis relatos y mis razonamientos y decir si son correctos o encontrar el error. Sólo debes responder a mis preguntas.

Sinesio recordó a Bocco. Él también había recibido buenas enseñanzas de aquel mercader fiel que murió por culpa de su padre. Siempre le decía: si consigues hacer creer a tu cliente que no puede vivir sin tu mercancía, podrás poner cualquier precio y te lo pagará.

–Antes tienes que demostrarme que eres capaz –dijo Sinesio.

–También me lo dijiste y ya estoy harto de perder el tiempo –le cortó Cornelio–. Ponme a prueba –exigió.

–Responderé a tus preguntas, siempre y cuando sólo sean *porqués* –aceptó Sinesio, finalmente.

–Ya lo tengo en cuenta –afirmó Cornelio–. Pon precio a tus servicios –insistió.

–El precio ya lo pactaremos –respondió el filósofo–. En cuanto a enseñarte a leer en los ojos, tres cosas te pediré. La primera: información sobre una persona.

–¿Quién?

–Ariadna, la esposa de Druso.

Cornelio no pudo reprimir una sonrisa. De manera que los filósofos también escuchan la llamada de la carne, pensó. No les basta con alimentar el espíritu y el intelecto.

–No sé si tienes en cuenta que Druso es peligroso y que puedes meterte en un buen lío –dijo.

–No es por ahí por donde ando –replicó Sinesio.

–¿Entonces, a qué viene tu interés?

–Eso es cosa mía.

–De acuerdo, pero ya te he advertido.

–¿Puedes conseguirlo?

–Depende de lo que desees saber.

–Su pasado en Ampurias.

–Supongo que algo averiguaré. ¿La segunda petición?

Sinesio sonrió. El joven, en cualquier circunstancia, era hombre de acción y era evidente que no perdía el tiempo.

–Cuando hayas conseguido la primera.

–Entonces, hablemos de otros asuntos –dijo Cornelio–. ¿Por qué Siracusa no atacará a Roma?

El filósofo le miró. Era astuto aquel joven. ¡Muy astuto! Lo más lógico hubiese sido preguntar: «¿Cómo conseguiremos que Siracusa no ataque Roma?», pero sabía que él sólo respondería los *porqués* y había cambiado la pregunta. Además, no la había planteado en condicional, sino en futuro, como un hecho que estaba escrito y que inevitablemente se cumpliría. Ahora no podía defraudarle.

–Hierónimo es un cobarde. Si se ha aliado con Aníbal es porque teme que si el cartaginés gana la guerra, atacará y los destruirá. Recuerda que Amílcar se vio obligado a ceder Sicilia y que Aníbal ha nacido allí. Si el cartaginés tuviese segura la victoria, Hierónimo no dudaría en cruzar Mesina. Pero no lo ve claro y, a pesar de sus promesas de alianza, prefiere esperar. Sabe que sus murallas son difíciles de abatir y, además, cuenta con el ingenio de Arquímedes.

–¿Qué puede hacer Arquímedes?

–No desprecies el valor de la imaginación. Si estuviese en tu lugar, cuando llegase el momento, procuraría respetarle la vida. Es un hombre de ciencia. No es ningún político. Y es mucho más valioso.

–No estamos en disposición de atacar a nadie y no tenemos nada en contra de Arquímedes –rió Cornelio–. Al contrario, todo son problemas para defender Roma. –Se quedó callado un instante. Había aprendido que detrás de las palabras de Sinesio podía esconderse el futuro, a pesar de que aquel hombre decía que lo único cierto era el presente–. ¿Por qué crees que atacaremos Siracusa? –preguntó.

–Un pueblo que tras cuatro derrotas consecutivas aún es capaz de rechazar un pacto con el enemigo, que dispone de un ejército capaz de renunciar a la paga, que cuenta entre su gente con muchachos de trece y catorce años que se presentan voluntarios para rehacer sus fuerzas, que las mujeres, madres y esposas de soldados se arrastran por el suelo y rezan a los dioses para que nos protejan, no es un pueblo cualquiera. En todo caso es un pueblo llamado a ser eterno –respondió Sinesio.

Cornelio se quedó pensativo. No era un razonamiento de peso, de los que él buscaba en la estrategia de la guerra, pero no podía negar que la historia demostraba que Roma, en los peores momentos, sacaba fuerzas de flaqueza.

–¿Por qué Aníbal se detendrá y no atacará Roma? –repitió la pregunta empleando idéntica fórmula, que ya había ensayado con éxito.

–Porque de la misma forma que sabía que le atacaríais en Cannas, sabrá que un asedio sería un suicidio.

El joven iba a formular la siguiente pregunta, pero, de pronto, se detuvo. Las palabras pronunciadas por Sinesio le habían sorprendido. ¡Más que sorprendido! Le habían dejado boquiabierto. De manera que aguardó unos instantes, antes de seguir hablando.

–¿Por qué dices que él ya sabía que le atacaríamos en Cannas?

–No hago más que repetir lo que tú me has dicho –respondió Sinesio y, al ver que el romano no le entendía, explicó–: Es evidente que ya tenía conocimiento de vuestra llegada y que no se dirigió al norte, aunque las noticias que hicisteis circular y los rumores que propagasteis apuntaban a que la batalla tendría lugar en Metauro. Nadie es capaz de plantear una estrategia tan bien estudiada en tan poco tiempo y, menos aún, reservarse el lugar más favorable, de espaldas al sol, llevar al enemigo a su terreno y engañarle haciéndole creer que no le esperaba. Tal como me has relatado, os cedió la colina a vosotros, pero él se reservó el bosque. ¿De qué te sirve estar más arriba, si los árboles no te permiten ver lo que esconden?

–Esta afirmación es peligrosa –murmuró Cornelio, lentamente, midiendo cada palabra.

–Tú has preguntado. Yo he contestado –Sinesio alzó las manos con las palmas hacia arriba y se encogió de hombros, como si la respuesta fuese elemental.

–Muy peligrosa –repitió Cornelio, bajando la cabeza. No escuchaba a Sinesio, sino que reflexionaba en voz alta–. Todos sabemos que hay espías. Nosotros también los tenemos, pero lo que tú apuntas va más allá –levantó la mirada y la fijó en los ojos del filósofo–. No somos muchos los que conocíamos la cita de Cannas.

–Eso tenía entendido.

Y ambos se quedaron en silencio.

* * *

Si bien era cierto que las fiestas habían sido prohibidas, las matronas romanas sabían cómo capear el temporal y, a partir de aquel instante, no hubo más que cenas. Algunas verdaderamente multitudinarias, pero sin la presencia de músicos ni de danzarinas ni de acróbatas, y Cayo Oppio tuvo que callar, porque, aunque no se celebrara nada, la gente tenía que comer y… podían hacerlo juntos.

En una de aquellas cenas, en casa del senador Claudio Marcelo, ya entrada la noche, Cornelio acompañó a su amigo Cayo Lelio hasta su casa. Una vez más, el joven había bebido más de la cuenta, detalle que ya amenazaba con convertirse en hábito y costumbre.

–Me gusta Virginia –dijo Cayo Lelio cuando se despedían.

–Sí, es muy hermosa –respondió Cornelio, mientras le obligaba a cruzar el portal.

–Pero no me ama –lo apartó con un codazo–. Déjame. Quiero morirme. –Y a punto estuvo de dar con sus huesos en el suelo.

–Mañana lo verás de forma diferente. –Cornelio le ayudó a mantenerse en pie.

–No. Nunca me amará.

–Yo le hablaré de ti. –Intentó empujarlo hacia el interior.

–He rogado a mi padre que hable con Mario y establezca el acuerdo, pero el viejo senador se ha excusado. Su esposa Claudia ya le ha reservado marido. «¿Cómo puedes luchar contra una mujer?», me ha dicho mi padre. –Rió, pero sus risotadas escondían la tristeza y el desencanto–. ¿Y cómo puedes atreverte a luchar contra dos mujeres? Es para ti. Mario y tu padre ya han hablado –lo apartó de nuevo con la mano.

–Pues a mí nadie me ha comunicado nada –sonrió Cornelio.

–A mí sí –afirmó repetidamente con la cabeza y casi perdió el equilibrio–. Me lo dijo mi padre el día que me encontré con Druso. Le acompañé hasta aquí mismo, tal como he hecho contigo, porque no se tenía en pie –rió y Cornelio asintió.

Ya hacía días, ¡meses!, que su amigo bebía en exceso. Cada vez más. Pero aquella noche se había pasado de la raya. Su voz era pastosa y Cornelio no tenía que esforzarse para imaginar que, justamente, había sido al revés, que quien no se mantenía derecho era su amigo y que el pobre Druso habría tenido tantos problemas como él para lograr que entrase en su casa.

De pronto, Cayo Lelio se volvió hacia la pared y vomitó. Cornelio aguardó pacientemente. Tal vez ahora recuperaría parte del juicio, lo vería todo más claro y cerraría la puerta.

–¿Te encuentras mejor? –preguntó Cornelio cuando Cayo Lelio ya había echado todo cuanto llevaba en el estómago.

–Ella te ama a ti. Pero eso no se lo dije a Druso. No. Fui inteligente y desvié la conversación. –Nuevas risotadas–. Y le dejé boquiabierto cuando le conté que Aníbal se estaba quedando ciego.

Cornelio tardó unos instantes en reaccionar. ¿Que le había contado qué?, se preguntaba incrédulo. De pronto, como si acabase de recibir la mayor de las revelaciones, abrió desmesuradamente los ojos y agarró a su amigo por la garganta, mientras lo zarandeaba.

–¿Cuando tuvo lugar esa conversación? –preguntó con rabia.

–La tarde en que Virginia me rechazó y me dijo que te amaba a ti –confesó Cayo Lelio, e intentó quitarse de encima a Cornelio, pero éste lo asió con firmeza mientras casi lo ahoga.

–¿Qué día fue? –Lo miró a los ojos, con violencia.

Cayo Lelio le agarró las manos. Había enrojecido e intentaba desesperadamente respirar. Cornelio aflojó la presión.

–El mismo día que nos vimos, cuando tú recibiste aquel mensajero –dijo tras recuperar el aliento.

–¡Maldito seas! –exclamó Cornelio, y le obligó a entrar de un empujón que derribó a su amigo y cerró la puerta.

No podía creerlo. De manera que era él, su propio amigo, quien le había traicionado. Porque revelar un secreto es una traición. Y aquella infidelidad significó la caída de Fabio Máximo y una derrota absurda que se traducía en decenas de miles de cadáveres.

Tenía ante sí al artífice de la mayor derrota de Roma, de la peor de todas las desgracias, y sacó el puñal. Cayo Lelio le miraba desde el suelo, incapaz de moverse. Ahora sentía miedo. ¡Pánico! Podía leerlo en sus ojos. Debería matarle allí mismo, pensaba Cornelio. Levantó el puñal para descargar el golpe mortal, pero un pensamiento le detuvo. ¿De qué serviría otro cadáver? Tendría que explicar por qué le había matado y el tribunal exigiría pruebas. ¿Qué les diría? Druso no le apoyaría y él acabaría condenado.

¡Druso! ¡El cobarde! El lameculos que se arrastra a los pies de cualquiera que pueda brindarle un honor, pensó.

Finalmente, tras dudar un rato, prefirió abandonar a Cayo Lelio en el portal y huir para perderse en la oscuridad de las calles y meditar.

No puedo confiar en nadie, se repetía constantemente, y tan absorto andaba en sus pensamientos y su dolor que no se dio cuenta de que un hombre le seguía.

Minucio Rufo pagaría generosamente por aquella información, pensaba el hombre que se amparaba en las sombras.

8

¡ROMA BIEN VALE UN OJO!

Una vez que la acertaba y él ni le había escuchado. Aníbal se incorporó en la cama del palacio de Capua, aquel que había escogido para su estancia en la ciudad. Alargó la mano, a tientas, y buscó la espada que reposaba en la silla. Acarició el puño y sintió placer. Todo era oscuridad, a pesar de que la brisa fresca y seca de la mañana anunciaba un sol radiante. Inspiró lentamente, llenó sus pulmones por completo y soltó todo el aire. Entonces palpó el vendaje que le cubría los ojos y que mantenía bien sujeta la cataplasma de arcilla con tomillo, manzanilla y cebolla hervida.

–El izquierdo está perdido –había diagnosticado Romeo, el médico romano, cuyas excelencias pregonaban por toda la ciudad–. El derecho se salvará. ¡Lástima que hayas esperado tanto tiempo!

Debería disculparse, meditaba, pero ya era demasiado tarde. Aquel carnicero que les había acompañado durante toda la travesía de los Alpes y casi por toda la península, que sólo lograba penosos zurcidos, estaba muerto y enterrado. «¡Qué le vamos a hacer!», exclamó. De todas maneras, con un solo ojo podría contemplar las calles de Roma tan bien como con dos. Y lo haría una vez pudiese entrar.

–¿Estás seguro? –había preguntado.

–La seguridad absoluta no existe –había respondido el médico.

–Procura acertar, porque si pierdo ambos ojos tú perderás a tu esposa, tus hijos, tus parientes, tus amigos y a todos los amigos de tus parientes y de tus amigos –le amenazó. Después se volvió hacia Giscón y ordenó–: No abandonará el palacio hasta que me haya curado y, si me engaña, cuando hayas matado a todos los que he nombrado, mátale a él, pero hazlo despacio, como mi padre hizo con Magón.

–He de ir en busca de mis instrumentos –protestó Romeo.

–Pide lo que necesitas y ya te lo traerán, pero no quiero que nadie sepa nada de esto. ¿Entendido?

Y así se hizo. Dentro de un rato, la puerta se abriría y entraría Romeo acompañado de Giscón, que no perdería detalle de todo cuanto hacía el médico ni se apartaría de él más de tres codos.

La tarde anterior había recibido una buena noticia. Filipo de Macedonia aceptaba la alianza, le había comunicado Giscón. Y un mensajero había partido camino de Cartago para exigir refuerzos. Ahora no podían negarse, porque Siracusa también se le había unido y Roma estaba sola. Había perdido un ojo, pero la victoria tiene su precio y él estaba dispuesto a pagarlo.

«La venganza es un plato que hay que saborear frío», le decía su padre. No es preciso andarse con prisas. De sobra sabía que Roma no había aceptado la derrota, pero aún sabía más cosas. Los generales romanos creían que habían descubierto su gran secreto: la caballería. Ese pensamiento le hizo sonreír. Le aguardaban. ¡Pobres desgraciados! «La caballería es una pieza más de la maquinaria, no el gran secreto», exclamó. «Cuando llegue el momento, descubrirán su error, pero ya será demasiado tarde y yo pisaré las piedras de sus calles y me sentaré en las gradas del Senado para contemplar sus rostros desencajados.»

Capua era una ciudad agradable y acogedora. Sus hombres se le habían rendido y sus mujeres también. En tan sólo dos años ya estaba a las puertas del orgullo romano. Ahora le esperaban, según le habían anunciado sus espías. ¡Pues bien! No tardaría demasiado en entrar en Roma y vengar todas las injurias. La impaciencia le devoraba y habría deseado continuar avanzando, pero necesitaba recuperar el ojo y, por otro lado, los hombres tenían que descansar después de tanta lucha. Además, esperaba un nuevo mensaje que le informase de la situación que, como siempre, le proporcionaría la clave de la victoria final. Éste era el verdadero secreto, lo que los brillantes generales romanos todavía no habían descubierto. «No es desde fuera desde donde ganas, sino desde el interior», meditó. Creían que estaba ciego y veía mucho mejor que todos ellos. Ojos que miran por doquier, ojos que escrutan, que espían, que evidencian y que le reportaban los planes del enemigo. «Es así como se gana una guerra. Gracias a los ojos», sonrió.

Paciencia. Era lo único que necesitaba. Un poco de paciencia para curar el ojo. Quince días, según había pronosticado el médico, y ya habían transcurrido ocho. Quince días de oscuridad y luego la luz. El fiel Giscón se encargaba de todo, mientras él permanecía inoperante, encerrado en la prisión de la noche perpetua. Siete días más y todo habría concluido.

De nuevo se palpó la venda. Un ciego debería sentir lo que él sentía en aquel momento. «¡La oscuridad es terrible!», exclamó. Es un castigo, una desesperación, hasta que no descubres que tus dedos, tus oídos y tu nariz hacen las veces de tus nuevos ojos. Entonces empiezas a escuchar los sonidos, descubres de dónde te llegan y cuánto significan. Después, a tientas, tocas la tela y las sensaciones se multiplican. Nunca habías reparado en su textura, en la calidez de la ropa. ¿Y la respiración? Ella también habla. Nos trae el olor que flota en el ambiente, nos avisa de la presencia de otros cuerpos y nos permite captar diferencias, mientras nos indica si el día es claro y sereno o si amenaza lluvia, porque la humedad puede olerse.

En sólo unos días había entrevisto un universo paralelo, un mundo de sombras, el imperio negro, donde sólo los recuerdos poseen luz propia. El primer día, tras una entera jornada oscura, creyó que no lo resistiría. Él, acostumbrado a moverse sin parar, a caminar arriba y abajo, a interesarse por los soldados, por las noticias y a estudiar los mapas, ahora tenía que conformarse con escuchar las explicaciones. El médico le visitaba a diario, cada tarde, y le cambiaba la cataplasma, pero le tenía prohibido abrir los ojos, y él lo deseaba tanto...

El cuarto día ya se había habituado, conocía la estancia como la palma de la mano, se levantaba de la cama y medía sus pasos hasta topar con un mueble o con la pared. Desde la cama, trece pasos hasta la ventana, diecisiete hasta la puerta, cuatro hasta la mesa... A su derecha, la espada, sobre la silla, que sólo distaba un paso. Pero el sexto día la desesperación volvía a devorarle y había deseado arrancarse aquel pegote de la cara. Después se calmó de nuevo. Ya había recorrido casi la mitad del camino y echó fuera de la habitación a los dos soldados que hacían guardia. Ya no los necesitaba, ya se levantaba sin ayuda y comía sin el concurso de nadie.

El séptimo día se despertó inquieto y enfadado. Necesitaba algo, pero no era capaz de precisar el qué, como un animal enjaulado, y acabó por pedir una mujer. Que la trajese Giscón, que conocía muy bien sus gustos, pero que no fuese una puta gala, de las que acompañaban al ejército. Ya las había probado todas y estaba harto de ellas. Quería una romana, necesitaba probar sus mieles mientras imaginaba que, cuando la penetrase, estaba entrando en Roma.

Giscón le trajo una de la ciudad. Era viuda, madre de dos hijos y malvivía para poder alimentar a sus mozalbetes. De manera que no puso ningún inconveniente cuando vio el dinero.

–Que quede claro que soy una mujer honrada y que lo hago por mis hijos –dijo ella.

–Tendrás entre tus piernas los cojones de Aníbal. No creo que eso sea ningún deshonor –le había contestado Giscón con una sonrisa burlona.

La condujo hasta la habitación, pero no les dejó solos. «Tenía que proteger a su señor», dijo cuando aquella mujer se quejó. Decía que le daba vergüenza que la mirasen mientras...

–Cierra los ojos y no le mires –le dijo Aníbal.

–Cúbreme con la sábana –pidió ella.

–De acuerdo. –No halló ningún impedimento–. Yo tampoco te miraré –bromeó, y le tapó incluso la cabeza.

Bajo la sábana, la desnudó y la acarició como nunca había acariciado a ninguna otra mujer. Sus carnes eran tiernas y se las imaginaba blancas como la nieve. Los pechos, duros, sin embargo. La palpó por todas partes, cada pulgada de su piel fina y cálida, olisqueó todo lo que su nariz podía alcanzar, incluso le lamió las orejas, el cuello, los pechos, el estómago, la entrepierna, los muslos y los pies, tal como haría una animal con sus cachorros, y ella se excitó hasta extremos de verdadera locura y respondió a cada caricia. Tenía la lengua ágil, los dedos rápidos y unas piernas elásticas que se abrieron de par en par cuando se montó sobre él y lo cabalgó. Él buscaba sensaciones y a ella le gustó. Seguramente hacía demasiado tiempo que permanecía seca. De manera que, cuando la poseyó, toda ella era fuego y dulzura.

Mira por dónde, la pérdida de un ojo le había supuesto el descubrimiento de un placer que los griegos loaban desde hacía tiempo, pensaba ahora. Los tenía por vividores y ahora sentía una chispa de respeto, porque si habían descubierto todo aquello, significaba que no eran tan idiotas como había imaginado.

Entonces, tuvo otro pensamiento. Los ojos son importantes, pero ahogan los demás sentidos y nos impiden gozar de los mil matices que el mundo nos ofrece por todas las ventanas del cuerpo.

Y se calmó. No era lo mismo que estar en el campo de batalla, pero aquella mujer no había estado nada mal. Su marido debió de ser un imbécil. ¡Mira que morirse, teniendo semejante hembra!, rió divertido.

Un rato después de que la mujer se hubiese retirado, preguntó su nombre. Se había acostado con ella, la había poseído y quería saber cómo se llamaba. Inexplicablemente, después de toda una vida de lucha, en sólo unos días, con la ausencia de la luz en sus ojos, se despertaba en su interior una sensibilidad escondida y desconocida.

–No sé cómo se llama –dijo Giscón–. Le he pagado, pero la he encerrado con las esclavas hasta que no te hayas repuesto.

–¿Quien cuidará de sus hijos mientras ella esté aquí?

–He ordenado que los traigan a palacio.

Giscón estaba en todo. Era fiel y preciso. Cuando Aníbal daba una orden, bien sabía que él la cumpliría a rajatabla, y si había dicho que nadie tenía que saber nada de su enfermedad, Giscón había tomado la decisión de que todo aquel que entrase en palacio no debería abandonarlo hasta que Romeo hubiese concluido su trabajo. ¡Menos mal que sólo serían unos días, porque si aquello duraba más, toda Capua acabaría confinada en palacio!

–¡Bien! –sonrió Aníbal.

Siete días más y su ojo derecho volvería a ser el mismo. Sólo un poco más de paciencia y Roma sería suya. Igual que aquella mujer, la

ciudad se le abriría de piernas y él la penetraría. La única diferencia
es que conocería el nombre de aquella ciudad.

–¡Guardia! –gritó.

La puerta se abrió y un soldado entró.

–¿Señor? –Se cuadró.

–Tráeme a la viuda del otro día.

Cuando el soldado cerraba la puerta gritó:

–¡Y pregúntale su nombre!

* * *

Cornelio había escrito todos los nombres. No se había dejado ni
uno. Desde Cayo Lelio hasta Minucio Rufo, pasando por Mario,
Claudio Marcelo, Druso, Emilio Pablo, Terencio Varrón y unos cuantos más, que ya eran tan cadáveres como los dos últimos.

Ahora los repasaba. Una larga lista que había ido acortando conforme descartaba los que evidentemente no habían podido ser. Incluso
en el último instante había añadido a Sinesio. ¿No decía que los hombres sabios cuidan cualquier detalle? Pues él era un detalle. Y muy
importante. Después concluyó que no tenía el menor sentido. Quizás había
escrito su nombre como represalia por pedirle cosas absurdas y poner-
lo a prueba. ¿Qué pretendía? ¿Jugar con él o darle una lección? Rió. ¡Son
muy extraños los pensadores! Si él fuese el espía, no le habría alertado,
evidentemente. ¿O tal vez sí? Reflexionó. ¿Por qué no?, se preguntó. De
hecho, Aníbal ya estaba cerca y los griegos son harto especiales. Bien podía
pensar que él, Cornelio, tarde o temprano llegaría a descubrir que el cartaginés conocía de antemano todos los planes del ejército romano y como
decía su tío Gneo: ¿dónde esconderías una hoja si no es en mitad del bosque? Tal vez por esta razón Sinesio le había alertado.

¡Ya lo creo!, exclamó. Pero de nuevo dudó. No, murmuró. Ya había
dicho que carecía de todo sentido. Sinesio no podía saber que ataca-
rían en Cannas. Ese detalle le descartaba. Y, en el fondo, lo estaba deseando. Le caía bien aquel hombre. Confianza por confianza, es lo que
le había ofrecido, pero, ¿en quién puedes confiar cuando la traición
se abre paso entre las sombras?

Entonces se puso en pie para caminar un rato. Necesitaba salir a la calle, mezclarse con la gente, aclarar su mente, porque llevaba demasiado tiempo encerrado allí dentro, y las ideas, los razonamientos, las conclusiones y las conjeturas ya se confundían entre ellas. Le habría gustado tener a alguien cerca para poder confrontar opiniones, aunque únicamente le escuchase, porque el solo hecho de explicarte te ayuda a percibir detalles que se te han escapado. Alguien diferente de Sinesio, que no hablase de filosofía, sino que emplease su mismo lenguaje, el lenguaje de la política, de la estrategia y de la guerra, pero una pregunta le martirizaba. ¿En quién podía confiar? Su padre estaba lejos y Cayo Lelio... ¿Tal vez si hablase con Fabio Máximo? ¡No, tampoco, tampoco! Un secreto que es conocido por más de una persona ya no es secreto y el antiguo dictador, resentido por la ofensa que supuso ser apartado de la dictadura, no callaría. Bien al contrario, aún exigiría una reparación y todo se iría al traste. Tenía que apañárselas él solito.

Abandonó la casa. El día era claro y sereno. Se dirigió hacia el mercado y deambuló entre las paradas, distraído. Las mujeres y los vendedores discutían y alzaban la voz. Tanto, que los gritos le aturdieron y prefirió proseguir hasta alcanzar la paz del templo de Júpiter. Allí podría meditar en paz y silencio, en el recogimiento y la quietud.

Justo a las puertas, casi dio de bruces con Claudia. Desde el día en que Cayo Lelio le reveló que ella ya le había escogido para ser el marido de Virginia, no la había vuelto a ver, ni a ella ni a su hija, porque tampoco había asistido a ninguna celebración.

–¿Quieres decir que no te has equivocado de templo? –preguntó ella–. Vesta sería más adecuada, porque no se te ve el pelo por ninguna cena y quizás has escogido el celibato en todos los aspectos.

–He estado demasiado ocupado –respondió.

–Igual que tu amigo Cayo Lelio –sonrió Claudia–. También se ha perdido. Dicen que incluso ha renegado de Baco.

–También dicen que ha sufrido un gran desengaño por causa de una mujer. –Le devolvió la sonrisa.

–Quizá porque, como tú, no tiene ojos para mirar y no sabe ver lo que es para él y lo que otro tiene reservado. –Se dio la vuelta con

ademán de marcharse, pero se detuvo un instante–. Mañana Virginia
acudirá a casa de Claudio Marcelo. ¿Vendrás tú?

–No he sido invitado.

Claudia le dio la espalda. Cornelio, en esta ocasión, procuró que
sus pupilas permaneciesen altas. Ya tuvo bastante con la vergüenza
que pasó el día en que lo pescó extasiado con el balanceo de sus caderas. Entonces, Claudia volvió la cabeza, le miró y, después, bajó los
ojos, sólo los ojos, con un gesto simpático, invitándole a contemplar
aquel trasero que se movía más de la cuenta.

–Ya recibirás tu invitación –dijo desde lejos acompañando sus palabras con una sonrisa picarona–. Y yo también acudiré –añadió, y desapareció.

Y así fue. Nada más cruzar el umbral de su casa, un criado le aguardaba. La nota era corta, pero estaba firmada por el propio Claudio
Marcelo. Había organizado una cena para el día siguiente y le rogaba que fuera su invitado. Únicamente decía esto.

* * *

Tarpeia había borrado el nombre de Cayo Oppio. Y le supuso una
buena discusión con su marido Claudio Marcelo. Ninguna mujer
acudiría si aquel asqueroso gusano, enemigo de ellas y amante de todos
los hombres (éstas habían sido las palabras exactas), fuese invitado a
la cena, gritaba ella. ¿Cómo podía siquiera pensar en un pobre desgraciado que quería prohibir todo lo que representaba un placer?

–¿Y vosotros, pandilla de inútiles, qué habéis hecho, sino aceptar
sus proposiciones? –aún la oyó gritar cuando abandonaba la casa y
huía hacia los baños.

Al llegar, se encontró con Mario, Tiberio y cinco senadores más
y, nada más entrar, empezó a quejarse.

–¡La revolución! –gritó Claudio Marcelo en los baños, mientras
relataba la situación a sus compañeros del Senado–. Cayo Oppio está
loco –exclamó–. ¡Ha perdido el juicio!

–No protestaste –apuntó Mario, y Claudio Marcelo le miró con
rencor. Tarpeia le había hecho el mismo comentario.

–¡Ni tú ni nadie! –replicó Claudio Marcelo. Se mostraba tenso y cualquier palabra le sacaba de quicio.

–Y también lo estamos pagando –rió Mario–. Aníbal fuera y las mujeres dentro. Ahora sí que Roma está perdida. Y si hemos de ser sinceros, no sé quién me infunde mayor pavor. ¿Recordáis la historia de las matronas asesinas?

–¿Qué? –preguntó Claudio Marcelo.

–Eres demasiado joven para recordarlo –intervino Tiberio–. En tiempos de nuestros padres los hombres empezaron a morir en extrañas circunstancias y así continuó durante años, hasta que una esclava le reveló a Fabio Máximo que las matronas emponzoñaban a sus maridos. Se abrió una investigación y ciento setenta mujeres fueron condenadas por preparar pócimas y manipular los alimentos. No olvides que el alimento que tomas cada día lo preparan ellas. –Alzó una ceja y Claudio Marcelo se quedó pensativo.

–Menos mal que hemos inventado los baños. Por lo menos, disponemos de un lugar donde escondernos –sonrió Mario, y se sumergió en el agua caliente.

–Murieron ajusticiadas ciento setenta mujeres. Habrán aprendido la lección –replicó Claudio Marcelo ante la historia explicada por Tiberio.

–Sí –respondió Mario con los ojos entornados, gozando del calor del agua–. Pero sus maridos ya hacía días que criaban malvas. Quizá por esta razón nos gusta tanto salir de casa y preferimos la guerra. Es menos peligrosa. Y por la misma razón siempre tenemos algún invitado a cenar –abrió los ojos, sonrió y le miró–. ¿O tal vez te imaginas que las costumbres nacen porque sí? –Dejó caer de nuevo los párpados, sin borrar la sonrisa, y soltó un prolongado bostezo.

Claudio Marcelo se quedó sin argumentos, regresó a casa bien sumiso y con el rabo entre piernas, como un perrillo, y aceptó todas las exigencias de su esposa. Cayo Oppio había perdido la partida. Y él también.

Aquel anochecer, en casa de Claudio Marcelo, Tarpeia, nada más descubrir a Cornelio, avisó enseguida a Claudia, que se dejó caer por

donde andaba el joven oficial, que la vio acercarse y echó una mirada a aquel cuerpo que se movía con la gracia de un felino y a aquel
rostro que simulaba sorpresa al verle.

–¿Cómo sabías que me invitarían? –preguntó.

–Lo había oído comentar a Tarpeia –respondió ella con carita de
inocencia.

–¿Y no será que alguien se lo pidió?

–Eres un presuntuoso –exclamó ella, e hizo ademán de marcharse, pero Cornelio la retuvo.

Tenía los ojos castaños y grandes, y cuando ella lo ordenaba
miraban con pasión. Sin embargo, ahora parecían distantes y desin-
teresados. El joven oficial los contempló. ¡Cómo juegan las mujeres!,
pensaba. Y Claudia era toda una experta. Tan pronto se le insinuaba,
como le dejaba tirado, se le acercaba o le rehuía. En las fiestas y celebraciones siempre procuraba tener otro hombre cerca. De sobra sabía
que un soldado está acostumbrado a luchar y a conquistar.

–Si me empujas a los brazos de Virginia, ella será la madre de mis
hijos –dijo Cornelio.

–Así debe ser –contestó Claudia.

–¿Y tú lo permitirás?

–Ella te espera –señaló con la barbilla hacia el otro extremo de la sala.

–Con que me esperes tú, ya tengo bastante.

–Ni lo sueñes –negó ella con la cabeza.

–Llegas tarde –sonrió él–. Hace demasiadas noches que no puedo apartarte de mis pensamientos, demasiadas horas despierto en la
cama, demasiadas veces delineando cada curva de tu cuerpo, recordando cada movimiento de tus caderas e imaginándome tus pezones
desnudos.

–¿Cómo te atreves...? –Se mostró ofendida y le dio la espalda como
si intentase esconderle sus pechos.

–Porque tus ojos me conceden tu permiso. –Se adelantó Cornelio
y le susurró al oído–: Porque tus dientes muerden tu lengua para no
pronunciar lo que tu corazón canta, porque tu deseo se une al mío...

–Calla, que pueden oírnos –dijo ella, y bajó la mirada pero no se
apartó.

–No veo a Cayo Oppio por ningún lado –bromeó Cornelio–. Dime que no deseas verme más y callaré, huye de aquí y no insistiré…

–¿También has apostado sobre mí? –le cortó ella–. ¿Con quién, esta vez? –Echó una mirada en derredor.

–¿Cómo puede un pobre mortal jugarse una diosa? –le preguntó Cornelio al oído, procurando que su aliento acariciase aquella piel.

–Calla, que Cayo Lelio viene hacia aquí. –Se apartó un poco.

–No me has ordenado que me vaya –insistió Cornelio.

Cayo Lelio se acercaba. Claudia le miró a los ojos y sonrió.

–No, no te lo he ordenado –exclamó, y se dirigió hacia un grupo de mujeres que conversaban un poco más allá.

Cornelio hizo ademán de seguirla, pero su amigo ya estaba junto a él.

–Siento mucho… –empezó Cayo Lelio–. Ya me entiendes. Me gustaría poder dar con las palabras de disculpa, pero no tengo perdón.

–No, no lo tienes –dijo Cornelio sin prestarle demasiada atención. Sus ojos aún permanecían prendidos en Claudia, que en esta ocasión no volvió la cabeza. No necesitaba hacerlo para saber que la miraba.

–He jurado al gran Júpiter que nunca más volveré a beber y quiero que sepas que estoy de tu lado como el más fiel de los servidores y que, si es preciso, me arrastraré para implorar tu perdón. He pensado regalarte las tierras que poseo al norte, las de cultivo, y deseo que las aceptes en pago de mi error.

Cornelio se volvió y le miró a los ojos. Entonces recordó las palabras de Sinesio. ¿Si ya tienes más que de sobra para vivir, de qué sirven las riquezas?

–No quiero ningún regalo. El precio ya lo fijaré yo –contestó–. Por el momento, sólo busco una respuesta.

–Pregunta.

–¿Minucio Rufo continúa insistiendo sobre que hemos de pactar la paz con Aníbal?

–No hace más que repetirlo constantemente. Ya ha habido muchos muertos, dice, y es tiempo de paz.

Cornelio sonrió y asintió. En su lista había un nombre que ocupaba el lugar más alto y con cada nuevo dato aún se afianzaba más.

−Te agradezco mucho que no hayas dicho nada de mí −insistió de nuevo Cayo Lelio después de un rato de silencio.

−Procura no olvidarlo cuando llegue el momento −respondió Cornelio, y centró su atención en el senador Mario, que se dirigía hacia un hombre que permanecía solitario.

Marco Porcio Catón se sentía de más en aquella reunión. Había recibido la invitación con cierto recelo. Un senador romano nunca toma una decisión sin que esconda algún motivo. Pero no podía negarse. Había decidido que, acabada aquella guerra, su puesto estaba en Roma. Tenía ambición y, a pesar de que sus pensamientos corrían paralelos a los de Valerio Flaco, el hombre que se había retirado de la vida pública harto de tanta corrupción y que lo había rescatado de entre los rebaños, sabía muy bien que se necesitan relaciones y mucha clientela para alcanzar las altas esferas.

−Te veo solitario −dijo Mario, y Catón se volvió hacia su interlocutor.

−Parece que las verdades no gustan −respondió.

−Si no son absolutamente necesarias, no.

−Pues si nos engañamos a nosotros mismos, ¿cómo vamos a derrotar a Aníbal?

−Si un hombre sabe que su esposa le engaña, ¿dónde está el engaño? Ya deberías saberlo, que el engaño en Roma es un juego externo. En nuestro fuero interno la verdad brilla y todos somos conscientes del peligro, pero, ¿qué podemos hacer, excepto esperar?

−Cayo Oppio no ha sido invitado, y si él contemplase lo que mis ojos me muestran se le caería la cara de vergüenza.

−¿Estás de acuerdo con sus pensamientos? −se interesó Mario. Era un gato viejo, capaz de extraer toda la información que buscaba.

−No es tiempo de celebraciones ni es tiempo para permitir que ellas manden −respondió Catón, y señaló hacia un grupo de mujeres que conversaban animadamente y parecían pasarlo en grande.

Mario sonrió. Las manos de Catón eran fuertes y estaban llenas de callos. No podía negar ni su origen ni su cuna, entre campesinos y pastores. En cuanto a su cara, con aquellos dientes separados, no ofrecía demasiado atractivo. Excepto los ojos, que eran fuertes y directos, reflejo de un carácter firme y de una voluntad de hierro que difícilmente alguien podría doblegar. Le agradaba aquel joven y, tal como había vaticinado, más valía no perderle de vista.

–Si algún día pretendes cambiar el mundo, antes tendrás que ocupar un asiento en las gradas del Senado; y para llegar a senador, más vale que aprendas que ellas como aliadas no tienen precio, pero como enemigas son implacables. Si no obtienes su ayuda, poco o nada conseguirás.

–¿Alguien lo ha intentado? –preguntó Catón.

–Si deseas obtener información sobre cualquier tema, ellas representan una fuente inagotable. No hay nada que ellas ignoren. Lo saben todo de todos, se lo comunican todo y están al corriente de todo. Si tienes la habilidad de saber lanzar la pregunta en medio de ellas, tarde o temprano te llegará la respuesta. –Hizo un corto silencio y añadió–: Simplemente te diré que no conozco a nadie que haya llegado donde quería sin tener a su lado a una mujer fuerte.

–Cayo Oppio –pronunció Catón–. Él ha llegado sin doblegarse ante ninguna mujer.

–Ese pobre desgraciado ya es un cadáver político. Ya ves. Nadie le invita a su casa ni creo que lo hagan nunca más.

–Druso –señaló Catón hacia otro rincón. No estaba dispuesto a perder la partida–. Todos dicen que él manda y que Ariadna es prudente y callada.

–A veces la autoridad de la esposa no es la única, y la que vive fuera es más fuerte que la de dentro –sonrió Mario, mientras dirigía sus ojos hacia Emilia.

–Pues yo seré el primero.

Mario le miró divertido. Sí, le agradaba aquel joven. Aún tenía que aprender muchas cosas, pero, cuando menos, tenía valor.

–Quizá no has reflexionado sobre ello, pero cuando penetras a una mujer y crees poseerla, estar encima de ella y dominarla, tus cojones cuelgan entre sus muslos –dijo con una sonrisa enigmática–. La próxima vez que te encuentres en tan agradable posición, procura que ella

no esté demasiado enfadada y que no pueda cerrar las piernas de golpe. Si no olvidas nunca que en este asunto eres el más débil, lo único
que te aplastarán, de vez en cuando, será tu orgullo, pero conserva-
rás otras cosas muy interesantes.

En aquel instante Tarpeia informó a los invitados de que la cena
ya estaba a punto y les rogó que la siguiesen. Entonces, Mario abandonó a Catón para buscar a Claudia y sentarse junto a ella.

9

UN CLAVO ARRANCA OTRO CLAVO

Llevaban largo rato conversando. Mejor dicho: Cornelio hablaba y Sinesio escuchaba, porque antes de abordar el tema principal el joven había de comunicarle todo lo que había descubierto sobre Ariadna. Primero los datos que todos ya conocían. Dónde había nacido, de quién era hija, cómo se había educado... Datos que el filósofo escuchó sin demasiado interés, hasta que le relató el detalle que había conocido por boca de Mario, quien después de la cena en casa de Claudio Marcelo y siguiendo el deseo de Cornelio, había pedido ayuda a Claudia.

—Cornelio será para nosotros —se había puesto en guardia la esposa de Mario.

—Lo tengo más que presente, querida —había sonreído el viejo senador–. Ya viste que me quité de encima a Cayo Lelio —había recordado.

—¿Y él, Cornelio, lo tiene claro?

—Su padre lo tiene claro.

—¿Entonces, a qué viene su interés por Ariadna?

—Según dice, lo hace por cuenta de otro.

—¿Quién? Si se puede saber.

—Pues no ha querido revelármelo, pero mucho me temo que es Sinesio, el preceptor. —Alzó las cejas y sonrió con picardía.

Más tranquila, Claudia se había movido entre las amigas e incluso había visitado a Emilia y, con la habilidad que la caracterizaba, le había arrancado un buen pellizco. De ahí había salido que

Druso pegaba a su esposa cada vez que le venía en gana. Decía que era una puta a quien no fue preciso desflorar, porque ya había perdido la virginidad a manos de un griego. Y eso es lo que Cornelio relató al filósofo.

–¿Quién fue ese griego? –preguntó Sinesio.

–Nadie conoce su nombre.

–¿Y cómo saben que fue él?

–Porque el mismo Pablo Venecio los descubrió.

–¿Y por qué no le mató?

–Se le escurrió, envió los soldados tras él y el pobre no llegó muy lejos. Poco después la madre de Ariadna también murió. De pena, según cuentan. Ariadna había quedado embarazada y perdió el hijo. Entonces, Pablo Venecio la casó con Druso y pagó un buen precio para que cargase con ella.

–¿Quién te lo ha contado?

–El senador Mario.

–¿Y él cómo lo sabe?

–Tú sólo respondes los *porqués* –dijo Cornelio–. Yo soy más generoso y puedo ir más allá. Es Emilia quien se lo ha explicado a Claudia, y ésta a Mario. Y a Emilia se lo ha contado el propio Druso, porque son amantes. También he de decirte que Druso tiene intención de repudiar a Ariadna y casarse con la hija del mercader Tulio que, según se rumorea, podría estar embarazada. Mira por dónde, dentro de muy poco tendrás el camino libre y no deberás temer la venganza de nadie. –Le miró a los ojos y le preguntó–: ¿Tienes suficiente o necesitas más información?

–Es suficiente –respondió Sinesio, que se había quedado pensativo.

–Entonces ya he superado la primera prueba. ¿Cuál es la segunda?

El filósofo recuperó la atención y la fijó en Cornelio. El joven sonreía divertido y a Sinesio ya le convenía.

–Verás: cuando has vivido mucho tiempo en una casa, las paredes se impregnan de tus pensamientos y los descubrimientos se suman –explicó con voz pausada–. Estoy redactando un tratado de filosofía, pero dentro de unos días vence el contrato que me permite ocupar esta casa y necesito continuar porque las musas son caprichosas y no quiero correr el riesgo de perder la inspiración. Sin embargo, por más que he razonado con el propietario y le he dicho que le pagaría por el tiempo que permanezca, no quiere saber nada. Nos enfrentamos ante el tribunal y no olvida la ofensa. –Chasqueó la lengua y meneó la cabeza a derecha e izquierda–. He intentado hallar la manera de reparar mi error, pero no me escucha. A veces el dinero no sirve de nada. Y esta vez, mucho me temo que lo tendrás más difícil.

–¿Durante cuánto tiempo querrías quedarte? –rió Cornelio.

–Hasta que concluya mi escrito. No creo que vaya más allá de unos meses. ¿Puedes arreglarlo?

–Déjalo en mis manos. ¿La tercera petición será tan complicada como éstas? –preguntó divertido.

–Más o menos –entonces Sinesio le miró a los ojos–. ¿Las encuentras divertidas?

–Más bien simples. –Aún reía Cornelio.

–Ya te he advertido que el propietario no quiere saber nada. Dime: ¿qué sucederá si no puedes cumplir tu palabra?

–Si no puedo concederte alguna de tus peticiones, te la cambiaré por otra similar –dijo Cornelio–. Si el propietario no se aviene a razones, podrás escoger la casa que desees y yo me haré cargo de los gastos hasta que acabes ese tratado.

–Si pretendes mirar a través de los ojos de Aníbal hay una condición que aún no te he comunicado –le miró muy serio–. No rompas jamás tu palabra conmigo. Cuando pronuncies una frase, medita bien lo que dices. Y si quieres, volveré a formularte la pregunta. ¿Qué sucederá si...?

–No es preciso que lo hagas –se enfadó Cornelio–. Tienes mi palabra, pero recuerda que me exigiste confianza por confianza y yo ahora te exijo palabra por palabra.

Sinesio asintió y la conversación tomó otro camino. El joven le mostró la lista. No la larga, sino la reducida, aunque, después de rehacer todos los razonamientos de los días anteriores, el filósofo no tuvo la menor duda de que a Cornelio le bastaba con un nombre.

–¿Cómo puedes estar tan seguro de que es Minucio Rufo y no otro? –preguntó, y Cornelio le miró con sorpresa y extrañeza–. Todo son conjeturas –dijo despreciando la lista–. No hay nada real en tus razonamientos, a pesar de que parecen bastante lógicos. Pero sólo lo son en apariencia.

–¿No es real que supiese que atacaríamos en Cannas? ¿No es real que sea el único que no cesa de pedir que pactemos con Aníbal? ¿No es real que se quedase en Roma y no luchase a nuestro lado?

–Minucio Rufo tenía un motivo para permanecer en Roma. Es el pretor urbano. Y Druso sabía lo mismo que él. Además, le ha apoyado en una posible negociación con Aníbal y, por lo que me has contado, tampoco luchó en Cannas –respondió Sinesio.

–Sí, es cierto. También he pensado en él, hasta que me di cuenta de que no podía ser.

–¿Por qué?

–Porque explicó a Minucio Rufo que Aníbal se estaba quedando ciego. ¿Lo habría hecho si fuese el espía?

–Depende. –Meneó la cabeza Sinesio, arriba y abajo–. Quizás era lo que Aníbal deseaba.

–Esta afirmación te incluye a ti, porque tú fuiste el primero que mencionó su ceguera.

–No te he pedido que me excluyas de la lista.

–¿No te importa? –preguntó Cornelio, pero Sinesio se encogió de hombros. Entonces, el oficial meditó en voz alta–: Si los planes de Aníbal eran forzar un ataque, ¿qué mejor manera que manifestar una debilidad? –y miró al filósofo, que no soltaba prenda–. No –negó con fuertes movimientos–. Druso no tiene suficiente talla.

–¿No será que éste es tu sentimiento? ¿No será que deseas vengar a Fabio Máximo? –preguntó Sinesio, y tras un instante añadió–: No es con sentimientos como descubrirás la verdad.

–¿Y no es el sentimiento lo que te empuja a hablar a ti? –replicó Cornelio.

–¿Qué quieres decir?

–También poseo dos ojos. Amas a Ariadna y aquel imbécil la trata como a un animal. Hace un rato, cuando te he revelado que la golpea... Además, yo también conozco a la vieja que os cede su casa y...

–Ella no tiene nada que ver con mis palabras –no le dejó acabar–. Simplemente te estoy mostrando que no puedes descartar a nadie si careces de pruebas.

–¿Entonces, tú crees que es Druso?

–El pacto es que yo te escucharé y discutiré tus razonamientos, pero no pronunciaré nombre alguno –exclamó con fuerza–. Recuerda que yo sólo respondo los *porqués* –entonces, bajó el tono de su voz–. En cierta ocasión presencié cómo acusaban injustamente a un hombre y no lo olvidaré jamás –añadió en tono de disculpa por su vehemencia.

–Aunque lo pronuncies, la responsabilidad siempre será mía y juro por todos los dioses...

–¡No! –le cortó de nuevo, visiblemente alterado–. Nunca pronunciaré un nombre. Así lo juré y así será.

–¿Y qué puedo hacer, entonces?

–Busca pruebas.

–¿Dónde si no las hay?

–Siempre las puedes crear.

–¿Cómo? –y aquí se detuvo. Sinesio no respondería esta pregunta. Ya le había repetido demasiadas veces que él sólo contestaba al *porqué*, y cambió el curso de la conversación–. Enséñame a leer en los ojos de Aníbal. Muéstrame tu secreto.

–Aún no me has demostrado nada.

–He superado una prueba. Dame un adelanto.

–¿Ahora dispones de tiempo? –sonrió Sinesio.

–No puedo esperar más. Roma no puede esperar más.

–¿Y qué estás dispuesto a dar a cambio?

–La vida, si es preciso.

–Si pierdes la vida, lo has perdido todo –sonrió de nuevo Sinesio.

–¡Maldito seas! –gritó Cornelio. Tantas risas le ponían enfermo–. Ya me has entendido –sentenció.

–Sí. Ya te he entendido –afirmó Sinesio, y recuperó la seriedad–. El problema es saber si tú me entenderás a mí.

–Adelante. Te escucho.

Sinesio alzó los brazos con las manos bien abiertas, como si pretendiese abarcar toda la estancia.

–Dime: ¿qué medidas tiene esta habitación?

Cornelio puso cara de sorpresa. ¿A qué venía aquella pregunta?, habría querido decir, pero calló y contempló el suelo y las paredes.

–Unos veinte codos de largo, doce de ancho y… seis de alto.

–Éstas son las tres dimensiones de todo objeto, pero hay filósofos que hablan de una cuarta: el tiempo, porque todo cambia con él. Sin embargo, no existe.

–¿Cómo que no existe el tiempo? –rió Cornelio–. El sol y la luna bien que limitan el día y la noche.

–Pero el día y la noche no siempre tienen la misma duración. En verano el día es más largo y en invierno más corto.

–La suma de ambos siempre es la misma.

–Cierto –afirmó Sinesio–. ¿Pero, qué sucedería si el sol y la luna caminasen más lentos? El día se alargaría y nosotros seguiríamos contando en jornadas. De aquí que el tiempo es relativo y depende del movimiento. Si tú eres más rápido que yo, podrás hacer más cosas en el mismo tiempo. ¿Tendrá, entonces, el tiempo el mismo valor para ti que para mí? ¿Y si el tiempo no existe, por qué lo empleamos? Pues porque él es la conciencia que tenemos del movimiento. Si no hubiese movimiento, si el sol se detuviera y todo permaneciese quieto, ¿qué sería del tiempo? Simplemente, dejaría de existir. Por lo tanto lo que es real es el movimiento, no el tiempo. Pero únicamente somos conscientes cuando contemplamos la realidad. Entonces descubrimos que el movimiento es el espíritu que todo lo anima y que el futuro no puede predecirse, sino que hemos de conformarnos con intuirlo y esperar que se cumpla. Y por la misma razón un rostro en movimiento habla y su quietud es silencio. Aprende a mirar. Dedícale tiempo.

–¿No acabas de afirmar que el tiempo no existe? –preguntó Cornelio con sorpresa.

–Tienes razón. Es una forma de hablar, una manera de decir que le dediques esfuerzo, porque de la misma forma que las dimensiones son tres y nos engañamos creyendo que la cuarta es el tiempo, nosotros también tenemos tres componentes y un engaño. Obsérvate con atención. ¿Qué eres tú si no la suma de un cuerpo, de una inteligencia y de unos sentimientos? Una inteligencia que ordena, un cuerpo que ejecuta y un deseo que nos mueve. Cuando no hay deseo el cuerpo es amorfo y sin vida y los ojos están vacíos; cuando el deseo se manifiesta los ojos brillan; pero es el propio deseo el que crece y nos muestra las cosas a nuestro gusto y, entonces, llega el engaño. Mientras que cuando existe equilibrio entre el deseo, el pensamiento y la acción, los ojos reflejan paz y ella te permite contemplar.

–¿Cómo puedo obtener el equilibrio?

–Nunca te preguntes cómo puedes obtener algo. Ponte en movimiento, para que tu imaginación no se pierda entre las hojas de los árboles que bordean el camino.

–¿Si no me pregunto cómo, cómo podré alcanzarlo?

–¿Te das cuenta? Ya andas perdido. Te he hablado de la cuarta dimensión y del engaño del tiempo. Pues bien. En nosotros también hay un engaño. Vivimos en nuestra mente e imaginamos cosas y acontecimientos que no existen, excepto en nuestro interior, nos avanzamos al tiempo y deseamos que el mundo sea tal como nos muestran nuestros ojos. Confiados en el engaño caemos en la trampa mortal de creer que la cuarta dimensión es la conciencia. Sin embargo, la verdadera dimensión sólo aparece cuando las otras tres alcanzan el equilibrio y permanecen en él. Entonces emerge el espíritu, el alma que se esconde detrás de todo.

–Demasiado complicado –exclamó Cornelio–. No consigo entenderte.

–Porque no me escuchas.

–¿Y cómo he de hacerlo?

–Ya vuelves a preguntar *cómo* y sabes muy bien que yo sólo respondo al *porqué*.

Era desesperante, pensaba Cornelio. ¿Cómo podía hablar con aquel hombre si sólo respondía el *porqué*? Un diálogo de sordos. Le miró y durante breves momentos dejó de formularse preguntas y contempló aquellos ojos. Y entonces, sin casi darse cuenta, una voz interior le susurró la pregunta que nunca había planteado.

–¿Por qué sólo respondes el *porqué*? –dijo. Y él mismo se sorprendió, porque no podía jurar que su voluntad le hubiese empujado a hablar.

Sinesio se lo tomó con calma.

–Porque es la pregunta más difícil de responder –dijo, y añadió–: Y la más infantil.

Ambos se miraban y Cornelio captó que los ojos del filósofo se habían oscurecido. Entonces Sinesio se puso en pie, cruzó el pasillo y el atrio y se acercó a la puerta de la calle, mientras el joven le seguía. Enséñame a leer en los ojos, le había pedido aquel oficial y, finalmente, el soldado había hecho diana con una flecha y el filósofo estaba contento, porque no se había equivocado. Cornelio había nacido para la gloria. Muéstrame tu secreto, había exigido. Ahora había que descubrir si sería capaz de ver con claridad y hallar el camino.

–¿Secreto? –exclamó Sinesio con una sonrisa–. No hay mejor manera de esconder un secreto que exponerlo a la luz pública. Entonces todos imaginan que es tan vulgar que ni siquiera le dedican un instante de su atención. –Describió un arco con la mano, invitando a Cornelio a contemplar la calle–. El mundo es un inmenso dibujo al alcance de todos. Y para entenderlo, debes contemplar. –Entonces su mano se detuvo y su dedo índice señaló hacia un punto concreto.

Cornelio siguió con la mirada la dirección que marcaba aquel dedo índice. Había mujeres y hombres en la calle, pero el filósofo señalaba uno que se hallaba de espaldas, un poco más lejos.

–¿Qué he de ver?

–¿Qué ves? –contestó Sinesio con otra pregunta.

–Un hombre de mediana edad, que anda un tanto encogido y sin mover los brazos, con una túnica vieja y las sandalias sucias por el polvo. No puedo verle la cara –dijo Cornelio.

–Dentro de un instante la verás.

Como por arte de magia, aquel hombre se dio la vuelta y empezó a caminar en dirección contraria, hacia donde ellos estaban.

–¿Cómo sabías que se daría la vuelta? –se sorprendió Cornelio, y Sinesio encogió los hombros. Entonces cambió la pregunta–. ¿Por qué siempre he de hacer la pregunta con un *porqué*, si puedo hacerla con un *cómo*?

–Quizá para ti sólo representa un problema de forma, pero antes de entendernos hemos de hablar el mismo lenguaje y, si te acostumbras, podrás ver lo mismo que yo. ¿No es eso lo que deseas?

–De acuerdo. ¿Por qué sabías que se daría la vuelta?

–Porque le miraba. Porque no pensaba en él. ¿Y, ahora, qué ves?

–Un rostro cuadrado, unos labios delgados y apretados y una frente arrugada.

–¿Y más hacia el interior?

–No puedo distinguir sus ojos. Aún está demasiado lejos –se quejó Cornelio.

–No necesitas verle los ojos para responder. Ya lo has dicho todo y él te lo ha dicho todo. Únicamente necesitas mirarle sin formularte ninguna pregunta y él te responderá. Ni siquiera desees saber o él no te contestará.

–¿Y me dará su *porqué*? –murmuró Cornelio.

–Sí.

–¿Por esa razón tú sólo respondes el *porqué*? ¿Porque no has de realizar el menor esfuerzo para obtenerlo?

–Exacto.

–Entonces, no es tan difícil.

–Te equivocas. No hay nada más difícil que no hacer el menor esfuerzo. El espíritu planea sobre nosotros. –Señaló un punto por encima y por detrás de su cabeza–. Desde aquí nos contempla y él conoce que la inteligencia no es más que una herramienta, como también sabe que el cuerpo es energía que actúa y es una herramienta, y que el sentimiento no es otra cosa que una simple herramienta. Tres herramientas a su servicio, a nuestro servicio, pero él, el espíritu, es el único que realmente es. –Señaló de nuevo al hombre de la calle–. Si preguntas directamente a su espíritu, él te explicará su *porqué*.

–¿Sí? ¿Y cuál es su *porqué*? –le desafió.

Sinesio negó con la cabeza y con los ojos bajos. No debería haberle desafiado.

–Debe dinero y no sabe cómo pagarlo –dijo, y Cornelio hizo ademán de dirigirse hacia aquel hombre, pero Sinesio lo detuvo–. Puedes preguntárselo, pero si acierto te harás cargo de su deuda. –Levantó el dedo índice.

–¿Y si te equivocas?

–Te liberaré de la tercera condición de nuestro pacto.

Cornelio soltó una carcajada. La deuda de aquel hombre, si es que existía, podía ser elevada, mientras que, vistas las dos condiciones anteriores, la tercera podía ser otra tontería. Podía perder más que ganar. Sin embargo, era soldado y como tal no rechazaba un desafío. De manera que aceptó el reto y se dirigió hacia aquel pobre desgraciado. Ahora podía verle los ojos. Eran tristes y desesperados y parecían implorar un milagro.

–¿A cuánto asciende tu deuda? –preguntó sin más preámbulo.

Aquel hombre se encogió aún más ante el uniforme y en su mirada se reflejó el miedo.

–No me detengas. Tengo esposa e hijos. Si me quitáis el taller, ellos morirán de hambre –exclamó, temblando.

–¿Qué es lo que debes? –insistió Cornelio.

–Un as y un triente de plata.

¡Maldito seas!, pensó mientras volvía la cabeza y miraba a Sinesio. Era astuto el condenado. ¡No había arriesgado nada y él, ahora, tendría que pagar dieciséis onzas de plata! ¡Buena lección!

–¿Cuándo vence el plazo para saldar esa deuda? –preguntó al desgraciado.

–Mañana por la mañana, a primera hora.

El joven oficial volvió de nuevo la cabeza. Sinesio le miraba con una sonrisa en los labios. ¡Malnacido!, pensaba. Sin embargo, había aceptado el reto y había perdido la partida. Y, evidentemente, cumpliría su palabra.

–¿Sabes quién soy? –preguntó.

–No, señor –respondió aquel hombre, asustado.

–Publio Cornelio Escipión. Te ordeno que esta tarde, sin falta, acudas a mi casa. Si no te presentas, enviaré a buscarte. ¿Lo has comprendido?

El hombre estuvo a punto de desmayarse. Le temblaban las piernas y asintió lentamente. Cornelio le dejó allí y regresó a casa de Sinesio.

–Las lecciones se pagan –sonreía el filósofo.

–Tú ya lo sabías –se quejó el oficial.

–No –negó el filósofo, y entró.

–¿Entonces, cómo lo has conseguido? –Le alcanzó.

–Ya te lo he dicho, pero no quieres escucharme –contestó el filósofo sin dejar de andar hacia la cámara de las meditaciones–. Si aprendiésemos a vivir sin preguntas no habría guerras. –Entonces se detuvo y le miró–. El día que el hombre aprendió a pensar, también aprendió a desear. Éste fue un gran error, porque cuando deseas puedes llegar a envidiar y a ambicionar y, entonces, surgen los rencores y se acaba en el enfrentamiento. ¿Por qué él posee y yo no?, te preguntas. Y no contemplas el esfuerzo de los demás, sino tu deseo. No hay hombre más rico que aquel que no ambiciona nada, y puedo asegurarte que no existe poder más grande que aquel que nunca ha de ejercerse, ni voluntad más firme que la que nunca ha de ordenar nada. Si quieres alcanzar la cumbre, ten bien presente que el único esfuerzo que has de realizar es el esfuerzo de no hacer el menor esfuerzo. –Sonrió y dijo–: Y no se trata de ningún juego de palabras.

Habían llegado a la sala de las meditaciones y a Cornelio empezaba a dolerle la cabeza. No obstante, aún preguntó:

–¿Por qué no he de hacer el menor esfuerzo?

–Contempla y no hagas preguntas, porque todas las respuestas se encuentran en lo que miras. Es el ansia de conocer lo que te empuja a buscar, pero también es el deseo de que la respuesta te complazca lo que no te permite hallar nada. Eliminar el falso deseo, sin morir, es un entrenamiento largo y difícil. Si perseveras, al final descubrirás la puerta del espíritu que abre el universo de la intuición. Y allí todo es claro.

–¿Y no hay un camino más corto?

–Sí, pero está reservado para los que carecen de tiempo.

–Yo no tengo tiempo. –Se le iluminó el rostro a Cornelio.

–¡Por supuesto que no lo tienes! –exclamó Sinesio divertido–. Ya hemos quedado en que el tiempo no existe.

Discutir con él era imposible. Era absurdo y sólo había una explicación: que no quería revelarle su secreto. Pero había dado su palabra de que, si cumplía las tres condiciones, se lo mostraría. Y no se escaparía. Le había concedido un adelanto. ¿Seguro? ¡Bien! No valía la pena discutir. De manera que mudó de conversación.

–Si yo lanzo un mensaje en ciertos lugares y llega a Aníbal, ya tendré quién es su espía –meditó en voz alta, y miró a Sinesio.

Éste asintió, mientras decía:

–Evidentemente, de la misma manera que un clavo arranca otro clavo, un secreto puede arrancar otro secreto. Todo depende de lo fuerte que sea el primero y de lo importante que sea el segundo. Mira a la gente a los ojos y no preguntes. Deja que ellos te hablen.

–Así lo haré –respondió Cornelio. Por fin parecía que el filósofo estaba dispuesto a hablar–. ¿Y luego? –preguntó.

–No hay después. Recuerda que el tiempo no existe y que sólo hay presente –sonrió Sinesio–. Sin embargo, no olvides que mientras no sepas mirar nada verás.

–Al paso que vamos pueden pasar años –se quejó Cornelio.

–¿No hemos quedado en que el tiempo no existe? –insistió Sinesio con la misma canción–. Cuanto más rápido te muevas, más cosas harás.

Cornelio iba a replicar, pero se abstuvo, sonrió, dejó encima de la mesa cinco piezas de plata, hizo una ligera reverencia y se fue. Jugaba con él y alargaba los encuentros. De eso no tenía ninguna duda. Y seguramente lo hacía porque quería sacarle más dinero. ¿Qué respondería si le ofreciese pagarlo todo de una vez? No. Evidentemente Sinesio se negaría, porque pertenecía a una familia de mercaderes, a pesar de que se hacía pasar por filósofo, simulando el mismo talante que todos ellos y pretendiendo que vivía en un mundo diferente. ¿Real·o irreal?, podría preguntarle divertido. Sin embargo no era momento para tonterías y lo único real es que, si no conseguían detenerle, Aníbal acabaría por plantarse a las puertas de Roma, concluyó cuando cruzaba la puerta. ¿Y, entonces, para qué serviría la filosofía? ¿Existiría el tiempo o no?

Una vez se hubo quedado solo, Sinesio se sentó en la silla y sacó de un cajón un rollo que desplegó. Él también había pagado a Clístenes por un retrato. Un retrato que fuese muy exacto y preciso, donde la mirada estuviese reflejada con toda su fuerza. Y allí se quedó, quieto y en silencio, contemplando el rostro de Ariadna.

Unas horas más tarde Cornelio recibió en su casa al hombre que había detenido en la calle, frente a la casa de Sinesio. El pobre desgraciado entró temblando como una hoja al viento y se quedó desconcertado al ver que le entregaba una bolsa con el dinero.

–¡Oh, gran señor! –Cayó de rodillas y besó aquella mano.

Cornelio se sintió ridículo con aquel hombre a sus pies y le obligó a levantarse.

–Si explicas lo que ha sucedido aquí, te buscaré y te mataré –exclamó.

–Entonces, dirán que he robado –se asustó el hombre.

–Esta mañana me has dicho que posees un taller. ¿De qué? –preguntó Cornelio.

–Soy artesano, señor.

–¡Bien! –sonrió Cornelio–. El dinero que te he entregado es por un trabajo que ya te encargaré.

–¿Cuál, señor?

–Pues, no lo sé –se encogió de hombros–. Aún he de pensarlo. Tú sólo recuerda que el día que envíe a buscarte te quiero aquí.

–Aquí me tendrás, gran señor.

Cuando ya salía por la puerta, Cornelio le preguntó:

–¿Cuál es tu nombre?

–Andrés, señor.

–Que los dioses te acompañen Andrés, que hoy ya te han colmado de bendiciones y a mí deben de haberme maldecido por haberles desafiado.

10

NO MATÉIS A LAS PALOMAS

Era gordo. Su rostro risueño y sus ojos pacíficos se ofrecían a todos. Se llamaba Jonás. Judío de procedencia y mercader de profesión, tenía la palabra fácil, el argumento siempre a punto y la sonrisa encantadora. Se servía de sus manos con movimientos gráciles y elegantes que le permitían distraer al cliente mientras le endosaba una mercancía haciéndole creer que aquella oportunidad no volvería a presentársele nunca más y que dejarla escapar no era signo de demasiada inteligencia. Nunca empleaba palabras malsonantes, sino que insinuaba y sembraba pensamientos en el cerebro de quien le escuchaba sin que nadie pudiese decir que le había insultado. Y si alguien se mostraba ofendido, mudaba el tono y pedía disculpas. Incluso podía pasar de la risa al llanto con la misma facilidad con la que el fuerte viento del oeste arrastra las nubes desde la mar y cubre la tierra en un instante para descargar la lluvia. Si Livio Andrónico, Nevio o Plauto le viesen actuar no dudarían ni un instante en ofrecerle el papel de actor principal en sus obras.

Venía de Roma. Conducía un carro repleto de mercancía y hacía sólo una jornada que había abandonado el grupo que se dirigía hacia el sur, la caravana que sorteaba los peligros de unos caminos en guerra.

Nada más cruzar las puertas de Capua, el látigo restalló en el aire, pero sin demasiada fuerza, no fuese que el par de bueyes se lo tomasen a mal, y Jonás contempló cómo los campos quedaban atrás y a sus ojos se le ofrecían las calles llenas de gente, quienes, seguramente, comprarían todos los objetos que él sabría convertir en verdaderas necesidades. De manera que ya empezó a repartir sonrisas y bondades.

Prosiguió hacia el centro de la ciudad, echando ojeadas a las paradas y calibrando la calidad de todo lo que se le ofrecía a la vista, comparándolo con el cargamento que traía en el carro y haciendo sus cálculos sobre lo que podría pedir. Sin embargo, no se detuvo en el mercado, sino que avanzó hasta las puertas del palacio que había sido sede del gobernador y que ahora acogía al nuevo señor y estaba custodiado por los soldados cartagineses. Allí se detuvo y bajó con una ancha sonrisa para dirigirse a los centinelas.

–Decid a vuestro señor que el más humilde de sus servidores le trae presentes de más allá de sus dominios, que los dioses han determinado que sean los mayores del mundo –dijo, mientras gesticulaba y acompañaba cada palabra de una reverencia.

Los dos soldados le miraron y después se miraron el uno al otro. ¿Quién era aquel loco?, debían de preguntarse.

–¿Qué presentes traes?

–Telas de Sicilia, cañas del este y poesías de los griegos –sonrió Jonás.

–Ha perdido el juicio –dijo uno de los soldados, y estalló en carcajadas, que arrancaron las risotadas de su compañero–. ¿Qué quieres que haga Aníbal con la poesía de los griegos?

–Veo que sois diligentes y prudentes y, como buenos centinelas, dudáis de un pobre hombre como yo. –Se volvió hacia el carro y tomó un pañuelo azul–. El gran Aníbal se sentirá orgulloso de vosotros, porque no os dejáis seducir por nadie. Entregadle este pañuelo y seguro que querrá verme –afirmó, pero los dos hombres seguían dudando–. ¿Estáis casados? –les preguntó, y ambos negaron con la cabeza–. Signo evidente de sabiduría, porque las oportunidades son muchas para los jóvenes libres. –Les dedicó un guiño–. Y los placeres constantes –volvió a sumergirse en el carro y sacó dos anillos–. Pero el día que decidáis que ha llegado la hora de acabar con vuestra soltería y tomar mujer, podréis ofrecerle un regalo que toda mujer soñaría. Y si éste no es el caso, ¿qué hembra no se plegará a vuestro deseo para lucir una joya como ésta?

Los soldados se miraron de nuevo y los dos anillos desaparecieron de inmediato. Entonces, uno de ellos tomó el pañuelo.

–No te muevas de aquí –ordenó, y entró en palacio.

Poco después regresaba acompañado de un oficial. Ponía cara de idiota. Y mayor fue la sorpresa de su compañero cuando el oficial se cuadró ante el comerciante y, con todo respeto, le rogó que le siguiera, porque Aníbal tendría sumo placer en recibirle.

–Cuidad del carro hasta que este hombre regrese –ordenó el oficial.

Jonás atravesó el portal y subió las escaleras que conducían al nivel superior, donde un largo pasillo, ancho, rodeaba el patio interior y daba paso a las habitaciones, cuyas puertas estaban custodiadas por centinelas armados con lanzas.

Mientras andaban por el largo pasillo, Jonás no dejaba de observar las pinturas y las pequeñas esculturas que adornaban las paredes. Por ésta obtendría un buen pellizco, pensaba, por esta otra... no, no es lo bastante buena... Y así continuó hasta que la puerta del fondo se abrió y entró en una estancia grande, rica y luminosa donde le esperaban Aníbal y Giscón.

–Amigo Jonás, amigo Jonás –escuchó la voz de Aníbal que abandonaba la mesa y venía hacia él. Ya no llevaba los ojos vendados–. ¿Cuánto tiempo hace que no nos veíamos?

–Años, amado señor –asintió Jonás–. Años –repitió, y el general le abrazó–. Cada día me recuerdas más a tu padre –dijo entre resoplidos–. Y cada vez estás más fuerte –se quejó del abrazo.

–Y tú más delgado –exclamó Aníbal cuando se apartó y le miró en detalle.

–¡Ay, señor! Si yo te contara las enormes dificultades con que he de enfrentarme cada día. Los caminos son peligrosos y el hambre y el miedo se agazapan en los bosques y atacan de noche.

–Te conozco demasiado bien como para sentir compasión de tus desgracias. Eres demasiado comerciante –cortó Giscón sus quejas y también le abrazó–. ¿A qué se debe tu grata visita?

–El pobre José, el mejor de los colaboradores con que nunca he contado, ha muerto –se le borró la sonrisa a Jonás y adoptó un aire de pena bastante teatral.

–¿Y cómo ha sido? –preguntó Aníbal, recordando al pastor.

–Murió de agotamiento. Tanto tiempo entre las ovejas, sin ver a nadie, y cuando tú le ofrecías el placer de la carne sin reparar en el precio quería olvidar todas las noches de soledad y llenarlas como si nunca hubiesen existido –negó con la cabeza–. ¡Pobre desgraciado! Cuando regresó del último viaje, llegó arrastrándose. Su cuerpo no era más que piel y huesos. ¡Pobre desgraciado! –repitió de nuevo–. No tuvo en cuenta que, a pesar de que te ofrezcan una mesa llena a rebosar de comida, el estómago no admite más allá de su cabida.

–Era demasiado ambicioso y no tenía suficiente espada para tanta batalla –rió Giscón.

–Siéntate y cuéntanos cosas –le invitó Aníbal–. ¿Cómo anda todo?

–Ha surgido un problema –respondió Jonás–. El joven Cornelio.

–Cornelio… –murmuró. Entonces alzó la voz–. ¿No es el que descubrió que siempre saco la caballería en el último instante?

–Sí. El mismo –corroboró el mercader judío.

–¿Por qué te preocupa?

–Se está acercando demasiado y mucho me temo que ya sospecha que tenemos a alguien dentro.

–No puedo prescindir de nadie y menos de alguien tan valioso –arrugó la nariz Aníbal–. Ocupa el lugar más peligroso y es el mejor de mis soldados. No puedo prescindir –negó repetidas veces–. Fue un gran descubrimiento y una magnífica labor por tu parte y aún ha de ofrecernos buenos servicios –elogió–. Sus informaciones nos han conducido hasta las puertas de Roma y estamos a un paso del triunfo. Dile que cada noche ruego a todos los dioses y que todas mis oraciones pronuncian su nombre, porque vale tanto como todo mi ejército.

–Se lo diré, señor.

–¿Y el Senado qué piensa de la derrota de Cannas? –preguntó Giscón.

–Sabe que preparáis el ejército y os aguardan. –Meneaba la cabeza arriba y abajo Jonás, mientras hablaba. Entonces, cambió el sentido del movimiento de su testa y negó–. Saben que Siracusa no se atreve a cruzar el estrecho, los hermanos Escipión preparan algo y parece que la Liga Etolia está a punto de firmar un pacto con los romanos. Tienen muy claro que mientras Macedonia no acabe con ellos, el rey Filipo no se moverá. También saben que Cartago sigue negándote los refuerzos que has solicitado tantas veces, porque temen que tu victoria sea su final. Por esa razón les conviene que pongas ya cerco a Roma y los romanos te esperan. Han acaparado todas las provisiones y se preparan para una larga estancia.

—Mal asunto. Los asedios no son de mi agrado y menos aún si están preparados. —Aníbal movió la cabeza a derecha e izquierda.

—Señor, sabes muy bien que mi lealtad es absoluta y que el odio que siento por el romano arranca de muy lejos y se adentra en el futuro —dijo Jonás—. También sabes muy bien que ellos hundieron mis barcos, saquearon mis pertenencias y mataron a mis parientes. Tu padre, el gran Amílcar, me salvó y no tendré mayor placer que verles muertos y humillados, pero he sido capaz de esperar pacientemente durante todos estos años y, si escuchas la opinión de alguien que poco sabe de armas, aunque mucho de comercio, te diré que toda mercancía tiene su precio y un asedio es el que tendrás que pagar por entrar en Roma, porque ellos no se moverán.

—No es lo mismo una batalla a campo abierto que un asedio —intervino Giscón.

—¿La tengo a un paso y no puedo tomarla? —se quejó Aníbal.

—Cuanto más esquiva es la mujer, mayor es el placer de la conquista —dijo Jonás—. Pero no te preocupes, corre el rumor de que Pablo Venecio puede regresar a Roma.

—Sería una bendición —exclamó Giscón—. Es un loco. Y a ti, ya te gustaría.

—Tienes razón. Pablo Venecio puede abocarles a un enfrentamiento a campo abierto —meditó Aníbal. Levantó la cabeza y miró a Jonás—. Has de regresar por última vez. Esperaremos a que ese idiota zarandee Roma y los conduzca a un ataque. Entonces se quedarán sin nada y entraremos en Roma como si diésemos un paseo. Y si no se produce el milagro, avísame de inmediato y atacaremos las murallas de Roma —se volvió hacia Giscón—. ¡Bien! Algo tendremos que ingeniar para matar el aburrimiento. Quizá tendré un hijo de María —miró a Jonás divertido—. El fiel Giscón conoce a la perfección mis gustos y quedé muy complacido cuando no podía ver y mucho más contento cuando descubrí que lo que había acariciado era mejor de lo que había imaginado.

—Decían que te habías quedado ciego —cambió de conversación el mercader.

La carcajada llenó la sala y Giscón la coreó.

—Veo mejor que nunca, y todo gracias a los ojos que me rodean. Mientras aguardo tus noticias haré el amor hasta hartarme. —Apagó la risotada y dijo—: Como bien dices, hay cosas que han de hacerse con tranquilidad. Y pedir cuentas es una de ellas, porque las deudas han de quedar saldadas a gusto de todos.

—Sí, señor —sonrió Jonás—. A gusto de todos los acreedores —repitió.

* * *

Antonio condujo a aquel hombre ante la presencia de su amo. Llegaba sucio por el polvo del camino y vestía como un campesino. Aun así, se cuadró ante Cornelio y entonces el esclavo le recordó. Era un centurión y ya le había visto en otras ocasiones, cuando venía para informar a su señor. De manera que salió, cerró la puerta y pegó el oído a la madera.

Aníbal se había detenido en Capua y no la abandonaría. Eso acababa de comunicar el centurión. El ejército cartaginés, que ya estaba preparado, de pronto había bajado la guardia y los soldados habían tomado la ciudad, pero de forma pacífica, para disfrutar de la comida, del vino y de las mujeres.

—¿Estás seguro de ello? Piensa que esta vez no quiero errores —exclamó Cornelio.

—Lo he visto con mis propios ojos —replicó el centurión.

—Entendido —aceptó Cornelio—. ¿Y quién le ha visitado? —preguntó—. Quiero todos los nombres, como siempre —aclaró.

El centurión empezó a nombrar personajes de la misma manera que había hecho en ocasiones anteriores, cuando le explicó que Aníbal se acostaba con una viuda romana llamada María, a quien decían que había dejado embarazada, y que los rumores apuntaban que gracias al médico Marcelo, también romano, había salvado un ojo y que con uno sólo tenía más que de sobra para entrar en Roma. Cornelio le escuchó sin despegar los labios, con los ojos entornados, tal como hacía Sinesio, sin preguntas, hasta que el centurión hizo referencia a uno que no cuadraba en aquella escena. Entonces, levantó los párpados y se interesó.

–Un mercader judío –explicó el centurión–. Su nombre es Jonás, habita en Roma y viaja por toda la península. Es un hombre inofensivo.

–Inofensivo… –repitió Cornelio lentamente, mientras balanceaba la cabeza arriba y abajo. Entonces, ordenó–: Quiero toda la información que podáis obtener –sonrió–. Pero, antes, aséate y reposa.

Cuando el centurión ya salía por la puerta, le detuvo.

–Y procura no abrir la boca más de la cuenta –dijo Cornelio.

El centurión volvió la cabeza, afirmó con un solo movimiento, saludó de nuevo a su superior y abandonó la habitación. Quizá no era necesario recordarle que, en aquel asunto, el silencio era sinónimo de éxito, pero lo había hecho. ¿Por qué? Le había salido de muy adentro, sin que la voluntad se lo ordenase.

Cuando Cornelio se quedó a solas, meditaba sobre las últimas palabras del oficial. De inofensivo, lo había calificado. ¡Dioses! Eso era, justamente, lo que buscaba: un hombre inofensivo, alguien capaz de moverse con total libertad sin levantar sospechas. ¿Cómo, si no, había podido permanecer en el anonimato? Y, tras meditarlo, era el único que no tenía papel asignado en aquella representación, porque el médico y la viuda tenían un protagonismo bien determinado, pero… un mercader judío… Y procedente de Roma… ¿Qué mercancía podía ofrecer al cartaginés, como no fuese información?

Se sentó y abrió el cajón para contemplar de nuevo el dibujo del rostro de Aníbal. «Míralo, no preguntes ni pienses», recordaba las palabras de Sinesio. ¿Y él me contestará?, se preguntaba Cornelio. ¡Maldita sea! ¡No tenía que hacerse preguntas! ¿Pero cómo puedes dejar de hacerlo, si lo que buscas son respuestas? Mil veces lo había contemplado. Tantas, que ahora podía cerrar los ojos y verlo como si lo tuviese en la mano. ¿Qué veía Sinesio en aquel dibujo? ¿Cómo conseguía descubrir los secretos en los ojos? No preguntando, naturalmente, no haciendo el menor esfuerzo. Eso decía él, pero… no era tan sencillo. Y el tiempo corría.

—El tiempo no existe —exclamó en voz alta—. Pero nos obsesiona.

Se puso en pie y se acercó a la ventana. Toda Roma permanecía pendiente de la llegada de Aníbal y, por el momento, no vendría. ¿Por qué?

—¡Preguntas, preguntas, preguntas! —murmuró con los labios prietos, entre dientes, con rabia—. ¿Dónde están las respuestas?

Comunicaría a Claudio Marcelo lo que el centurión le había explicado, pero callaría una parte. Ya bastaba con que supiese que Aníbal no atacaría.

Abandonó la casa y se dirigió hacia el centro de la ciudad. La gente se movía a su alrededor, intentaban acaparar la mayor cantidad de víveres y el mercado se hallaba en plena ebullición. Los comerciantes lo venderían todo. El asedio será largo, no cesaban de repetir en todas las paradas, y la gente se afanaba e incluso se peleaban por llevarse unas cuantas medidas más de trigo. Cuando se enterasen de la noticia, porque seguro que se extendería por todos los rincones, se encontrarían con la despensa llena y la bolsa vacía.

Mientras andaba hacia casa de Sinesio pensó que si Aníbal había decidido no atacar podía denunciar al traidor, pero un sexto sentido le gritaba que aguardase. En su fuero interno repicaban las palabras del filósofo: «Nunca puede pronunciarse un nombre sin estar absolutamente seguro.» ¿Lo estaba? Él diría que sí, pero entonces le exigirían pruebas y, ¿qué podía argumentar? ¿Que Aníbal había decidido no atacar? ¿Y eso qué probaba? ¿Alguien sería consciente de que el cartaginés siempre reaccionaba como si conociese los pensamientos del Senado? No. Seguro que aún dirían que quizás existía otra razón, que los senadores son leales, que es impensable la existencia de un traidor entre ellos. Sin embargo, tenía a Jonás. Podía enviar un pelotón a buscarle por los caminos de la península, cazarlo, traerlo a Roma y hacerle hablar.

Abandonó el mercado y enfiló la calle que conducía a casa de Sinesio. Encontró la puerta abierta. Era la hora en que los hijos de Mario y de otros senadores acudían para recibir la instrucción y tuvo que esperar a que acabasen.

Se sentó en el banco que había en el atrio, mientras no dejaba de reflexionar. Finalmente, cuatro mozalbetes alborotadores salieron corriendo e interrumpieron sus pensamientos. Ni le miraron. Entonces, apareció el filósofo con la misma expresión de cada día, la misma túnica blanca hasta los pies y la mirada profunda, que se fijó en Cornelio.

Se saludaron y Sinesio lo condujo hasta la sala interior, la que daba al patio. Allí, sin más preámbulo, Cornelio repitió todos sus razonamientos delante de quien siempre le escuchaba y añadió todos los datos de que disponía. Aquí no se dejó ningún detalle y mencionó la existencia de Jonás.

Curiosamente, esperaba que Sinesio quedase satisfecho, porque aquel episodio le daba la razón. Druso era el espía y el filósofo había acertado una vez más.

–Ya sé que me dirás que carezco de pruebas, pero cuando mis hombres apresen a Jonás las obtendré –coronó su exposición.

–¿Y después? –preguntó Sinesio.

–Lo juzgaremos y lo ajusticiaremos –respondió Cornelio.

Sinesio le miró y negó con lentos movimientos de cabeza.

–Si quieres cazar un halcón, deja en paz a las palomas.

–¿Qué quieres decir?

–Quizás emplearé un juego de palabras, pero no constituirá ningún juego –respondió mientras entornaba los párpados–. Si tú sabes que el enemigo sabe, pero él no sabe que tú sabes, caminas un paso por delante de él. No envíes a nadie en busca de Jonás.

–¿Y si no regresa a Roma? –preguntó Cornelio.

–Si él es la paloma, regresará –dijo Sinesio–. Todas las palomas mensajeras lo hacen.

–Entonces lo atraparé y cantará.

–Y el halcón se escapará.

–No. Le tengo bien vigilado.

–Si tus razonamientos son ciertos y el traidor es Druso, piensa que él también es una paloma. El verdadero halcón es Aníbal y en él has de centrarte.

El oficial se puso en pie y paseó por la habitación. No te hagas preguntas, le repetía constantemente el filósofo. No te hagas preguntas. Simplemente contempla y las respuestas llegarán por sí solas. Cerró los ojos y guardó silencio.

–Dejaré en paz a Druso y le utilizaré –exclamó de pronto–. Si mantengo quieto a Aníbal, podremos rehacer las fuerzas y estudiar una nueva estrategia. Es nuestra última oportunidad.

Entonces, Cornelio abrió los ojos para ver que Sinesio afirmaba con la cabeza, tal como él había imaginado.

–Éste ya es un buen camino.

–¿Es así como se aprende a encontrar respuestas? –preguntó.

–Es un comienzo.

El joven sonrió satisfecho. Es un comienzo, había dicho Sinesio. Buena señal. Y se marchó.

11

El RETORNO DE LOS FANTASMAS

Era primera hora de la tarde. Emilia reposaba sentada a la sombra, en mitad del patio. Acarició su vientre. Dentro de muy poco empezaría a sentir los movimientos de la criatura y no podría disimular su maternidad con vestidos anchos, porque a partir de ahora aquel ser crecería deprisa.

Había quedado con Druso y esta vez no habría discusiones. Ya había aceptado demasiadas excusas y ya estaba harta de la misma canción.

–No es buen momento –se había echado atrás Druso, tras pregonar a los cuatro vientos que repudiaría a Ariadna–. Pablo Venecio puede regresar a Roma para ocupar el cargo de magistrado. Y parece que ya no es un rumor –le había dicho.

–Pues con mayor razón –le había contestado ella–. ¡Si Pablo Venecio regresa, ya me contarás cómo te las vas a apañar! Yo no puedo guardar silencio por mucho más tiempo. Las esclavas lavan la ropa y hacen sus cálculos. ¿O quizá crees que por ser esclavas son imbéciles? Y de aquí a que comiencen a propagarse los rumores no hay más que un paso. ¡Qué digo, un paso! Ya lo comentan todos. En las cenas las demás mujeres me miran y preguntan. ¿Hasta cuándo tendré que mentir?

Druso era consciente de la situación. Aquella mujer le dominaba y, si no repudiaba a Ariadna, estallaría el escándalo y el Senado en pleno se enteraría de que se lo comía la pasión. ¡Qué vergüenza! Y buscó un abogado para que presentase la demanda. Se había metido en un buen lío y, si la noticia del regreso del padre de la estúpida de su esposa era cierta, no había tiempo que perder, había concluido casi temblando.

Evidentemente ya no podría esconderlo durante mucho tiempo, se repitió Emilia bajo la sombra de los árboles frutales, con los ojos entornados y tensa, mientras mesuraba con las manos el tamaño de su secreto. Y sólo los abrió cuando apareció Druso por la puerta que daba paso al patio. Entonces alzó la mirada, pero no le gustó lo que vio. El rostro de él mostraba signos de preocupación y sus ojos erraban perdidos.

–Pablo Venecio ya está en Roma –vomitó sin más preámbulo, y se quedó callado y sin saber hacia dónde mirar.

Emilia abrió la boca ligeramente, pero no para hablar, sino para dejar caer el labio inferior, como si se hubiese desplomado. Se levantó, anduvo un par de pasos y le miró a los ojos. Aquello que tanto temía acababa de suceder.

–¡Idiota! Te lo advertí –exclamó entre dientes.

¡Idiota!, le había insultado. Y quizá se había quedado corta.

Todo era culpa del abogado, que se había dormido, se quejaba Druso, pero ella ni le escuchaba. El maldito tiempo había jugado en su contra y todo había ido más deprisa de la cuenta; el Senado se había pronunciado y había nombrado a Pablo Venecio magistrado, que ya estaba a las puertas de la ciudad. Ahora el tiempo se había agotado.

–¿Y yo qué hago con este bastardo? –preguntó con rabia, mientras se agarraba la barriga y la estrujaba con fuerza.

–Hablaré con él –respondió Druso–. Él lo entenderá.

–¿Y si no lo entiende?

No hubo respuesta. Druso no dejaba de meditar las palabras que emplearía cuando se encontrase con su suegro, con el temible Pablo Venecio, a quien ya conocía muy bien por haber servido a sus órdenes en Ampurias y por haber aceptado un buen precio por hacerse cargo de su hija.

Días después Minucio Rufo invitó a Pablo Venecio a un cena de bienvenida. Habría deseado que fuese una gran celebración, pero su suegro prefirió una reunión familiar porque con tanto trajín aún no había saludado a sus hijas. De manera que únicamente asistieron Ariadna y Druso.

Pablo Venecio llegó tarde. Él era el centro del homenaje y la etiqueta así lo exigía. Pero llegó más tarde de lo que habría significado un detalle de buen gusto y cuando lo hizo, con su cuerpo grande y robusto y los cabellos blancos, exhibió un talante dominador que casi parecía el dueño. No había cambiado, pensó Ariadna cuando vio aquella mirada dura y directa.

Le esperaban en la puerta del atrio y los criados permanecían alineados de pie y en silencio, según corresponde a la dignidad del convidado. El nuevo magistrado nada más entrar abrazó a Octaviana, que traía cogidos de la mano a sus hijos Pablo y Octavia, y la besó en la mejilla. Ella se colgó de su cuello y así permaneció un buen rato, mientras se le escapaban las lágrimas.

–Bienvenido, padre –exclamó, y se secó aquellas gotas que ya habían empezado a caer hasta el suelo.

Entonces el magistrado se agachó para estar a la misma altura que sus dos nietos, que ni le recordaban. Eran demasiado pequeños cuando se separaron, pero habían oído hablar mucho de él por boca de su madre.

–Tú eres Octavia –dijo, y la nena le ofreció el ramillete de flores que traía en la mano y le abrazó con fuerza–. Eres tan bonita como este ramillete. –Sonrió él. Se volvió hacia el niño–. Y tú eres Pablo –dijo, y el mozalbete también se le echó a los brazos. Entonces, el viejo soldado lo levantó–. Pareces fuerte como un oso. ¿Ya eres valiente?

–El más valiente de todos –respondió Pablo, y aún lo abrazó con más fuerza.

–Sí que eres fuerte. –Rió Pablo Venecio–. ¡Ya lo creo! –exclamó con orgullo.

Después se puso en pie, con el niño a un lado, colgado de su mano, se volvió hacia Ariadna y la tomó con el otro brazo, sólo que ella no hizo ademán de responder y, simplemente, ofreció la mejilla dejando que sus brazos permaneciesen muertos a lo largo del cuerpo. Y no lloró como su hermana.

–Parece que no te alegres de verme –se quejó Pablo Venecio reti-
rándola y soltando a Pablo.

–Bienvenido seas, padre. Todos estamos muy contentos de volver
a verte –respondió Ariadna sin moverse.

El magistrado la miró serio. Entonces Druso se adelantó y le
dedicó una ancha sonrisa, mientras se deshacía en frases amables y cor-
diales.

Los dos niños se colgaron de sus manos y no cesaban de hacerle
preguntas mientras caminaban hacia el interior.

–Una buena casa –alabó observándolo todo con interés, y se
detuvo en el atrio para contemplar las cajas que encerraban las máscaras y que conformaban el árbol genealógico de los personajes importantes–. Veo que has hecho honor a mi familia –comentó a Minucio
Rufo. De las máscaras de sus antepasados, del anfitrión, no hizo el
menor comentario.

–Es un motivo de orgullo para esta casa –respondió Minucio
Rufo.

Entonces Octaviana dirigió una señal a dos esclavas.

–Ya es hora de ir a la cama –dijo a los niños, que protestaron.

–La disciplina es nuestra fuerza. Obedeced a vuestra madre –ordenó Pablo Venecio, muy serio. Sin embargo, sonrió de inmediato y añadió–: Un día regresaré y os contaré historias de Hispania.

–¿Nos relatarás tus batallas, todas las que has ganado? –preguntó Pablo.

–Todas, que son muchas –respondió Pablo Venecio con orgullo,
y los abrazó de nuevo.

Las esclavas se llevaron a los niños y Pablo Venecio miró a los sirvientes y con voz de mando dijo:

–Ya podéis servir la cena.

Los criados se quedaron de una pieza. Nunca ningún invitado les
había dado órdenes y dirigieron sus ojos hacia Minucio Rufo, que asintió sin pronunciar palabra.

Cuando se dirigían a la mesa, Pablo Venecio se adelantó y ocupó
el lugar principal. Durante un instante Minucio Rufo no supo cómo
había de reaccionar. Ya eran demasiadas ofensas, pero siguió guardando

silencio y, finalmente, mostró la mejor de sus sonrisas. Tal vez las costumbres en Hispania eran diferentes, pensó. Sin embargo, aquello no le había gustado. ¡Ni pizca!

Poco después su suegro le recordó que un magistrado administra la justicia y que la justicia está por encima de todos. Un razonamiento que conducía, indefectiblemente, a la conclusión de que Pablo Venecio tenía muy claro que estaba por encima del pretor urbano. Y el cerebro de su yerno empezó a calibrar la nueva situación y las consecuencias que podía tener el regreso de un hombre que vivía convencido de que era el patriarca absoluto de aquella casa y de alguna más. Aun así, no era momento para discusiones y Minucio Rufo era lo bastante inteligente y astuto como para saber que tiempo habría para volver a situar cada cosa en su lugar. De manera que se lo tomó con calma y no empañó una velada que se adivinaba interesante. Cuando menos para obtener la justa medida de las intenciones de su suegro.

Nada más iniciar la cena, Pablo Venecio tomó la palabra y no la soltó hasta el final. Hablaba de él y de sus gestas, explicaba anécdotas y más anécdotas y cómo había crecido Ampurias y cómo los cartagineses no podían con los romanos y...

–Si mis hombres se hubiesen enfrentado a Aníbal, ya no existiría –dijo, muy orgulloso, olvidando que el cartaginés había cruzado sus tierras para dirigirse hacia el norte y que él no lo había impedido–. Allí se forjan soldados, no como en Roma, que sólo cuenta con niños temblorosos.

–Aníbal es muy astuto y cuenta con los galos –intentó discutirle Druso.

–¿Ya has olvidado todo lo que te enseñé? –casi gritó Pablo Venecio. Quedaba claro que él era quien pronunciaba las sentencias y que nadie podía discutir con un magistrado–. He podido echar una mirada a las guarniciones de Roma y no hay un solo hombre que pueda medirse con el más débil de los que he dejado en Ampurias. Asdrúbal retrocede. ¿Crees que los que tenéis aquí podrían conseguirlo? Cuando Publio y Gneo llegaron a Hispania se dieron cuenta de que necesitaban de mi ayuda para enfrentarse a los cartagineses. Ahora, ya han aprendido.

Y así siguió alabando sus propias cualidades, mientras Octaviana lo contemplaba embobada, Ariadna procuraba no levantar la vista del plato para no cruzar sus ojos con los de su padre, Minucio Rufo lo observaba con suma atención y Druso no cesaba de preguntarse cómo reaccionaría cuando le pidiese que…

–¡No! –fue la respuesta–. Aceptaste el precio y ahora has de cargar con la mercancía.

Habían salido al patio. Las mujeres estaban dentro. Hacía fresco y Minucio Rufo se había disculpado unos momentos con la excusa de resolver un pequeño asunto doméstico. Entonces Druso había imaginado que era su gran ocasión, porque Pablo Venecio había bebido generosamente y se sentía eufórico.

–No tenemos hijos –replicó.

–Eso sólo quiere decir que no haces lo que debes.

–El único que me dio nació muerto –se quejó Druso.

–¡No! –repitió Pablo Venecio.

–Espero un hijo de otra mujer –confesó Druso.

–¿Y cómo sabes que nacerá vivo?

–Ya tiene otros.

–Entonces no le importará que lo adoptes legalmente –respondió Pablo Venecio, y entró en casa.

Druso se quedó fuera. Tal como había apuntado Emilia, Pablo Venecio no era el único magistrado y podía presentar la petición de divorcio a cualquier otro, pero él tenía muy presente que los que imparten justicia forman una clase especial y entre ellos se ayudan, porque todos ellos se deben favores. La justicia no siempre es justa, hay que conocer muy bien cuáles son tus posibilidades y su caso no tenía ninguna. No, no era una buena solución, meditó, y recordó la pregunta que le había hecho Emilia: ¿Y si no lo entiende? Evidentemente, aquel idiota no entendía nada y él estaba con el agua al cuello. Tulio, cuando descubriese el embarazo de Emilia y viese que el nombre de su casa era arrastrado por los suelos, no se detendría hasta obtener una reparación. Y Tulio era un hombre muy rico y un gran acreedor de muchos senadores. Le debían demasiados favores. Por eso acudían a sus fiestas y le trataban con respeto.

La velada concluyó y Pablo Venecio manifestó su deseo de retirarse. Él era el convidado y él tenía que marcharse el primero. En la puerta de la casa, cuando ya se despedían, se volvió hacia Ariadna y preguntó:

–¿Algún día serás capaz de parir un hijo vivo?

–Sí –respondió ella–. El día que la simiente no sea fruto de la violencia.

Pablo Venecio se puso tenso, lanzó una mirada a Druso, les dio la espalda y desapareció calle abajo. Entonces, Ariadna también miró a Druso y, por primera vez, no bajó los ojos ni los desvió, hasta que su marido se volvió.

Aquella noche, a pesar del inmenso odio que sentía por su esposa, Druso no se atrevería a levantarle la mano. Ni nunca más, mientras Pablo Venecio se hallase en Roma.

Una semana más tarde, Mario recibió en su casa a Claudio Marcelo. Era por la tarde y las nubes presagiaban lluvia. Desde la ventana podía ver a su esposa, que ordenaba a los criados que limpiasen el jardín y la fuente. ¿Si iba a llover, por qué tenían que limpiar la fuente?, se preguntó. Las mujeres, a veces, parece que no tienen la cabeza en su sitio, pero él conocía muy bien a Claudia y sabía que aquella reacción escondía algo más. ¿Quizá que aún no había contestado la carta de Publio para formalizar el contrato de matrimonio entre su hijo y Virginia? No, no podía ser. Ya habían discutido el asunto y él tenía que reflexionar sobre la dote. ¿Entonces, qué podía ser? Entre las matronas, Claudia era de las que llevaba la voz cantante y durante toda la mañana estuvo fuera. Aquello no era un buen augurio. Algo se cocía.

–Pablo Venecio ha desembarcado con aires de conquista –oyó que decía Claudio Marcelo, y se volvió hacia él, abandonando la visión del jardín–. Tendríamos que recordarle que es un magistrado y no un dictador.

–Ampurias no ha sido atacada por Asdrúbal. Incluso Aníbal la dejó de lado y Pablo Venecio ha combatido junto a los hermanos Escipión –respondió Mario–. La gente le escucha y le venera.

–Es peligroso, porque nos empujará a un nuevo enfrentamiento con Aníbal y ahora que le hemos detenido...

–Nosotros no hemos detenido a nadie –sonrió Mario–. Él ha decidido quedarse quieto y sólo podemos dar gracias a los dioses, porque sólo ellos conocen la razón.

–Sea como fuere, no hemos de provocarle.

–Ya lo sé, pero el pueblo tiene oídos para él y para nadie más, y ya empiezan a decir que deberíamos nombrarle cónsul –meneó la cabeza a derecha e izquierda y chasqueó la lengua–. Y eso que tan sólo lleva unos días entre nosotros –añadió.

–Y, por si fuese poco, el joven Catón se le ha unido. Argumenta que los romanos invertimos nuestro tiempo en fiestas disfrazadas de cenas y que descuidamos las virtudes que nos han hecho fuertes –coronó Claudio Marcelo.

–Argumento que Pablo Venecio ha hecho suyo. Ya ha dictado dos sentencias y ambas por escándalo. –Miró de nuevo hacia el jardín y exclamó–: Las mujeres andan revueltas como un enjambre de abejas en pleno estío. Ya sólo nos falta que el pueblo llano proclame a Cayo Oppio su héroe y que cargue contra los que podemos disfrutar de la vida.

–Hemos de detener a Pablo Venecio antes de que sea demasiado tarde.

–Eso todos lo tenemos claro –afirmó Mario, sin apartar la mirada del jardín–. El problema es saber cómo.

Aquí acabó la conversación. Ya no tenía objeto seguir hablando. Ambos estaban de acuerdo y ambos tenían presente que el problema era cómo lograrlo. Claudio Marcelo se retiró y Mario siguió contemplando a su esposa. Sí, algo gordo se estaba cociendo.

Sin embargo no tuvo que esperar mucho para enterarse de lo que la tenía preocupada.

–Es un escándalo –exclamó Claudia durante la cena, cuando estaban solos y Virginia y los niños ya se habían retirado.

Durante toda la velada había permanecido callada y Mario no se había atrevido a preguntarle cuál era el motivo de su silencio. Por contra, Virginia no había dejado de hablar. Quería saber qué era aquella carta que le había comentado Claudia.

–Publio Cornelio Escipión te pide en matrimonio para su hijo, el joven Cornelio.

–Ya sabes, padre, que siempre te obedeceré en todo –había respondido ella–. Y si esta alianza es para el bien de la familia, yo la aceptaré como una buena hija.

–Aún he de reflexionar, pero es bueno saber que me respetas –había sonreído él.

Ya me gustaría saber si también habrías aceptado a Cayo Lelio, pensó. Su padre no había quedado muy contento, pero... ¿quién se atrevería a enfrentarse a Claudia? Era su segunda esposa y no había parido a Virginia, pero la trataba como si fuese su madre y ya se sabe: la segunda esposa siempre manda más que la primera, porque llega cuando todo está hecho y su trabajo consiste en deshacerlo todo y rehacerlo de nuevo.

Ahora su esposa había roto el silencio y el viejo senador sabía que ya no callaría y que al final llegaría la petición. Únicamente tenía que formular una pregunta, y lo hizo.

–¿A qué te refieres, querida?

–Al embarazo de Emilia, naturalmente –contestó ella, como si su marido tuviese que estar al corriente. Él estuvo a punto de responder que, conociendo a aquella mujer, no era extraño, pero tenía demasiada experiencia como para cometer semejante error, sobre todo después de escuchar el tono que empleaba Claudia. De manera que no despegó los labios y aguardó pacientemente–. Y vosotros, los hombres, permitís que un cerdo se siente a vuestro lado –dijo Claudia con desprecio, pasados unos momentos–. Tendríais que echarle del Senado –siguió hablando, mientras Mario le prestaba toda su atención y procuraba no perder una sola palabra–. El yerno de quien apoya a Cayo Oppio. La ha engañado. Me lo ha contado ella. Y si hubieses visto su llanto...

Ya no necesitaba seguir escuchando y tuvo que reprimir la sonrisa que se le escapaba. Apenas hacía unas horas que había preguntado a Claudio Marcelo cómo podían detener a Pablo Venecio y su esposa acababa de proporcionarle un arma harto poderosa.

–Sí, querida. Tienes razón –afirmó con la cabeza mientras adop-

taba cara de circunstancias y su mente empezaba a planificar los pró-
ximos pasos.

* * *

Ariadna abandonó su habitación de noche, como tantas veces, y
se adentró en el jardín. La pregunta de su padre, si algún día pariría
un hijo vivo, había sido demasiado reveladora. No se precisaba de ninguna inteligencia preclara para adivinar que Druso debía de haberle
pedido permiso para repudiarla y que su padre se había negado.

«Los fantasmas regresan. Y no llegan solos. Todos los recuerdos les acompañan y no quieren irse», reflexionó bajo la luz de las
estrellas.

Años atrás, muchos años, ¡casi una eternidad!, y parecía como si
hubiese sido ayer mismo, Pelagio, el joven de los ojos verdes que
cobijaban un mar en su interior, la había visitado. Era una noche. Al
día siguiente partiría lejos, le había dicho.

—Posiblemente no volveremos a vernos —le contestó ella.

—Aunque los dioses, ¡todos los dioses!, se opongan, yo regresaré
—le había dicho él—. Lo juro, por lo más sagrado de este mundo, que
mis ojos te acompañarán siempre y que los tuyos permanecerán eternamente dentro de mi corazón.

La luna iniciaba el cuarto menguante y la terraza, apenas ilumi-
nada por la claridad plateada, hacía las veces de nido y de refugio para
su amor. Él la besó, una tierna caricia húmeda de unos labios que se
abrían para atrapar los suyos y sorberlos. No volverían a verse, fue
el presentimiento que la atormentaba. Y lloró. Pelagio lamió sus lágrimas con la punta de la lengua.

—Regresaré. Te lo juro —dijo.

Había dejado a sus compañeros en la taberna y se había escurri-
do para escalar el muro y estar con su amada.

—¿Como podré vivir sin ti? —le había preguntado ella.

—Guarda mi recuerdo, porque a pesar de la distancia siempre
estaré contigo. —La besó de nuevo—. Aunque me alcance la muerte, estaré contigo —repitió la promesa y el beso—. Un día regresaré —insistió—.

Búscame en el mar y allí me encontrarás, porque su color es el mío y mis ojos contemplarán las olas y sabrán que tú me miras y te mirarán.

Mientras hablaba, las manos del joven se colaron bajo la ropa de la muchacha y ella sintió que el calor le subía por los muslos hasta donde nunca nadie la había tocado. Gimió con voz apagada y se cobijó entre aquellos brazos para cerrar las piernas y atrapar los dedos que la frotaban. Aquel tormento, dulce tormento, la trastornaba. Entonces Pelagio apartó la mano y le acarició los pechos, duros y excitados, con los pezones oscurecidos que la luz de la luna no acababa de mostrar, y el corazón se le desbocó. Era la tercera vez que aquellas manos exploraban su piel, que aquella boca buscaba su interior y que todos los sentidos se le alborotaban. Mordió los labios que la buscaban, atrapó la lengua que se le ofrecía y durante un instante se olvidó del mundo que la rodeaba para esperar la llegada del relámpago y del trueno que la reventarían y harían que sus humedades estallasen.

Pero, de pronto, los labios que la besaban se retiraron con violencia y ella abrió los ojos desconcertada. En un instante su desconcierto se convirtió en terror y la imagen de su padre ocupó el lugar de la del joven.

–¡Hijo de cien padres! –oyó la voz de Pablo Venecio y vio cómo golpeaba a Pelagio.

–¡Padre! –gritó, y se levantó, pero cayó al recibir el empujón.

–¡Maldito seas! Morirás aquí mismo.

–¡No, padre! –se incorporó de nuevo e intentó detener el brazo de la bestia que se encarnizaba en el cuerpo de su amado.

–Calla puta, que cuando acabe con él empezaré contigo –soltó Pablo Venecio al joven, y se dirigió hacia ella.

–¡Huye! –gritó Ariadna, y Pelagio dudó–. ¡Huye de aquí! –repitió mientras se abrazaba a su padre y le impedía cualquier movimiento.

Pelagio echó a correr y Pablo Venecio se deshizo del abrazo de su hija con un par de manotazos que la dejaron tendida.

–¡Guardia! –ordenó–. ¡Detenedlo!

Pelagio no fue muy lejos. Poco después dos soldados le traían bien sujeto.

12

El HIJO DE LA DISCORDIA

Habían ordenado que los sirvientes les dejasen solos y Mario sólo pensaba que lo peor que podía suceder en aquellos momentos era un escándalo. ¿Cómo podría alinearse junto a los que exigían la cabeza de Druso si descubrían que en su casa no le respetaban?

—¿Acaso las mujeres no sabéis llegar al matrimonio por otros caminos? —bramó.

Claudia le miró sorprendida. Ya hacía rato que discutían y él no cesaba de repetir que aquello constituía un desastre y que ya estaba harto de la misma historia. Se habían casado cuando ella ya estaba embarazada y ahora su hija Virginia...

—No hiciste ascos cuando yo... —exclamó enfadada—. ¿Durante cuánto tiempo más has de reflexionar sobre el tema? ¿Qué más deseas? Has recibido una petición formal, tienes a un hombre que pertenece a una de las mejores familias romanas dispuesto a casarse y una hija que te obedece.

—Y que revuelca por los suelos mi honor —dijo Mario afirmando con fuertes movimientos de su cabeza.

—Aún no sé si es cierto que esté embarazada —respondió su esposa, quitando importancia al asunto. Moderó el tono de su voz y dijo (más bien amenazó)—: Pero yo no tardaría demasiado. Cornelio es joven y, según dicen, muy fogoso. Casi tanto como tú —bajó la mirada simulando vergüenza, con un gesto cargado de picardía.

—¿Qué quieres decir? —inquirió él.

—Que más vale prevenir que curar.

Mario protestó un poco, pero era evidente que el comentario de Claudia sobre su vigor masculino le había halagado y, finalmente, sentenció:

—Mañana mismo escribiré la carta.

—¿Y la dote?

—¿Se la merece? —preguntó Mario alzando una ceja, pero agachó la cabeza de inmediato. La mirada de Claudia lo decía todo—. Diez mil libras y la finca de los olivos —dijo sin mirarla.

—No es suficiente —negó ella—. Sería tanto como pregonar que no la amas. Además, todos se reirían de ti. Cornelio es el heredero de su padre. —Puso la espalda bien tiesa y adoptó una expresión digna—. Quince mil libras y las dos fincas: la de los olivos y la de al lado.

—No eres tú quien ha de discutirlo —se quejó Mario—. Esos tratos nos conciernen a los hombres.

—¿No esperarás que Publio acepte esa miseria?

—¿Miseria? —exclamó su marido.

—¡Miseria! —repitió ella.

—De acuerdo. Quince mil libras y ambas fincas.

Claudia asintió, se levantó y se marchó orgullosa y satisfecha. Cuando aún no había abandonado la estancia, volvió el rostro y dijo:

—La noche pasada me desperté y estuve a punto de venir a verte, pero he creído que te estorbaría. —Ensayó la mejor de sus sonrisas y añadió—: Supongo que hoy no permitirás que tenga que consolarme sola. —Y desapareció.

Entonces Mario sonrió. Ya se había hecho a la idea de perder veinte mil libras y tres fincas. Sin embargo, con dos fincas y quince mil libras había bastado, porque si Claudia estaba tan contenta que le aguardaba en su alcoba, ¿qué podía discutir Publio?

* * *

Cornelio se sentía bien allí, echado en la cama, mientras la luz de la tarde agonizaba lentamente. Respiró hondo. Había sido agradable, como siempre, y notó la mano que le acariciaba el pecho y que descendía por su estómago y no se detenía, sino que continuaba hacia abajo para juguetear con su pene. Rezongó, abrió las piernas y la dejó hacer.

–¿Aún no has tenido suficiente? –preguntó con voz perezosa.

–Dentro de poco Virginia se quedará con todo.

–Así lo has dispuesto tú.

–Sí, pero algo quedará para mí.

Cornelio abrió los ojos de par en par.

–¿No estarás embarazada?

–Eso nunca se sabe, pero cuando juegas con fuego tienes muchas posibilidades de quemarte –sonrió Claudia.

Tenía la mirada tierna y el joven contempló largamente el color castaño de aquellos ojos transparentes donde se veía reflejado. Ella inició el movimiento y él entornó los párpados. Inmediatamente notó cómo los labios de ella abrazaban su miembro con dulzura y lo sorbían para alterarle la sangre y levantar la carne dormida. No había tenido suficiente, sonrió mientras notaba el efecto que aquella lengua era capaz de provocarle, a pesar de que hacía tan poco rato que había eyaculado, y poco después sintió de nuevo el peso de Claudia sobre él y cómo lo cabalgaba con las piernas bien abiertas, que él acariciaba desde las rodillas hasta las caderas, para acabar tomándola por las nalgas.

–Eres mía por entero –gimió cuando notó que estaba a punto de eyacular.

–Tuya –respondió ella, y se echó sobre su cuerpo aplastando sus pechos contra los pectorales fuertes y duros del joven.

–¡Mía! –gritó él en el último instante, y la estrujó con toda la fuerza de sus brazos.

Le complacía sobremanera el contacto de aquel cuerpo y escuchar al oído la respiración de ella. Una respiración profunda, mientras los sudores se confundían.

Ella se retiró y permaneció echada junto a él.

–He de irme –dijo–. Ya es muy tarde y Mario me espera –y abandonó la cama para recuperar el vestido que había quedado en el suelo.

Cornelio contempló la desnudez desaparecía bajo la tela, aquella cortina que caía para esconderle la piel que poco antes había sido suya.

Ya era un poco madura, pero conservaba toda la frescura de la juventud y empleaba su cuerpo con una destreza que muchas mujeres ya quisieran. A él, particularmente, le gustaba contemplarla cuando se acariciaba ella misma, le miraba a los ojos entornando los párpados, se lamía los labios con la punta de la lengua, aplastaba sus pechos con los brazos, por los lados, levantándolos, mientras se descubría la vagina y le invitaba a poseerla.

–Si quedase embarazada no habría problema –cortó la imaginación desbocada del joven–. Diría que el hijo es suyo y como aún es capaz de poseerme nadie te denunciaría –sonrió Claudia. Se sentó en el borde de la cama para atarse las sandalias y él la atrajo, la hizo caer de espaldas y la asió con las manos por encima de la cabeza. Sus labios estaban a muy poca distancia–. ¿O quizá sí que te denunciaría, tal como ha hecho Tulio con Druso? –Le lamió el labio superior con la punta de la lengua.

–¿Serías capaz de hacerme pasar por el mismo ridículo que ese imbécil? –rió Cornelio, e intentó atraparle la lengua, pero se le escapó.

Entonces la besó y restregó su cuerpo contra la tela que cubría los pechos de la mujer.

–Druso es un desgraciado y se lo merece –contestó ella sin apartar la mirada.

–¡Ya lo creo que es un desgraciado! Y Tulio se lo comerá vivo –afirmó Cornelio con lentos movimientos de cabeza. Entonces sonrió divertido–. Nadie le habría hecho caso, porque dejar embarazada a una mujer… está a la orden del día, pero el argumento de que Druso ha atentado contra la propiedad privada es muy inteligente.

–Quizá no llegará a tiempo. Ariadna presentará una petición de repudio, y lo hará directamente a su padre.

–No puede. El divorcio es patrimonio de hombres –sonrió él.

–Mario dice que hay senadores que, visto el escándalo, estarían dispuestos a apoyarla y a hacer una excepción basada en idéntico argumento que el de Tulio. Así pondrían a Pablo Venecio entre la espada y la pared y dejarían a Druso fuera del Senado.

–¿Por qué? –preguntó Cornelio–. Un divorcio no puede afectar a su cargo. Hay muchos otros en su misma situación.

–No exactamente –sonrió ella, divertida–. Según el contrato matrimonial que firmó con Pablo Venecio, Druso, si repudia a Ariadna, deberá devolver el dinero y las propiedades que le concedió su suegro. Entonces dejará de pertenecer a los patricios y tendrá que abandonar su asiento en el Senado porque un plebeyo no puede ser senador. –Le lanzó un guiño–. Podría caer en la tentación de enriquecerse aprovechándose del cargo. Así reza la ley. Recuerda el caso de Lucio Quincio Cincinato, que perdió la fortuna al pagar la fianza de su hijo y se retiró para cultivar los cuatro arpendes de tierra que le quedaban.

–Pero después fue nombrado cónsul y dictador –recordó Cornelio.

Claudia rió.

–Eran tiempos difíciles y el Senado estaba dispuesto a cualquier cosa porque necesitaban un hombre como él. No creo que sea el caso de Druso.

–Tulio puede darle dinero –apuntó él.

–Como muy bien has dicho, Tulio no es idiota y sabe que todos comentarían que ha comprado un yerno con el dinero de los demás. No olvides que es banquero y que vive de sus clientes.

–Siempre puede argumentar que se trata de la dote de su hija.

–¿Y aceptar un yerno como Druso? –Negó con la cabeza–. Antes preferirá adoptar al niño, tal como ha hecho con sus otros nietos. Así que Druso caerá en la pobreza, perderá su puesto de senador y, aunque vuelva a ser rico, dudo que pueda recuperar su puesto en el Senado. Se ha metido en un buen lío ese imbécil –Levantó la barbilla y lo besó–. He de irme –murmuró.

Cornelio soltó las manos de la mujer y se apartó para quedarse echado y pensativo.

Ella se levantó y se quedó plantada frente a la ventana para que el sol transparentase su vestido. Estaba encantadora, hermosa y fresca como una flor. Pero Cornelio, en aquel instante, no pensaba en esas cosas.

–¿Disfrutas tanto con las demás como conmigo? –preguntó Claudia.

–En toda comparación con cualquier mujer, tú siempre te alzas victoriosa –sonrió él.

–¿En esta misma cama?

–No. Tú eres la única a quien permito que caliente estas sábanas –respondió Cornelio, y ella sonrió complacida–. ¿Qué haremos cuando me haya casado con Virginia?

–Siempre serás bien recibido en mi casa. De sobra lo sabes.

–Una casa muy acogedora, que me gusta visitar con frecuencia.

–Y que, a partir de ahora, te abrirá las puertas de par en par –respondió ella, mientras se tocaba con las dos manos el bajo vientre con un gesto lleno de insinuaciones que amenazaba con abrir de nuevo sus carnes.

–¿Cómo se lo tomaría tu marido si supiese que le traicionas? –preguntó el joven.

Claudia se acercó muy seria, hasta que su rostro casi fregaba el de Cornelio.

–Yo no le traiciono –exclamó–. Le engaño en algún aspecto, que es muy distinto. En cualquier circunstancia siempre me tendrá a su lado, aunque lo pierda todo. Soy su esposa y lo seré hasta la muerte o hasta que él diga basta. Otra cosa es que goce de mi cuerpo y le conceda placeres. ¿Lo has entendido?

Cornelio afirmó con la cabeza. ¡Qué pedazo de mujer!, pensó. ¡Y menuda suerte tiene Mario!, a pesar de que, en este momento, el semen que llevaba dentro no pertenecía a su marido.

Ella terminó de arreglarse y Cornelio llamó a Antonio, que siempre la acompañaba hasta la calle y se aseguraba de que nadie la viese abandonar la casa. Antes de salir, Claudia aún exclamó:

–¡Ah! –Y se detuvo en la puerta de la habitación–. Le he dicho a Mario que Virginia podría estar embarazada.

–¿Qué dices? –Se levantó Cornelio de un salto–. Ni la he tocado.

–Ya lo sé, pero ha servido para que se dé prisa y le conceda una buena dote. Procura no dejarme por embustera. –Y le mandó un beso desde la puerta.

Cuando el joven se quedó solo, se sentó en la cama. Como decía Mario, las mujeres lo saben todo y lo mueven todo. Y ahora él tenía que reflexionar, pero no sobre las últimas palabras de Claudia. Evidentemente, no la decepcionaría. Virginia era joven y tierna como una flor. No le costaría demasiado esfuerzo hacerla visitar aquella cama. Sin embargo, lo que de veras le preocupaba era que si Druso abandonaba el Senado ya no le serviría para nada. ¿Y entonces, qué debería hacer con él y con Jonás?

¡Bien!, caviló, y abandonó estas reflexiones. De todo aquel lío alguien saldría beneficiado. Y pensó en Sinesio, aunque no podía ni imaginar que en aquel momento la mente del filósofo andaba por otros derroteros. Sus pensamientos erraban lejos de Roma, perdidos en tiempos pasados, recordando lo que sucedió años atrás, cuando aún vivía en aquella casa, bajo la autoridad de su padre, la misma casa que albergaba el patio donde él se encontraba en silencio, con los ojos cerrados, mientras su memoria rescataba la imagen de Bocco, el hombre de confianza de su cuñado Teseo, a quien su padre Marco Romeo había confiado la vida de Justo, su nieto. Y por la mente de Sinesio desfilaban todos los hechos que las palabras de los marineros le habían relatado.

Bocco, cuando regresó a Roma, había explicado que una mañana desembarcaron en Ampurias. El mar permanecía en calma, mostrando un verde intenso, como continuidad de las pupilas del joven que se apoyaba en la borda del barco y contemplaba las murallas de la nueva ciudad que se adivinaba en tierra firme, un tanto alejada de la costa. Desde el fin de la guerra con Amílcar, los romanos habían iniciado una frenética actividad para construir una muralla que sirviese de refugio para sus ejércitos y habían separado el puerto y el antiguo asentamiento griego de la fortaleza de base rectangular que pretendían que fuese inexpugnable.

Por aquellos tiempos ya decían que Pablo Venecio, el gobernador, dirigía sus fuerzas con mano de hierro y que Ampurias se había aliado con Roma temerosa de que los cartagineses no tuviesen bastante con dominar todas las tierras al sur del Ebro. La pequeña isla, fortificada por los griegos y reforzada por los romanos, constituía una garantía para la seguridad del puerto donde desembarcaron.

El color de los ojos de Justo era una herencia del abuelo de Sinesio, el padre de Marco Romeo, negada a su progenitor, como si la naturaleza hubiese dado un salto para permanecer agazapada durante

una generación y resurgir a la siguiente y recordar que, a pesar de que
la madre no fuese la misma, el tronco seguía presente y bien patente.
Incluso el verde de los ojos de Justo era más oscuro, como el de un bosque frondoso, como si pretendiese demostrar que el tiempo no hacía
más que afirmar el trazo con el que la mano de los dioses había dibujado su árbol genealógico.

Un viaje de negocios. Un largo periplo por todo el Mediterráneo
que incrementaría la fortuna de la familia bajo la experta guía de Teseo,
el marido de Pompeya. Iban amparados por el puño poderoso de Marco Romeo, que los mantenía bajo la autoridad de un patriarca que se
sabía el amo y señor de todas las vidas que dominaba, a pesar de que,
de puertas hacia fuera, él no tenía nada que ver con el comercio, tal
como ordenan los cánones establecidos, según los cuales un senador
no puede dedicarse a los negocios, sino que debe vivir para la política y para la defensa de la ciudad y de las provincias. Y Justo tenía que
aprender de Bocco todas las artes de las negociaciones. Por eso le acompañaba y procuraba sorber sus conocimientos fruto de la experiencia.

Bocco tenía los ojos oscuros y miraba directamente a su interlocutor con una mirada franca y abierta que transmitía sinceridad. El
joven, en las dos etapas anteriores, le había visto negociar y había podido comprobar que le tenían respeto y que confiaban en su palabra, aunque no existiese de por medio documento alguno.

–Si tu palabra llega a tener la fuerza de un escrito, el mundo será
tuyo –le había explicado en diversas ocasiones–. Para conseguirlo es
preciso que nunca prometas lo que no puedes cumplir y también que,
antes de dar tu palabra, hayas reflexionado largo rato.

Aquel mercader simpatizaba con Justo, porque el muchacho escuchaba con suma atención sus lecciones y las guardaba en su interior
como si se tratase de un tesoro. El joven había aprendido a leer la poesía de los griegos, su voz era dulce, la pronunciación correcta, tanto
en la lengua de su padre como en la de su madre, y era capaz de bor-
dar frases y llenar el aire de una estancia entera. Ahora empezaba a
aprender otras lenguas.

–No olvides jamás que, si hablas su propia lengua, te acogerán con
simpatía, y que cuantas más cosas sepas (quiénes son sus dioses,

cómo se alimentan, qué piensan...) tanto más te aceptarán como uno de ellos. Ya sé que tú te expresas muy bien y que tus razonamientos son lógicos y exactos, pero recuerda que los comerciantes no desean oír poesía, precisamente. Has de hablarles de beneficios, de oro y de plata. Ese lenguaje lo comprenden enseguida, más todavía en su lengua, y mirándoles a los ojos descubrirás si les interesan tus palabras o si has de mudar tu discurso. Ten muy presente que hay un instante en que aparece la chispa de la codicia en sus pupilas, aunque pretendan disimular. Entonces, si eres hábil, has vencido y ellos pagarán el precio que fijes. Sin embargo, procura no ser demasiado ambicioso y, de vez en cuando, deja que ellos también se alcen con algún triunfo. De esta suerte se mostrarán más dispuestos a conversar contigo e incluso a concederte lo que no otorgarían a nadie más. Recuerda que quien siempre vence, acaba por perderlo todo –le decía, procurando transmitirle los conocimientos que los años le habían aportado.

No permanecerían mucho tiempo en Ampurias. Únicamente el necesario para cerrar los tratos y vender las telas. Los indigetes, habitantes de aquellas tierras, comerciaban con los sordones, al norte, con los ceretanos y los bergistanos, al oeste, y con los layetanos y los ausetanos, al sur. De manera que Bocco trataba con ellos.

–Podríamos obtener mayores ganancias si los visitásemos a todos, uno por uno, pero el tiempo invertido sería mayor y el esfuerzo también –decía mientras le guiñaba un ojo–. Aprende a economizar energía y los beneficios, a la larga, se multiplicarán.

No venderían toda la mercancía y, además, comprarían piezas de cerámica y se dirigirían hacia Sagunto, el otro aliado de los romanos, para comerciar con los edetanos y, luego, proseguirían hacia el este hasta alcanzar las islas y regresar, vía Sicilia, con las bolsas bien repletas de oro y de plata. Acercarse a Cartago no hubiese sido prudente, a pesar de que Teseo contaba con buenos amigos allí, pero la tensión entre la ciudad del norte de África y Roma lo desaconsejaba.

Una vez descargada parte de la mercancía, Justo bajó a tierra para acompañar a los marineros y visitar Ampurias. La ciudad griega era un conjunto de casas, sin que llegasen en ningún momento a igualar la perfecta arquitectura romana basada en la simetría y en las cua-

drículas que dibujaban las calles perpendiculares, rodeadas por la
muralla de planta rectangular. En el interior de la muralla, en el centro del gran rectángulo que formaba la planta de la ciudad, se erigían
el foro y el mercado, separados por el *decumanus*, la primera calle principal, que se cruzaba con el *cardo*, la segunda vía en importancia, per-
pendicular a la anterior. A partir de aquí nacían las manzanas de
casas, de planta cuadrada, que iban creciendo y que se extendían
hacia las murallas.

Bocco no tenía previsto empezar a negociar hasta el día siguiente y de sobra conocía aquella ciudad, de manera que dejó que el joven
la visitase.

—He visto a Afrodita —dijo el muchacho aquella misma noche a Bocco, cuando regresó al barco, y le mostró un pañuelo—. En el mercado,
deslizándose por encima del suelo, sin que sus pies lo tocasen…
—empezó a describir su visión.

El mercader sonrió. Con cada palabra los ojos de Justo emanaban pasión, su mirada recitaba poesía y el fulgor de sus pupilas no podía
esconder los sentimientos que le embargaban. Bocco nunca había
conocido a nadie tan enamoradizo como el hijo de su amo. Parecía que
había nacido para ser marinero. Desde que habían abandonado
Roma, en cada puerto en que recalaban, siempre había alguna muchacha arrebatadora que podía compararse con una diosa. Después,
cuando partían, durante los primeros días de travesía, la tristeza le
embargaba. Pero, finalmente, retornaba a la vida y esperaba hasta que
una nueva tierra le trajese la promesa de un nuevo amor.

—Eres tú el que no tienes los pies en el suelo —rió Bocco.

—¡De veras! Te lo juro por los dioses. Era ella. ¡Seguro! No podía
ser otra —explicó Justo con los ojos perdidos en la lejanía, casi en actitud de éxtasis.

—De acuerdo. Y ahora, cuéntame: ¿qué tenía ésta? ¿Tal vez unas
caderas de ánfora, unos pechos altivos y orgullosos, unos labios como
una granada a punto de estallar…?

—Toda ella era la perfección absoluta —respondió Justo sin prestar atención a las bromas—. Sus ojos son como el cielo en la más oscura de las noches, su alma respira y otorga vida…

–¡Eh! Detente un instante. Eso de los ojos y del alma es nuevo. Normalmente me las describes comenzando más abajo. –Soltó una risotada–. ¿De veras te has enamorado?

–Ruego a todos los dioses que me quiten la vida si vuelvo a mirar a otra mujer –dijo Justo, y se apoyó en la borda para contemplar el mar.

Era tarde y tenían que dormir, pero Justo aún permaneció en cubierta arropado por los sueños que su imaginación dibujaba sobre el negro manto del cielo, convertido por la ausencia de luna en una infinidad de puntos luminosos colgados en el vacío, donde el joven intentaba dar con la estrella que mereciese ser comparada con los ojos de la muchacha que le había robado el corazón. Y tal como dijo al día siguiente a Bocco, no encontró ninguna.

–Las mujeres son peligrosas. Procura no mezclarlas con los negocios. Piensa que cuestan dinero y que no hemos venido a vaciar la bolsa, sino a llenarla –le advirtió Bocco.

Justo ya no volvió a hablar de aquella muchacha y Bocco entendió que todo el enamoramiento se había desvanecido. El joven le acompañaba en todas las negociaciones y después se iba con los marineros.

Cinco días después todo estaba a punto para zarpar. Habían concluido los tratos, habían comprado nueva mercancía y el barco ya estaba a punto para hacerse a la mar. Partirían al día siguiente, temprano, cuando el sol despuntase por el horizonte.

Aquella tarde, la última en Ampurias, Justo se marchó a la ciudad con los marineros, como cada día.

Bocco comprobó otra vez que las provisiones estuviesen en su lugar y que toda la mercadería hubiese sido cargada y se fue a dormir. No es bueno dejar solo el barco el día antes de zarpar y, como la mayor parte de los marineros también querían aprovechar los últimos instantes antes de hacerse a la mar, únicamente se quedaron él y dos hombres más. Suficientes para vigilar. El resto de la tripulación se presentaría tarde y muy bebidos. Sin embargo, al día siguiente se levantarían como si nada hubiera sucedido. Y, por lo que respectaba a Justo, ya era bueno que aprendiese a comportarse con la rudeza de un marinero. Es lo que quería su abuelo y él estaba dispuesto a darle gusto.

Era pasada medianoche. Lo recordaba como si fuese ahora mismo, explicó en Roma ante Marco Romeo y Teseo. Un lejano alboroto le despertó y poco después un marinero vino a buscarle.

–Levántate –le dijo–. Traen a Justo.

Se puso en pie de un salto y se acercó hasta la borda. Un grupo de marineros se dirigía hacia el barco y traían el cuerpo sin vida de Justo.

¿Qué había sucedido? Nadie lo sabía. Habían estado bebiendo en una taberna, le contaron. De pronto, Justo había desaparecido. Entonces le buscaron y, finalmente, lo habían encontrado al pie de las murallas romanas. Su cuerpo aparecía cubierto de sangre y los golpes eran tantos que nadie ponía en duda que había caído desde lo alto, estrellándose contra las rocas. Posiblemente andaba bebido y perdió el equilibrio.

Dieciséis años y toda una vida por delante. Una vida truncada por un estúpido error, por un paso en falso.

El viaje acabó allí mismo. Bocco ordenó regresar a Roma y, al llegar, el duro e inflexible Marco Romeo lo mandó apresar, lo juzgaron, lo condenaron y murió enterrado vivo.

Un par de lágrimas resbalaban por las mejillas de Sinesio. Hacía un rato que Ariadna le había visitado en su casa, pero no habían hecho el amor. La mujer quería hablar, le había dicho, nada más abrir la puerta. Y la condujo hasta el patio para escuchar sus palabras.

–Pelagio –había exclamado ella–. Y tenía tus mismos ojos –había añadido.

–Mar profundo –había sonreído él, con tristeza. Aquél era el significado del nombre que Ariadna había pronunciado.

–Pelagio, mar profundo –había repetido ella, había vuelto el rostro para esconderlo y había suspirado.

Entonces le había relatado lo que sucedió en Ampurias y él la había escuchado en silencio.

–¿Es lo que viste en mis ojos? –preguntó ella al acabar el relato con la muerte del joven griego de los ojos verdes.

–No. En tus ojos vi tristeza –había respondido él, también con tristeza. Después había dudado unos instantes y preguntó–: ¿Son sus ojos los que te han conducido hasta aquí?

Ariadna había observado con mucha atención las pupilas que tenía delante.

–He preguntado a los dioses si tus ojos son los suyos y me han respondido que no. He preguntado a Venus si es cierto lo que siento cada vez que te miro y ella me ha dicho que tú eres aquel que siempre me ha estado reservado –había contestado, sin dejar de mirar aquellos ojos verdes.

–¿Era suyo...? –había iniciado la pregunta Sinesio, pero había callado.

No necesitaba concluir la frase. Y tampoco sabía si tenía derecho a formular aquella pregunta. Ella le había mirado de nuevo, había negado con la cabeza y había escondido la mirada.

–No –había dicho finalmente–. Era de mi padre. Él me desfloró la misma noche en que murió Pelagio. Allí mismo, mientras los soldados se lo llevaban para arrojarlo al vacío, el gran Pablo Venecio me desgarró el vestido, me golpeó con saña y me obligó a abrir las piernas. Él me había engendrado y tenía derecho a saber si aún era virgen. Le juré que lo era, pero fue inútil –había roto en llantos–. Verme allí, con Pelagio que me acariciaba bajo la ropa, le había excitado y no podía disimularlo...

–¡Basta! –había exclamado él–. No te tortures más –y le selló los labios con la punta de los dedos.

Pero ella no enmudeció. Tenía que vomitarlo todo, quitarse de encima el ahogo que durante años y más años la había torturado, y le explicó que había quedado embarazada, que su madre se enteró, que la tristeza la mató, que el hijo nació muerto, que su padre la entregó a Druso, que aquel hombre la trataba como si fuese un animal, que... Y no se detuvo hasta que todos los secretos salieron a la luz. Entonces guardaron silencio, el uno en brazos del otro, mientras las lágrimas resbalaban por las mejillas de ella, hasta que llegó la hora de despedirse.

La puerta estaba abierta y Cornelio pensó que quizá los hijos de Mario recibían las enseñanzas del filósofo, y no llamó para no estorbar. Sin embargo, nada más cruzar el atrio, divisó a Sinesio, que permanecía sentado en el patio interior y que no se movía. Parecía no haberse percatado de su presencia.

Sobre la mesa reposaban montones de hojas escritas, que Cornelio removió. *Los secretos de la voluntad*, leyó en la cabecera de una de ellas; *Nuevas formas del pensamiento*, rezaba otra; *La ausencia del porqué*, pudo captar en una tercera. Aquel hombre no descansaba nunca, sonrió. ¿Tal vez allí se encontraba el secreto de su poder?, se preguntó.

—¿En algún momento reposas? —preguntó en voz alta, pero Sinesio seguía con los ojos cerrados—. ¿Duermes? —preguntó, y el filósofo levantó los párpados, pero no volvió la cabeza.

—Nadie puede vivir sin dormir, a pesar de que a veces no desearías hacer otra cosa —le contestó.

—Entonces, soñarías todo el tiempo.

—Es lo que hacemos casi todos. Vivir un sueño. Y olvidamos que existe un nivel por encima de la razón y por encima de la intuición que nos permite gozar de todas las horas del día. Es lo que yo llamo el estado de vigilia perpetua. Si algún día eres capaz de contemplarte desde fuera de tu cuerpo, descubrirás que te ves dormido y que tu alma se escapa de tu interior para dejar que tu cuerpo repose. Entonces tu pensamiento se convertirá en meditación profunda y te darás cuenta de que el mundo es un engaño. Tenemos conciencia de lo que nos llega a través de los sentidos, pero existe un mundo diferente que camina a nuestro lado y que no desaparece cuando los ojos se cierran.

—¿Tú lo has conseguido?

—La voluntad es débil y actúa en contra nuestra. La verdadera voluntad es la ausencia de voluntad. Y la verdadera vida es la ausencia de todo deseo.

—¿Pretendes confundirme de nuevo?

—No —negó Sinesio—. Hoy no podría. —Le miró, sonrió y se puso en pie—. Si has de realizar esfuerzo, ya no es voluntad, porque no es querer, sino imponer.

—Los filósofos sois muy complicados. No entiendo ni una palabra.

—¿Lo pasaste bien ayer por la tarde?

—¿Qué sabes de lo que sucedió? —Se puso en guardia Cornelio.

Claudia y él tenían sumo cuidado en que su relación permaneciese secreta. Ella entraba y salía por la puerta de atrás y sólo cuando nadie podía verla. ¿La habría visto él? ¿Y qué hacía allí? ¿O quizá lo leía en sus ojos?

—Sé lo que tú quieres decirme, lo que no puedes ocultar, lo que llevas escrito en la cara, la sombra de la felicidad —respondió Sinesio, y le miró—. No conozco su nombre, pero veo que eres feliz. Te envidio —coronó.

Cornelio no pudo disimular que se había quedado tenso y sorprendido y desvió la mirada para impedir que aquel hombre continuase desnudando su alma.

—No me incumbe. Ya lo sé —dijo Sinesio—. Pero tú me has preguntado.

—No sobre ese tema —se quejó el joven.

—Me has pedido que te cuente si he conseguido entrar en el mundo de la meditación profunda.

—¿Y qué relación guarda con mi vida privada?

—¿No deseas aprender a mirar con los ojos de Aníbal? Aprende, entonces, a escapar de ti mismo. ¿O quizás imaginabas que era sencillo? Antes de llegar deberás ver todas las hojas que hay a ambos lados del camino.

—No hay quien te entienda. Por un lado me dices que tenga cuidado de no perderme con las hojas del camino y, por otro, que he de contemplarlas. ¡Bien! —Encogió los hombros Cornelio—. Supongo que también sabes por qué estoy aquí.

—No.

—Tengo una buena noticia para ti, pero para mí es mala. Ariadna pronto será libre.

—Todos somos libres internamente, a pesar de que te aten cien contratos —exclamó Sinesio, y negó con la cabeza.

—No te noto muy contento, sino más bien preocupado.

—Hoy no es un buen día. ¿Por qué es mala para ti, esa noticia?

—Si Druso repudia a Ariadna, tendrá que devolver la dote a Pablo Venecio y le echarán del Senado. ¿Con quién contaré, entonces, para atrapar a Aníbal?

Sinesio se quedó pensativo. Ariadna no le había comunicado nada del repudio.

–¿Por qué caerá Druso? –preguntó el filósofo, le miró a los ojos y el joven tuvo una inspiración.

–¿Por qué no caerá? –le devolvió la pregunta, empleando la fórmula convenida.

–Porque le defenderá un buen abogado que sabrá cómo hay que convencer al Senado de que una excepción puede crear jurisprudencia –dijo Sinesio, y añadió–: Un abogado joven y con ganas de ganar. Además, a Pablo Venecio ya le conviene, porque si ha de aceptar la petición de su hija…

–Catón –pronunció Cornelio.

Y Sinesio abrió las palmas de las manos hacia lo alto y encogió los hombros. Él únicamente respondía al *porqué*.

Cornelio sonrió.

–Tengo otra buena noticia para ti. Puedes permanecer en esta casa todo el tiempo que desees y no tendrás que pagar nada por ello –dijo.

–¿Cómo lo has conseguido?

–Todos nos debemos favores a todos, todos tenemos cuentas pendientes y todos poseemos un punto débil. No hay más que dar con él –sonrió el oficial.

–Cierto. Y te felicito.

–¿Cuál es la tercera prueba?

Sinesio fijó la vista en el patio. Había recibido demasiadas noticias en muy poco rato, y todas ellas importantes. Tenía que digerirlas. Respiró hondo y rogó a los dioses. Si en alguna ocasión había necesitado de veras el concurso de toda la fuerza de su intuición, era aquélla, y no podía permitir que los sentimientos se entrometiesen. Por eso rezaba internamente, porque recordaba a Tafaina y sus palabras: «El día que no puedas elevarte, porque el lastre de los sentimientos te ata al suelo, exige a los dioses y ellos te escucharán. Es el último recurso.» E imprecó con toda la fuerza de su corazón.

Cornelio le miraba y vio que la piel del filósofo se quedaba pálida, como si la sangre hubiese huido hacia otro lugar. Incluso llegó a asustarse y estuvo a punto de tocarle, pero parecía que alguien se lo impedía, por lo que se abstuvo y permaneció en silencio, boquiabierto. Nunca había visto aquella expresión en el rostro de nadie. ¿Qué estaba sucediendo?, se preguntaba. ¿Respiraba Sinesio? Y sintió miedo de que el filósofo se desplomase de un momento a otro, pero lentamente el color regresó a sus mejillas, abrió los párpados, entró en la habitación, se sentó a la mesa e hizo un dibujo.

–Quiero que me reproduzcas este colgante en tres dimensiones. Cornelio casi ni lo miró. Se trataba de un triángulo.

–¿He de hacerlo yo, personalmente?

–Puedes encargarlo a un artesano. El que quieras.

–¿Es ésta la tercera prueba? –Estalló en carcajadas el oficial–. Ordenaré que te lo hagan de oro. –Pero, al ver la cara de Sinesio, dejó de reír–. ¿Te he ofendido? –preguntó.

–Me ha ofendido tu seguridad –respondió Sinesio.

–Lo siento. De veras. Pero no me negarás que tus peticiones son simples y muy extrañas –exclamó Cornelio con sinceridad, pero Sinesio continuaba mirándole a los ojos.

–El hombre que quiere ser grande comienza por conceder importancia a las pequeñas cosas. Entonces descubre que no hay nada que sea banal.

–Lo siento.

–Recuerda que si no lo consigues, no obtendrás nada más de mí.

–¿Tan grave es la ofensa? –preguntó Cornelio, y Sinesio afirmó con la cabeza– ¡Bien! Si no te traigo esta joya, a cambio podrás exigirme lo que quieras. –Pero el filósofo seguía mudo–. ¿Qué puedo hacer para enmendar mi error? ¿Quieres que te firme un contrato?

–¿Lo harías?

Cornelio echó una ojeada al dibujo y sonrió de nuevo. ¡Claro que lo firmaría!

–Con los ojos cerrados –respondió y, después de unos instantes de reflexión, añadió–: Siempre que lo que me pidas a cambio esté en mis manos. –Había que ser prudente.

Sinesio le miró. Lo firmaría, porque aquellas tres pruebas habían azuzado aún más al joven, que ahora ya deseaba imperiosamente obtener un poder que consideraba imprescindible. De manera que se volvió de nuevo hacia la mesa, redactó los términos del acuerdo y ambos lo firmaron.

–Ahora únicamente debes traerme el objeto, habrás cumplido el contrato y yo te revelaré el secreto que quieres conocer. Pero procura que sea exacto y en tres dimensiones, tal como está dibujado.

–Lo será. No te preocupes. –Iba a sonreír Cornelio, pero no lo hizo. Los filósofos son tan extraños que Sinesio aún creería que se reía de él, pensó.

Cuando ya estaba en la puerta, se volvió un instante y vio que el filósofo seguía contemplando el patio.

–Es bien cierto que el tiempo no existe, pero nunca he precisado tanto de él como ahora –le oyó gritar y contempló cómo levantaba la vista al cielo.

Lo que no fue capaz de descubrir fueron los pensamientos de Sinesio y tampoco pudo oír el nombre que el filósofo pronunció en voz baja:

–Justo Emilio Pelagio. ¡Pobre muchacho!

Aquella misma tarde Andrés recibió el mensaje y echó a correr a casa de Cornelio. Llegaba excitado y nervioso. ¿Cuál sería el encargo?

–Quiero que reproduzcas este colgante. Hazlo de oro y procura que sea exacto, en tres dimensiones –dijo Cornelio, y le entregó el dibujo y una bolsa con monedas–. Quédate con lo que sobre.

–¿Para cuándo lo necesitas? –preguntó Andrés, que tan sólo echó una ligera ojeada al dibujo.

–Tráemelo enseguida que lo tengas. Pero, sobre todo, que sea exacto –repitió Cornelio, y sonrió. Él también empezaba a repetirlo todo, como Sinesio.

Andrés tomó el rollo y la bolsa, hizo una reverencia y salió deprisa. Tenía razón Cornelio. Los dioses debían de haberle bendecido, porque desde que todos sabían que él era su benefactor, le llovían los encargos. Sin embargo, aquel trabajo sería el primero y los demás tendrían que esperar.

13

TODO QUEDA EN CASA

La primavera tocaba a su fin y el verano llamaba a la puerta. El jardín estaba repleto de flores y en la fuente brotaba el agua. Claudia reposaba sentada a la sombra, porque el sol lucía esplendoroso. Se avecinaba un verano tórrido, como hacía años que no disfrutaban. Alzó la mirada y descubrió la figura de su marido, que se dirigía hacia ella cabizbajo y con los ojos fijos en el suelo. Algo le preocupaba. Ahora se acercaría lentamente y se sentaría junto a ella, pensó. Después permanecería callado un rato y empezaría a hablarle de tonterías: que si el jardín estaba florido, que si hacía calor, que si…

–Las cigarras cantan con fuerza –dijo Mario, y se enjugó el sudor.

–Sí –respondió ella mecánicamente, y alargó la mano para tomar el vaso de barro y echar un trago de agua. ¿A qué cigarras se refería? En aquel momento todo estaba en silencio.

–Pablo Venecio se ha salido con la suya –comentó Mario, como quien no quiere la cosa–. El joven Catón ha hablado ante el Senado y es peligroso. ¡Ya lo creo! –exclamó.

¡Ah!, exclamó Claudia para sí, sin abrir la boca ni volver la vista hacia su marido. «Ésas son las cigarras de las que habla», pensó, y asintió con un mesurado pero firme movimiento de cabeza.

–¿Un joven abogado os ha hecho callar? –preguntó.

–Cayo Oppio le ha echado una mano.

–Después diréis que somos las mujeres las que mandamos. –Y entonces le miró–. A Catón no se le conoce ninguna relación y Cayo Oppio es viudo y no ha vuelto a casarse.

–Eso no significa nada.

–¿Todavía los defiendes? –Volvió la cara hacia el otro lado–. ¿Y aún te pondrás de parte de Druso? –E hizo un gesto de desprecio. Aquel nombre le producía náuseas.

–Sabes muy bien que no habría existido mayor alegría que verle expulsado del Senado, pero Catón lo ha estropeado todo. No podéis dejaros engatusar por vuestras esposas, ha dicho con voz juiciosa. No podéis caer en la trampa de crear un precedente, porque ellas se os comerán vivos. Eso ha gritado ante todos y les ha hecho enmudecer.

–*Os ha hecho enmudecer* –puntualizó Claudia–. Ahora no pretendas permanecer al margen, que tú también estabas.

–¿Y qué querías que hiciese? –se quejó Mario–. Me he quedado solo. Ni siquiera Minucio Rufo me ha apoyado.

–¿De veras confiabas en él? –se extrañó ella, y le miró.

–Sólo le he mencionado para darte a entender cuál ha sido la situación. –Meneó la cabeza a derecha e izquierda y sopló–. ¡Bien! Sí que confiaba. Él también quería salpicar a Pablo Venecio.

–No lo habéis conseguido y habéis callado para esconder vuestro fracaso –afirmó ella con la cabeza.

Mario no contestó. Claudia poseía la nefasta virtud de ver más allá... y de expresarlo con palabras justas y precisas.

–¿Qué sucederá, ahora? –preguntó su esposa.

–Nada. –Se encogió de hombros y volvió a menear la cabeza a derecha e izquierda–. Tulio adoptará la criatura, Emilia tendrá que callar, Druso seguirá siendo senador, Ariadna también callará y Pablo Venecio saldrá fortalecido. Un verdadero desastre, porque es tan idiota que no se da cuenta del peligro que nos rodea; acabará por exasperar al pueblo con sus discursos y empujará al ejército a atacar a Aníbal.

–Ordenaré que preparen la cena –dijo ella, y se puso en pie–. Más vale no perder tiempo. Si hemos de luchar, que tengamos suficientes fuerzas –concluyó, y depositó un tierno beso en la frente de su marido.

Mientras se dirigía hacia el interior, Mario la contempló. ¡Qué pedazo de mujer!, exclamó para sí. Era discreta y le era fiel, y nunca le traicionaría. A su edad podía sentirse satisfecho. Había gozado de la vida como nadie y muchos maridos de Roma le debían el honor de una testa coronada. Pero él se había salvado de tan delicado honor.

Respiró pesadamente. Hacía días que se sentía cansado y no acababa de digerir como de costumbre. Por eso había visitado al médico, que le había restado importancia, pero que también le había preguntado si tenía todos los asuntos en regla. Sonrió. «Si sabes que te engañan, no hay engaño», murmuró, cerró los ojos y procuró descansar.

* * *

Jonás llegaba contento. El viaje había resultado provechoso y contempló las calles de Roma que, tarde o temprano, acogerían al gran Aníbal y se plegarían a sus deseos. La hora de la venganza había sonado. Aquellas gentes parecían vivir sin tener en cuenta el peligro que les acechaba. Quizás era una manera de provocar al cartaginés. Sin embargo, Aníbal no caería en la trampa, porque él ya se preocuparía de decirle cuándo y cómo había de atacar.

Los bueyes enfilaron la calle que conducía al mercado. Jonás hoy se sentía cansado. Habitualmente viajaba acompañado de algún criado, pero aquel viaje lo había realizado sólo porque era demasiado importante. De manera que decidió que no se detendría, sino que seguiría hasta su casa, descansaría tranquilamente y al día siguiente ya abriría la parada y vendería la nueva mercancía. No traía dinero. Lo había dejado en Tarento, en la otra casa, bien escondido bajo la baldosa de la bodega. Allí nadie lo encontraría jamás. Y cuando toda aquella historia concluyese, lo recogería, reuniría todas las riquezas que Aníbal le concedería y regresaría a Palestina. Se había ganado un buen retiro y viviría en paz y con la satisfacción del deber cumplido y los objetivos alcanzados, mientras que Roma tendría que pagar todas las deudas que tenía con él.

Nada más enfilar el último tramo, un criado le vio venir, entró en la casa y poco después salió corriendo para recibirle. ¿Qué habrían hecho durante su ausencia? ¿Trabajar o zanganear?

—No te esperábamos tan pronto, señor —exclamó el criado.

–He ido más deprisa de lo que imaginaba. –Sonrió Jonás, y detuvo el carro.

–¿Has tenido buen viaje? –se interesó el criado.

–Llama a los demás y que descarguen la mercancía –ordenó–. Después conduce los bueyes al establo. Que coman y que descansen. Se lo merecen. –Y se dirigió hacia la puerta.

–¡Señor! –Le detuvo el criado–. Este buey parece que cojea.

–¿Qué buey?

–El de la derecha.

Jonás se acercó y echó una ojeada a la pata que señalaba el criado. Él no notaba nada especial. Entonces sonrió divertido y miró al criado. No le esperaban tan pronto, había dicho. Y ahora debían de estar trabajando como animales para disimular que no habían hecho nada desde que él se había marchado, mientras aquél intentaba distraerle y ganar tiempo. Si el amo no está… ¡Mal asunto! No te puedes fiar de nadie.

–Lo parecía, señor –se disculpó el criado–. Llegas cansado y he ordenado a María que te prepare un buen baño y que ponga la mesa con fruta y queso.

–Antes me daré una vuelta por el almacén y repasaré las cuentas –exclamó, y le dio la espalda para entrar en casa.

Desde una de las paradas de la calle, un hombre le vio desaparecer y él también se marchó. Se adentró en el mercado, lo atravesó, siguió hacia el norte y no se detuvo hasta alcanzar la Curia Hostilia. Allí, a las puertas, aguardó pacientemente hasta el mediodía, cuando los senadores abandonaban el edificio. Minucio Rufo salía acompañado de Tiberio, y el hombre le hizo una señal con la cabeza, un ligero movimiento imperceptible para los demás, pero no para la persona a quien iba dirigido.

Minucio Rufo conversó un rato con Tiberio y, después, se despidió y se dirigió al templo de Júpiter. El hombre le siguió y ambos entraron.

Las altas columnas permanecían en silencio. En aquel momento no había nadie más.

–Ha llegado esta mañana y ahora está en su casa –dijo el hombre.

Minucio Rufo abrió la bolsa, tomó dos medias onzas de cobre, se las entregó y le despidió. Cuando se quedó solo, dio gracias a Júpiter. Siempre es bueno caminar un paso por delante de los demás.

* * *

¡Buena la había hecho! Y, por si fuera poco, se le habían unido Pablo Venecio y aquel pobre diablo con aspiraciones de abogado. Así meditaba Claudio Marcelo mientras escuchaba las quejas de su esposa Tarpeia, que caminaba a su lado y se lamentaba porque se ensuciaba el borde del vestido.

–Cayo Oppio es un imbécil –insultaba ella–. Y vosotros aún más. Mira que aprobar su ley… Te arreglas y, ¿de qué sirve? De nada. Barro y suciedad por todas partes. ¡Y quiere que vayamos a pie!

Y así siguió hasta la puerta de la casa de Mario, donde las demás mujeres comentaban otro tanto. El blanco de sus injurias, evidentemente, no había sido invitado. Tampoco Catón, pero Pablo Venecio sí que estaba, y Tarpeia exhibió la mejor de sus sonrisas y le saludó. Claudio Marcelo hizo lo propio.

–Y tú, como si nada hubiese sucedido –murmuró Tarpeia entre dientes cuando ya habían dejado al magistrado y se dirigían a saludar al anfitrión.

–Es un magistrado –se disculpó Claudio Marcelo–. Además, has sido tú la primera que le ha sonreído.

–¿Y qué querías que hiciese? Se te leía en la cara que estabas padeciendo –le contestó. Entonces se encontraron con Mario y se desentendió de su marido–. Felicidades –exclamó–. El joven Cornelio es un gran partido. Lástima que su padre no pueda asistir.

–Está demasiado ocupado –dijo Mario. Se le veía radiante.

–¿Dónde está Virginia?

–Vistiéndose.

–¿Y Cornelio? –preguntó Claudio Marcelo.

–Si todo va bien, llegará el último.

–Perdonad. He de saludar a Octaviana –sonrió Tarpeia, y los dejó solos.

–Esta mañana he hablado con Tiberio –aprovechó Claudio Marcelo–. Él también cree que hemos de parar los pies a Pablo Venecio, pero el pueblo le venera. ¿Te has fijado? Ya ha empezado a comportarse como un dictador. –Y apuntó con la barbilla al magistrado.

–Roma no puede consentir que una sola persona acapare tanto poder y el escándalo no ha servido para nada.

–Quien también está ascendiendo es Catón.

–También tendremos que cortarle las alas.

En aquel momento apareció Cornelio y todos se dirigieron hacia él para felicitarle. Había escogido una túnica blanca, tal como correspondía a la ocasión, y había dejado de lado el uniforme. Llegaba acompañado por Cayo Lelio y se detuvo en el atrio, donde aguardó hasta que Mario, siguiendo la tradición, le diese la bienvenida y le ofreciese su casa. Entonces Cayo Lelio, en representación del padre de Cornelio, entregó al anfitrión el documento con las condiciones del contrato. Mario lo desplegó y simuló leerlo. Harto conocía el contenido. Después se volvió hacia los invitados y dijo:

–Publio Cornelio Escipión, hijo de Publio Cornelio Escipión, ahora entra como amigo.

Los aplausos llenaron hasta el último rincón de la calle, mientras los plebeyos, que habían acudido en masa para no perderse el espectáculo, los contemplaban embobados, y los invitados formaron un pasillo para que Cornelio se situase a la derecha de Mario y juntos entrasen en casa. Entonces les siguieron, los criados prendieron las antorchas y escoltaron al cortejo.

En el interior de la casa, Claudia esperaba de pie delante del cortinaje que separaba el atrio del *tablinum*, la tarima elevada unos codos del suelo, a modo de escenario, que guardaba las máscaras de los antepasados y daba paso a la biblioteca y a las salas de visitas.

Mario se detuvo frente a ella y se volvió ligeramente hacia Cornelio.

–He decidido conceder mi hija Virginia a Publio Cornelio Escipión, hijo de Publio Cornelio Escipión –pronunció con voz firme.

–He engalanado a tu hija Virginia con los mejores vestidos y las joyas más ricas porque tus decisiones son órdenes. –Claudia agachó la cabeza y se apartó para descorrer la cortina.

Virginia resplandecía como una diosa y arrancó expresiones de admiración entre los asistentes. Llevaba el rostro cubierto con un velo de gasa que permitía adivinar la perfección de sus rasgos y permanecía con la cabeza baja en una actitud humilde.

Entonces, Mario borró su sonrisa, adoptó un talante serio y gritó bien alto.

—No puedo perder a una hija. No lo permitiré. —E intentó avanzar para retener a Virginia, pero los demás convidados se lo impidieron.

Cornelio, empujado por Cayo Lelio, atrapó la mano de Virginia y huyeron hacia el atrio, mientras su amigo abría camino hacia la puerta y Mario seguía gritando detrás de ellos.

Una vez alcanzaron la calle, se detuvieron y entraron de nuevo.

—Publio Cornelio Escipión, hijo de Publio Cornelio Escipión, entra como un hijo de Mario —corearon todos los presentes.

—No he perdido una hija, sino que he ganado otro hijo —exclamó Mario, y todos aplaudieron.

Las linternas se destaparon y todo el atrio quedó iluminado, los cortinajes se descorrieron y aparecieron las mesas repletas de viandas. Claudia, con lágrimas en los ojos, abrió los brazos y exclamó:

—Entrad amigos, entrad y aceptad nuestra hospitalidad, porque hoy es un gran día para nuestra casa. Mi marido ya tiene otro hijo. Y aún he de añadir una nueva noticia. Mi marido, el senador Mario, volverá a ser padre dentro de unos meses. —Y se acarició la barriga.

Todos aplaudieron. Claudia dirigió una mirada a Cornelio, y Minucio Rufo, desde un rincón del atrio, captó el intercambio de mensajes. Todo queda en casa, pensó. Todo queda en casa, sonrió. El dinero pagado a Antonio, el esclavo de Cornelio que suspiraba por comprar su libertad, había sido bien empleado. Buscó con la mirada a su cuñado Druso, que permanecía en pie entre los asistentes, acompañado de Ariadna, y después buscó el rostro de Sinesio. Todos los actores de la obra que se había de representar estaban presentes.

Y los asientos se llenaron de invitados y los acróbatas iniciaron el espectáculo y los músicos comenzaron sus cantos y los criados escanciaron el vino.

Los novios brindaron con sus padres. Minucio Rufo sonrió una vez más. Todo quedaba en casa y el momento de rendir cuentas ya estaba cercano.

* * *

Andrés entró temblando de miedo. Seguro que la joya era para la joven esposa y él no había podido cumplir el encargo. ¿Cómo se lo tomaría Cornelio cuando se lo comunicase? Dentro del zurrón traía todas las pruebas que había realizado. Es imposible, le diría, y se lo demostraría, porque había planteado el problema a otros colegas y amigos y ninguno había sido capaz de resolverlo. Había oído hablar del joven oficial y sabía que sus soldados le respetaban, pero también le temían. Era inteligente y prudente, condescendiente en ciertos aspectos, pero duro, implacable y brutal cuando alguien le traicionaba o pretendía engañarle. Sin embargo, él no quería engañarle. ¡Al contrario!

Un criado le abrió la puerta y detrás de él apareció Antonio para conducirle hasta una sala situada en el piso superior, que estaba justo sobre la calle. Cornelio se hallaba en la terraza, contemplando los tejados de las casas más bajas que tenía delante y se dio la vuelta con una sonrisa cuando Andrés entró.

—¿Has acabado el encargo? —preguntó.

—No exactamente —intentó sonreír el artesano—. He de hacerte alguna consulta.

—¿Has pagado todas tus deudas?

—Sí, noble señor —afirmó Andrés repetidas veces con grandes reverencias.

—¿Tu familia se encuentra bien?

—Sí, magnífico, señor. Muy bien gracias a ti.

—Entonces, ¿por qué te noto preocupado?

—Es a causa del dibujo. Hay algo que no acabo de entender —dijo con la mirada baja y la voz apagada. Abrió el zurrón y sacó las siete figuras que había construido. Las depositó sobre la mesa y desplegó el rollo que escondía el dibujo—. He realizado unas pruebas en madera y quiero que las veas.

Cornelio se acercó y observó las figuras. Las comparó una por una con el dibujo, encarándolas de la misma manera y les dio vueltas y más vueltas.

Finalmente, alzó los ojos y los fijó en Andrés. No entendía nada de nada. Algunas se parecían, pero ninguna era idéntica.

–No hay ninguna igual –dijo con expresión de sorpresa.

–No, señor. Eso es lo que me preocupa –replicó Andrés.

–Pues, hazla igual. ¿No dices que eres un buen artesano?

–El mejor, señor. Puedo jurarlo por todos los dioses, pero no soy capaz de reproducir esta figura –negó con cara de idiota–. Ni ninguno de mis colegas –siguió negando, mientras paseaba la mirada por las figuras–. Es absolutamente imposible –añadió.

–¿El qué es imposible? –Ahora era Cornelio quien ponía cara de idiota–. No hay más que mirar el dibujo y reproducirlo.

–No. Es imposible –repitió Andrés–. Le falta un lado.

–¿Qué lado le falta, si sólo hay tres?

–No lo sé, señor, pero le falta un lado. No sé expresarlo de otra manera. –Andrés se desesperaba, le mostraba el dibujo, le señalaba el lugar y le hacía otro dibujo al lado–. Quizás es un error. Sin embargo, tal como está dibujado, no es posible reproducirlo fielmente en tres dimensiones. –Y cayó de rodillas–. Eres mi benefactor y no puedo engañarte. ¿Por qué tendría que hacerlo?

–¡Levántate, venga, levántate! –ordenó Cornelio.

¿Una figura imposible?, exclamó con una sonrisa. Es imposible, rió. Las figuras imposibles son imposibles de representar. Es decir: los imposibles son imposibles y, por tanto, no existen. Son absurdos.

Volvió a observar el dibujo.

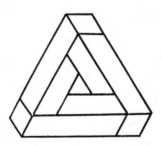

–Debería ser así –dijo Andrés, y sacó otro dibujo que puso junto al original.

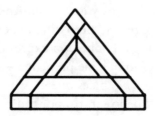

Y de pronto Cornelio lo vio. Sí, faltaba algo. Tal vez una línea. Era como si se entrelazase consigo mismo y... ¿Pero cómo era posible? El dibujo parecía tan real...

–He hablado con Clístenes y él me ha dicho que, aunque parezca increíble, es posible representar figuras que no existen en la realidad, que parecen tridimensionales, pero que no lo son –explicaba el pobre artesano–. De hecho son engaños de la visión que crean una confusión de líneas que...

–¡Maldito seas! –exclamó de pronto, y Andrés se asustó–. ¡Malnacido! –repitió lleno de rabia. Lo que tenía delante era un engaño de los ojos–. ¿Pero qué persigue? ¿Burlarse de mí?

14

LOS SERES ANÓNIMOS

El verdugo conocía bien su oficio. La punta candente de la espada cortó la carne del abdomen y los alaridos desgarradores de Jonás llenaron las negras paredes de aquella tétrica sala de torturas. Así no sangraría en exceso y viviría más tiempo. En el suelo reposaban los dedos del infortunado, que los había visto desprenderse uno a uno después de que las uñas le hubiesen sido arrancadas a lo vivo, después de que su piel se rasgase con cada corte, después de que el potro hiciese crujir todos sus huesos y de que le hubiesen roto todos los dientes a puñetazos.

–¿Sabes lo que vamos a hacer? –oyó la voz del jefe de prisiones, al oído, como si le dedicase una confidencia–. Te abriremos esta barriga tan gorda y te la coseremos de nuevo. Sí –afirmó con la cabeza–. Sólo que, antes, te la llenaremos de gusanos y dejaremos que te devoren lentamente. –Hizo una pausa y añadió–: Por dentro.

Jonás cerró los ojos y volvió la cara hacia otro lado, pero una mano firme le obligó a abrir de nuevo los ojos y a mirar a su torturador.

–Tu sentencia ya ha sido firmada y morirás de cualquier manera –volvió a escuchar la voz de aquel hombre, sólo que, esta vez, había rabia en sus palabras–. Pero no morirás enseguida, sino que aún nos divertiremos mucho rato, porque tu cuerpo es enorme y hay mucho por cortar. –Entonces, adoptó un tono amable–. Si hablas, tu sufrimiento se acabará ahora mismo, pero si persistes en tu silencio, también morirás, pero mucho más tarde y podrido. ¿Crees que resistirás tanto dolor?

–Aníbal… ya pasará… cuentas… con… vosotros –respondió
Jonás con voz apagada, y se desmayó.

–¡Despertadle! –gritó el jefe de prisiones.

–Es mejor que repose un rato –dijo el verdugo–. De esta manera,
cuando abra de nuevo los ojos descubrirá que no ha sido una pesa-
dilla y, entonces, hablará.

–¡Bien! Avisadme cuando se reponga –ordenó, y abandonó la
celda.

* * *

Se le veía cansado. Vestía una toga ligeramente gris que le llegaba hasta los pies. Cornelio le miró. Casi diría que estaba más delgado, que habían aparecido nuevos cabellos blancos en su cabeza y
alguna nueva arruga en su frente. Sus ojos, sin embargo, seguían siendo grandes y poseían el mismo verde intenso.

Poco antes, los centinelas le habían visto caminar pausadamen-
te, como si el tiempo no existiese. Había atravesado el patio con pasos
mesurados y, siguiendo a los dos soldados que habían ido en su busca, se había dirigido hacia el edificio que era el centro donde se
tomaban las grandes decisiones estratégicas. Las que trataban de
detener el peligro que asediaba Roma y la amenazaba con su total destrucción.

Los centinelas le habían observado con curiosidad. No era una figura que formase parte del entorno y habían podido contemplarlo con
todo detalle cuando se había detenido un instante para respirar hondo, antes de escalar los tres peldaños que conducían al segundo patio,
el más pequeño, que hacía las veces de distribuidor. Sin embargo, no
podían sospechar los pensamientos que guardaba en su mente y que
nada tenían que ver con aquel lugar, que seguía siendo el mismo de cada
día, con el patio grande donde formaba la guardia, la casa que albergaba las salas de reuniones y los pabellones de los soldados. Nada había
cambiado en los últimos años, a excepción del edificio que habían añadido y que servía de residencia a los oficiales y mandos que regresaban
de campaña para descansar y recibir nuevas órdenes.

Sinesio había estado calibrando sus posibilidades y, por más vueltas que le daba, no veía ninguna salida. Publio Cornelio Escipión, el joven, le había mandado a buscar, pero no para conducirlo a su casa, sino a la caserna. Lo más probable es que ya estuviese al tanto de todo lo que él guardaba celosamente y su desasosiego era tan grande que de muy poco le servía su intuición. ¿Cómo se lo tomaría?, no había cesado de preguntarse en todo aquel rato mientras seguía a los dos soldados. Le conocía bien, pero en una circunstancia como la presente, cuando por medio se esconde la traición, un tribuno ha de hacer lo que ha de hacer y no hay lugar para más opción. Tendría que haber escuchado la voz de la intuición cuando aquella misma mañana había visto en el mercado por casualidad que detenían a Jonás y entonces haber abandonado Roma inmediatamente, pero ahora ya era demasiado tarde.

Había atravesado la portalada que da paso al atrio y había enfilado el pasillo que conduce a la habitación de generosas dimensiones, presidida en el centro por la gran mesa, mientras reflexionaba sobre las palabras que escogería para su confesión y su cerebro se debatía con su corazón sin que ninguno se alzara con la victoria. ¿Cómo tenía que empezar? Sus culpas eran muchas y ahora pensaba que todo, desde un inicio, había constituido un grave error. Había mentido y había escondido datos. Tal vez debería añadir que también había robado, porque... Sí. Tomar algo a alguien es robar y no existe otra definición. Y, finalmente, de sus palabras dependía una vida. ¿Una o... más de una? ¡Qué más da! La cantidad ni añade ni quita responsabilidad al acto de matar o... de dejar que alguien muera, que de hecho es lo mismo.

Sus ojos habituados a la observación captaron enseguida que las paredes carecían de todo tipo de decoración. Típico del carácter romano, de aquella manera de vivir tan personal de unos hombres que habían tenido por norma la frugalidad en todos los aspectos, aunque ahora empezaban a cambiar. Por contra, la mesa estaba llena de mapas desplegados.

Miró al oficial que permanecía en pie al otro lado de la mesa. Cornelio era joven, alto y fuerte. Sus ojos seguían siendo nobles y limpios, vivos y escrutadores, como cuando se conocieron. Recordaba, de aquella primera ocasión, que aquellos dos pequeños círculos de color castaño tan pronto permanecían fijos en los suyos como se desviaban y se paseaban por toda la habitación, o le observaban con detenimiento, procurando medir su ropa, su talante y su rostro.

Cornelio se había levantado nada más ver llegar a Sinesio y había señalado la silla que tenía delante. El filósofo había seguido la dirección del dedo y se había sentado. El joven tribuno mostraba un gesto grave y el filósofo, al contrario que otras veces, no se atrevía a mirarle a los ojos.

–Confianza por confianza, me exigiste. Y me has engañado –dijo Cornelio. Tendría que haber añadido «otra vez», pero, como su padre, era hombre de acción y buscaba la eficacia.

Ha llegado el momento tan temido, pensó Sinesio. Era muy consciente de que tarde o temprano todo saldría a la luz y que siempre deseamos que ocurra un milagro que nos permita seguir amparados en la mentira. Sin embargo no hay nada que sabiéndolo más de una persona pueda ocultarse eternamente.

–No puedo creer que me hayas engañado de esta manera –exclamó Cornelio, finalmente. Y le había costado mucho escupir aquellas pocas palabras, porque cuanto más corto es el discurso mayor contenido ha de arrastrar y más difícil es de pronunciar.

Sinesio agachó la cabeza. Tenía que escoger la primera palabra de disculpa y, cuando ya iba a hacerlo, vio que Cornelio abría el cajón, sacaba el dibujo y lo dejaba sobre la mesa junto con siete figuras de madera.

–Tú ya sabías que era imposible –exclamó el tribuno.

Durante breves instantes Sinesio se sintió desconcertado. Habría esperado cualquier otra cosa, pero nunca aquello, porque su cerebro estaba muy lejos de las cuatro líneas que había dibujado días atrás. De pronto, el cansancio que arrastraba desapareció y fue sustituido por la claridad mental. Aún no sabe nada, se sorprendió. ¿Y ahora qué?, se preguntó. ¿Y ahora qué? Y su cerebro echó a andar y trabajó como nunca lo había hecho. Tenía que ganar tiempo, concluyó al cabo de unos momentos, en un rápido y exacto razonamiento producto de su extraordinaria intuición, porque era evidente que los dioses le ofrecían una salida, porque significaba que, al contrario de lo que había temido, Cornelio aún no estaba al corriente de la detención de Jonás y se abría un resquicio para que se produjese el milagro.

—Son lecciones que has de aprender —dijo, mientras meneaba la cabeza a derecha e izquierda. Notó que el corazón daba brincos, que se aceleraba y, de vez en cuando, se detenía y había de hacer un esfuerzo para recuperar el ritmo pausado que le era habitual.

—¿Lecciones? ¿Algún día me enseñarás a leer en los ojos? —gritó Cornelio.

Sinesio ya no siguió escuchando las palabras del joven oficial. ¡Qué importaban ahora los ojos! El hecho fundamental era que Cornelio no había podido cumplir el contrato y esa falta, si era hábil, podía significar su salvación, porque el precio no había sido pagado, la deuda seguía en pie y el comprador estaba dispuesto a hacer lo que fuese para llevarse la mercancía.

—Soy consciente de que no he podido cumplir la tercera condición y soy consciente de que mi arrogancia ha recibido su castigo —exclamó Cornelio, serio—. Y también recuerdo que te dije que podías pedir todo lo que quisieras y que, si estaba en mi mano, sería tuyo. Pero mucho me temo que tú no estás dispuesto a enseñarme a leer en los ojos. ¿Qué persigues? ¿Mi vida?

—Ya ha habido demasiadas muertes —respondió Sinesio exhalando todo el aire de sus pulmones como si emitiese el último suspiro. Entonces, levantó los ojos hacia el techo, inspiró lenta y profundamente, entornó los párpados y dijo—: Quiero los ojos de Aníbal.

Era tan espeso el silencio que se hizo, que si hubiese sacado su espada, Cornelio habría podido cortarlo.

—¿Que quieres qué? —Casi dio un salto cuando tras unos instantes pudo reaccionar. No podía creer lo que acababa de oír.

—Los ojos de Aníbal —repitió lentamente Sinesio, y levantó los párpados para fijar la mirada en su interlocutor—. Has firmado un contrato.

—Con una cláusula que reza que te daré lo que esté en mi mano. Y evidentemente, los ojos de Aníbal, por el momento, no están a mi alcance —gritó fuera de sí.

–Te equivocas, noble Cornelio. ¡Ya lo creo que están en tus manos! –respondió el filósofo, y su voz era tan mesurada que el joven oficial no se atrevió a replicar, sino que se sentó y le prestó toda su atención.

* * *

Minucio Rufo se levantó de la silla. ¿Qué podía querer Cornelio? El funcionario permanecía de pie junto a la puerta. No era la visita que el pretor urbano esperaba, y dudó.

–Es muy urgente, me ha dicho. Vital para Roma –insistió el funcionario.

–De acuerdo. Hazle pasar –dijo Minucio Rufo.

El funcionario se apartó y Cornelio apareció.

–Sé que tienes a Jonás –dijo sin saludar a su interlocutor ni esperar que el funcionario hubiese cerrado la puerta.

–Tus espías son eficaces, pero los míos aún lo son más y Jonás me pertenece –sonrió Minucio Rufo–. En cierta ocasión me dijiste que todos, tarde o temprano, recibimos lo que nos merecemos. ¿Lo recuerdas? –Y Cornelio asintió con la cabeza–. Y yo te respondí que las zarpas de los cachorros no hacen más que cosquillas en la piel de los adultos. ¿También lo recuerdas?

–Perfectamente –respondió el tribuno.

–Pues no tan sólo has perdido a Jonás y la gloria, sino que ahora me pregunto cómo reaccionarás cuando Mario sepa que el hijo que espera Claudia es tuyo. –Soltó una carcajada–. ¿Y cómo se lo tomará Virginia?

–¿Has metido espías incluso en mi casa? –Cornelio se quedó en silencio un instante y, después, murmuró–: Antonio... –Movió la cabeza arriba y abajo. No podía ser otro.

–Todos tenemos nuestro precio. –Minucio Rufo levantó las palmas de las manos–. Has llegado un poco tarde.

–No –negó Cornelio–. El judío aún no ha hablado.

–¿Qué te induce a pensar que es así? ¿Tal vez puedes leer en mis ojos? –Rió de nuevo Minucio Rufo.

–No estarías aquí si él hubiese pronunciado un nombre.

–Eres astuto. ¿Quizás has venido para ver cómo canta?

–No –negó de nuevo Cornelio–. He venido para salvarte.

–¿A mí? ¿Salvarme? ¿De qué? –Le miró Minucio Rufo, sorprendido ante una respuesta que le divertía.

–De que tu error no nos arrastre a todos. Y a ti, el primero.

–Has perdido la partida, amigo mío –exclamó Minucio Rufo–. Dentro de poco Jonás cantará y todo se habrá acabado. Sólo que la gloria será para mí.

–El nombre que deseas saber puedo comunicártelo yo. Y puedo asegurarte que no habrá gloria para ti. Al contrario, todo serán desgracias.

–¿Porque el traidor es mi cuñado Druso? –preguntó el pretor urbano, pero Cornelio no respondió–. Sé que has mandado seguirle desde hace días. ¿Lo has hecho, verdad? –sonrió. Cornelio siguió en silencio–. Pero soy yo quien, a los ojos de todos, habrá descubierto la verdad, cuando Jonás pronuncie el nombre que espero.

–Y una vez obtengas ese nombre, ¿qué harás? ¿Apresarlo, juzgarlo y ajusticiarlo? ¿Y qué habrás conseguido? –replicó Cornelio con un montón de preguntas y, finalmente, sentenció–: Nada. Absolutamente nada, excepto perder nuestra gran oportunidad y condenar Roma a la destrucción, porque Aníbal atacará. No dudes de que este malparido de Jonás nos odia tanto que pronunciará todos los nombres que se le pasen por la cabeza y sembrará tal desconfianza que todos nos miraremos con recelo, sin saber quién es un traidor y quién es leal, y tú saldrás salpicado. Recuerda que tú eres de los pocos que sabía que Aníbal podía quedarse ciego, que tú has sido nombrado pretor urbano y no luchaste en Cannas, que tú eres, precisamente, quien propuso firmar la paz con el cartaginés, que tú eres quien protegía a Druso, quien le propuso para senador y que también eres tú quien le acoge en tu casa. ¿No es allí donde se enteraba de todo? ¿Qué crees que pensará el Senado? ¿Y cómo quedarás tú?

Minucio Rufo le dio la espalda y paseó por la estancia. Aquellas palabras le habían hecho reflexionar. Cornelio era peligroso, porque se encargaría de utilizar los mismos argumentos ante el Senado y si no quedaba como un traidor, quedaría como un imbécil, porque él había explicado demasiadas cosas a Druso. Y ahora se daba cuenta de que pasar por imbécil significaría el descrédito total, porque Roma puede perdonar un error, pero nunca una estupidez. Sí, aquel joven era inteligente y menospreciarlo representaba un asunto demasiado delicado. De manera que se detuvo, le miró y dijo:

–Quizá tienes alguna idea brillante.

–Si Aníbal ataca Roma, todos moriremos, porque ahora no podemos defendernos. Hemos de mantenerle quieto en Capua, como sea, y ganar tiempo. Por eso quiero hacerte una proposición y no creo que te convenga rechazarla.

–Adelante. Te escucho.

Tiempo después, Cornelio abandonó el despacho del pretor urbano. Aún quedaba mucho por hacer. Se dirigió a su casa y, al entrar, encontró a Virginia, que daba órdenes a los criados. La saludó con una sonrisa, simulando normalidad.

–Antonio me saca de quicio –se quejó ella–. Ha mandado demasiado tiempo sobre los demás esclavos y no está acostumbrado a saber qué es una dueña y quién manda de veras.

–Dile que le espero arriba –dijo él, y subió la escalera.

Poco después, Antonio entró en el despacho con el mismo talante de siempre, humilde y servicial.

–Necesito que me ayudes –dijo Cornelio sentado en una silla.

–Soy el más humilde de tus servidores –respondió Antonio con una reverencia–. Pide y serás complacido.

–Verás. Un amigo mío tiene un esclavo muy fiel y como hace poco que se ha casado ha decidido hacerle un regalo. El mejor, porque ese esclavo es muy devoto de su amo. Mi amigo me ha pedido consejo y no sé qué puedo responderle.

–¿Es joven o mayor, ese esclavo?

–¿Qué tiene que ver su edad?

–Si es mayor, ya no aspira a más y se sentirá muy contento con unas monedas, con que sus obligaciones disminuyan y con que se le aumente la cantidad de comida. Pero, si es joven, tiene toda la vida por delante y... –Se quedó callado.

–¿Y...? –insistió Cornelio.

–El regalo más preciado, sin duda, será su libertad.

–¿Es lo que tú más desearías, tu libertad?

–Mi mayor deseo es servirte lo mejor que sepa y pueda, señor.

–¿Con tus cinco sentidos?

–Con los cinco, señor.

–¿Y cómo lo consigues? Porque tus oídos y tus ojos son de Minucio Rufo y tu boca de todos.

El rostro de Antonio adquirió el color de la cera y tragó saliva, mientras hincaba las rodillas y empezaba a temblar. Cornelio se levantó.

–Servirás a Claudia como un perro, te arrastrarás por el suelo como una lombriz y únicamente alcanzarás tu libertad cuando hayas de morir –sentenció, y abandonó la habitación.

Aún quedaban cosas por hacer. ¡Muchas y muy importantes!

* * *

Aquella noche, tal como habían convenido, Cornelio visitó la casa de Sinesio. El filósofo le esperaba en la sala de las meditaciones.

–El barco ya se ha hecho a la mar –informó el joven oficial–. Como puedes comprobar, he cumplido mi parte del trato y ya tienes lo que querías.

–¿Y Druso? –preguntó Sinesio.

–Ya lo descubrirá.

–¿Pero, no le sucederá nada? –dijo Sinesio.

–Tenías razón. Minucio Rufo ha accedido a dejarme ver a Jonás a solas. He estado bastante rato con él, para que el pretor urbano no pudiese sospechar, y hemos mantenido una conversación muy entretenida. Evidentemente no ha pronunciado ningún nombre. No era necesario, porque yo lo he pronunciado por él y le he ofrecido el trato que tú me has sugerido. Primero no me escuchaba. Pensaba que le engañaba, pero cuando he empezado a hablar de los árboles, los cultivos, los caminos azules, la poesía de los griegos y de todo lo que tú me habías comunicado, se ha dado cuenta de que no le engañaba y de que ya no tenía sentido seguir callado. Entonces, me ha confirmado que usa un lenguaje secreto para comunicarse con Aníbal y el pobre desgraciado me ha contado unas cuantas cosas a cambio de morir de inmediato, deseo que yo mismo le he concedido –explicó Cornelio–. A Minucio Rufo no le ha gustado que tomase esa decisión. Quería matarle lentamente, pero no ha tenido más remedio que aceptarla. Tus argumentos han resultado decisivos y él prefiere callar a quedar como un imbécil. Siguiendo tu consejo, no detendremos a nadie más y enviaremos al cartaginés un mensaje que explique que Jonás ha sido descubierto, ha escapado y ha tenido que esconderse, pero que no puede abandonar Roma porque vigilamos todas las puertas. –Guardó silencio y añadió–: Ahora sólo resta que tú cumplas tu palabra. Si tal como dijiste, existe un camino corto, sólo reservado para aquellos que no tienen tiempo, enséñame a leer en los ojos, porque es evidente que a ti el tiempo se te agota.

–De acuerdo. Me has pedido mirar con los ojos de Aníbal y yo te lo concederé. El camino es corto, pero muy duro, porque tendrás que aceptar cosas que son difíciles de tolerar. Sin embargo, únicamente llegarás si sigues mis instrucciones sin hacer preguntas, sin pedir nada y sin oponer la menor resistencia. ¿Estás preparado?

Cornelio asintió y Sinesio tomó la jarra que había sobre la mesa, sirvió un vaso y se lo entregó. El oficial dudó. Entonces el filósofo tomó otro vaso y bebió un sorbo del líquido de la jarra para demostrarle que no tenía nada que temer. El tribuno asintió de nuevo y apuró el contenido del vaso. Era una extraña mezcla de hierbas, una pócima amarga que le obligó a escupir. Sinesio bajó la luz de la linterna y el joven, siguiendo sus instrucciones, se echó en la litera.

La voz del filósofo era dulce y agradable, pero firme. Primero le ordenó que cerrase los ojos, repasara lentamente todo su cuerpo, desde la punta de los dedos de los pies hasta los cabellos de la cabeza, y que eliminase todas las tensiones, y lo guió lentamente. Cuando el cuerpo ya no le molestaba, le ordenó abrir los ojos y le mostró un punto de luz imaginario, muy brillante, que permanecía suspendido del techo en medio de un círculo y que se desprendía y descendía lentamente, siendo cada vez más luminoso, hasta el extremo que le obligaba a entornar los párpados. Cornelio notó que la luz se desvanecía y que su cuerpo se tornaba cada vez más pesado, mientras los ojos se le cerraban sin que pudiese impedirlo. Simplemente, se sentía bien. Después, Sinesio le dijo que se imaginara que navegaba tendido sobre la cubierta de un barco blanco, empujado por la fuerza de una brisa suave, en mitad de un mar azul, bajo un cielo sereno, mecido por las pequeñas olas que se estrellaban contra el casco. Poco a poco, siguiendo las instrucciones de Sinesio, el mundo exterior desapareció y un sopor le invadió, mientras todo su cuerpo quedaba desmayado, como si ya no le perteneciese. De pronto, la voz que le hablaba se tornó más profunda y lejana y le ordenó elevarse hacia el cielo y flotar. Se sentía bien, como nunca había estado, y podía contemplar los espacios infinitos. Sensaciones maravillosas y visiones fantásticas le alcanzaban, pero, de pronto, el miedo lo atenazó. Todo se había oscurecido y él se sentía solo y suspendido en el vacío, mientras sombras infernales le rodeaban. «He aquí tu espíritu», escuchó. Y el espíritu le habló y le explicó que el mundo es un engaño que únicamente desaparece cuando descubrimos que el cuerpo no somos nosotros, sino tan sólo una herramienta que sirve para movernos, que la mente ordena, pero no ejecuta nada, y que los sentimientos nos mueven, pero no han de dominarnos. Entonces, por primera vez, sintió que había algo más, que él podía contemplarlo todo desde un punto diferente, situado por encima de su cabeza, fuera de su cuerpo, y que todo lo que le rodeaba adquiría una nueva dimensión. Escenas de su infancia cabalgaban sobre recuerdos de hacía pocos días, rostros y más rostros aparecían y desaparecían en un increíble desfile, a veces macabro, a veces difuminado, a veces nítido como la luz del sol. Y, poco a poco, se hizo la oscuridad absoluta y todo desapareció.

Tiempo después, la claridad lo inundó y abrió los ojos. La luz del sol hería sus pupilas y se sentía cansado y con la cabeza espesa. Se incorporó lentamente, respiró hondo y buscó a Sinesio con la mirada, pero

EPÍLOGO

LOS OJOS DE ANÍBAL

La noche era oscura, sin luna. ¿Cuánto tiempo había transcurrido desde que el centurión le había entregado el presente de Cayo Lelio, los ojos de Aníbal? Ha muerto, le había dicho. Naturalmente. Y aquel oficial le había comunicado la noticia como si se tratase de la mayor de las victorias del ejército romano. «¡Pero si ya hace años, casi diecinueve, que no representa ninguna amenaza seria!», había estado a punto de exclamar. «Desde que le derroté en Zama, en África, en un terreno que no me pertenecía, pero que acabé por dominar y se lo ofrecí a Roma», habría querido añadir para recordar que fue la única batalla a campo abierto que el cartaginés perdió y que él había sido el vencedor. «Quien derrota al más grande, ¿no se convierte en el primero?», había preguntado con soberbia cuando el Senado restó importancia a la gesta. ¿Tal vez aquí había empezado su caída?

Sí, Roma no perdona. Como tampoco había perdonado al gran Cornelio que se opusiera a la total destrucción de Cartago ni que se alzase por encima de los demás.

–Roma no perdona –murmuró repitiendo un pensamiento que ya era obsesión, sentado en medio de la oscuridad.

Sin embargo, la afirmación de Cornelio iba mucho más allá, porque Roma no perdona al enemigo, pero tampoco perdona los éxitos demasiado notorios, a pesar de que es capaz de disculpar los errores y los fracasos. ¡Lo sabía muy bien! Se lo había dicho Sinesio en la carta que aún guardaba. ¿Son contradicciones? No. Simplemente Roma no perdona a quien le da miedo. Su última batalla había tenido lugar en Magnesia, siete años atrás, a pesar de que no participó directamente porque había caído enfermo y su hermano Lucio venció y recibió el sobrenombre del Asiático. Merecido, naturalmente, igual que él merecía el sobrenombre del Africano. Y bien merecido, porque Cornelio no era como los demás, sino que aceptaba los honores ajenos y aplaudía sus victorias. Así se lo enseñaron y así lo practicaba. Por eso sentía respeto por el cartaginés. Sin embargo, ¿alguien más pensaba como él?

¿Y quién siente respeto por Cornelio?, se preguntó. Años y más años para derrotar a Aníbal y, finalmente, al regresar de Magnesia, todo había cambiado. Marco Porcio Catón, el censor, le acusó de haberse apoderado de la indemnización que el rey Antíoco había pagado. Y en parte era cierto, tendría que confesar, porque se trata de una costumbre ya establecida y el botín es el premio del vencedor. ¿O es que nadie recordaba que Quinto Minucio se había traído treinta mil libras de plata de Hispania? ¿O tal vez habían olvidado que Manlio Vulsón regresó de Asia con más de cuatro mil libras de oro?

¡Catón!, exclamó, y sonrió con tristeza. El abogado de palabra fácil, de humor sarcástico, ácido y punzante, la voz de los honrados, el enemigo supremo de la corrupción. Aún resonaba su discurso cuando el senado revocó la *Lex Oppia*, que impedía a las mujeres lucir joyas de oro, vestidos de colores y pasearse en carruajes.

–Si cada uno de vosotros hubiese mantenido la autoridad como marido, no habríamos llegado a este extremo –había gritado Catón ante los prohombres de la ciudad–. ¡He aquí la prepotencia femenina! No tan sólo nos ha anulado en nuestra casa, sino que ahora amenaza con hacerse con las gradas del senado. Si ya era difícil sujetarlas con las leyes a nuestro favor, imaginemos lo que sucederá a partir de ahora. Hagámoslas iguales a nosotros y nos devorarán, y los hombres de todo el mundo serán gobernados por los únicos hombres que se dejan gobernar por las mujeres: nosotros, los romanos.

Sin embargo, no consiguió su propósito y la ley fue derogada. Debería sentir más respeto por las mujeres. Incluso tenerles miedo, pensó Cornelio. Él sabía muy bien de qué hablaba. No obstante, Catón había seguido luchando y el senado aprobó nuevas leyes que establecían fuertes impuestos que gravaban el lujo y las joyas, pero hecha la ley hecha la trampa y el mercado negro se extendió hasta ser más importante que el legal. Con su ley Cayo Oppio había ofendido a las mujeres y Roma únicamente guarda memoria de las ofensas, porque Roma, según afirmaba el propio Catón, estaba gobernada por mujeres y por algún hombre como él, solitario y rodeado de enemigos porque decía la verdad.

¿La verdad? ¿Qué verdad? Allí, en el Senado, antes de que Cornelio pudiese responder a las acusaciones, delante de todos, su hermano Lucio rompió los documentos que daban fe de los cobros y de los pagos, y los tiró al suelo. Nadie recordaba, o no quería recordar, que Cornelio había sustituido a su padre en Hispania, cuando los hermanos Escipión murieron a manos de Asdrúbal; nadie recordaba que él reconquistó Cartagena; nadie mencionaba que el propio Senado derogó la ley para permitir que él, demasiado joven para acceder al cargo, fuese nombrado cónsul; todos habían olvidado que él, siguiendo el prudente consejo de Sinesio, había atacado al monstruo por la cola y había desembarcado en África catorce años después del gran desastre de Cannas, con lo que obligó a Aníbal a abandonar la península y seguirle. ¿Y dónde quedaba el recuerdo de la batalla de Zama?

Con Minucio Rufo mantuvieron quieto al cartaginés durante dos años, gracias a los falsos mensajes que le hicieron llegar. Dos años cruciales que les permitieron rehacer las fuerzas, cambiar de estrategia e invertir la situación, porque cuando Aníbal descubrió el engaño ya era demasiado tarde. Nadie entendía cómo era posible que el cartaginés hubiese perdido tanto tiempo. Él sí, naturalmente, pero no podía explicarlo, porque entonces debería explicar demasiadas cosas. De eso hacía treinta y tres años, de los cuales veintiséis los había pasado luchando.

La memoria de los prohombres es débil y Catón se levantó, como tantas otras veces, y le señaló con su dedo acusador a su regreso de Magnesia, la última derrota de Aníbal, después de que aquel brillante general abandonase Cartago de noche para salvar la vida y se aliase con el rey Antíoco de Macedonia.

¡Catón, maldito Catón! Algo sospechaba de toda aquella historia. Catón no acababa de ver claras las explicaciones que Minucio Rufo y él habían dado sobre los acontecimientos que tuvieron lugar en pocos días. Demasiadas coincidencias, decía. Sin embargo, carecía de pruebas, pero quería su cabeza a cualquier precio. Por esa razón le acusó de corrupción y lo llevó ante los tribunales, pero el pueblo lo salvó, porque los ciudadanos sí que tienen memoria y no olvidaron que el mismo día del juicio coincidía con el aniversario de la batalla de Zama, el magno episodio que les había otorgado la paz y el poder absoluto en el Mediterráneo. Así que, Roma, la Roma sencilla del pueblo llano, se echó a la calle y su griterío dio al traste con aquella estúpida farsa que pretendía hundirlo por siempre jamás, y Catón perdió una causa por primera vez un su vida. Casi antes de haberla iniciado. A pesar de ello, Cornelio ya estaba acabado, porque, aunque no fue condenado, nunca más recibió ningún honor ni ningún otro encargo del Senado. ¿Por qué? Él ya había cumplido con su deber y ya no era necesario. Aníbal ya no era más que un fugitivo y, tarde o temprano, le darían caza, como así fue. ¡Cuánta razón tenía Sinesio! Aquel mismo día, después de que el pueblo le salvase, se retiró a su casa de Liternum y no había vuelto a abandonarla. De eso hacía siete años.

Esperaba que el tiempo calmase el celo de Catón, pero aquel campesino, criado en los corrales y las pocilgas, entre puercos (de aquí le venía el nombre de Porcio, puesto por Valerio Flaco), era demasiado tenaz y poseía una memoria de elefante y un absurdo sentido de la rectitud y la moral. Nadie podía olvidar que echó del Senado a Manilio, bajo la acusación de haber besado en público a su esposa. ¡A su propia esposa! Todos le temían, porque él, con su vida ascética, les infundía remordimientos, y su poder era tan grande que alcanzaba hasta dominar al cónsul Cayo Lelio, amigo de juventud de Cornelio, que nunca más volvió a visitarle y que le había enviado un centurión para comunicarle la noticia de la muerte de Aníbal. No había venido él ni había escogido ningún senador ni ningún tribuno para sustituirle, sino que, posiblemente, tal como decía Virginia, para no ofender a Catón, había descendido en la escala social y militar hasta dar con un mensajero de bajo rango a quien encomendar una tarea de segundo orden. ¡Y menos mal que no le había enviado a un simple soldado!

Los labios de Cornelio se alargaron en una mueca que quería parecer una sonrisa. Los senadores habían pretendido juzgarle por un hecho banal y Cayo Lelio no alzó la voz para defenderlo. Su amigo...

—Aún tienes una deuda pendiente conmigo —había recordado Cornelio cuando todo el Senado le acusaba.

—Pídeme lo que quieras y te lo concederé —le había respondido Cayo Lelio—. Pero no puedo defenderte. Las pruebas en tu contra son demasiado concluyentes.

—De acuerdo —había aceptado Cornelio con amargura, y entonces sonrió y, con rabia, dijo—: Quiero los ojos de Aníbal.

Cayo Lelio se quedó estupefacto ante aquella absurda petición. Si él conociese las decisiones que Cornelio había tomado para salvar la ciudad, si supiese que había perdonado una vida que merecía la muerte más que ninguna otra, si se enterase de que había realizado tratos y más tratos inconfesables, si descubriese que muchos años atrás había prometido... ¡Dioses! ¿Qué había prometido?

—¿Sus ojos? —recordaba haber preguntado él, también con extrema sorpresa.

Y a pesar de todo el tiempo transcurrido, si hubiese de calificarla, aquella era la petición más increíble que nunca había escuchado. Y juró que se los concedería, a Sinesio. Igual que se lo había jurado Cayo Lelio a él.

Pero todo eso pertenece al pasado, a un pasado que ahora parece lejano, perdido en la noche de los tiempos. Meditó. Roma vive del engaño. ¡Pero vive!

Los ojos de Aníbal, sonrió de nuevo. «Ojos, ojos, ojos... Vivimos en un mundo de ojos. Ellos son las ventanas por donde contemplamos el exterior y por donde los demás pueden ver en nuestro interior.» Y observó las estrellas que brillaban en el firmamento. «Todos somos ojos con piernas. Dos pequeñas aberturas tan ricas que aceptan cualquier adjetivo: escrutadores, vivos, sinceros, observadores, encantadores, sonrientes, misteriosos, soñadores, locos, hipócritas, tristes, alegres, apagados, tiernos, duros, maternales, enamorados... Y finalmente, cuando mueres, se vacían por completo y, tal vez, únicamente conservan la última de todas las imágenes.»

Él había visto muchos en el campo de batalla. Ojos asustados por el miedo a lo desconocido, ojos sorprendidos por una muerte inesperada, la última visión del filo de la espada que cae encima y trunca una vida. ¿Cuántas veces, en el combate cuerpo a cuerpo con el enemigo, no estaba más pendiente de los ojos de su adversario que de su espada? Ellos le dirían cuál sería el momento decisivo, el instante en que saltaría sobre él e intentaría matarle, porque siempre aparece una chispa que se adelanta a la acción. «Si eres capaz de verla, tú serás el vencedor», le había enseñado su padre.

¡Sí! Muchas cosas había visto en la mirada, y ahora se sentía cansado, demasiado cansado, demasiado agotado y sin ansia por nada, excepto por recordar.

En aquel instante oyó un ruido, volvió la cabeza y vio la figura de Virginia que se recortaba bajo el dintel de la puerta. Claudia murió al dar a luz un hijo que también le pertenecía a él. Con ella se llevó el secreto y Mario murió poco después. Mentiras y más mentiras que nadie conocería nunca.

–¿Qué te sucede? –preguntó Virginia.

–Nada –respondió Cornelio.

Se había acostado poco después de la puesta del sol y se había levantado tres veces sin poder conciliar el sueño. Finalmente se había sentado con la caja en una mano y el rollo que contenía las últimas palabras de Sinesio en la otra y había vuelto a contemplar aquellas pupilas sin vida, mientras recordaba una historia que nadie más que él podía relatar, porque todos habían muerto. Aníbal, Minucio Rufo, Druso, Pablo Venecio, Mario, Claudia, Octaviana… No quedaba nadie. Y además, ninguno de ellos la conocía por entero, excepto él.

Tres veces había leído la carta que encontró sobre la mesa, las últimas palabras del filósofo que había conservado sin conocer con exactitud la razón que le había impulsado a no romper el rollo. Un documento arrugado y alisado de nuevo. Un testamento.

Buen amigo Cornelio:

Cuando leas este escrito ya estaré lejos. Tú has cumplido tu parte del trato. ¡Cierto! Pero yo también. Me dijiste que querías ver con los ojos de Aníbal y que carecías de tiempo. Yo te contesté que existe un camino corto, pero duro. Ahora posees toda la información que puede permitirte que él vea lo que tú desees hacerle ver. ¿No es eso lo que perseguías? ¿Acaso no he cumplido mi palabra?

Deja que añada un pequeño consejo. No pretendas alcanzar el poder absoluto, porque la experiencia demuestra que sólo los seres anónimos, los que han sabido permanecer en silencio, amparados en la oscuridad, sin salir a la luz pública ni recibir honores, pueden sobrevivir y acabar sus días con la satisfacción del deber cumplido. Una satisfacción personal, íntima, lejos de la gratitud popular. No olvides nunca que, de la misma manera que Roma no perdona a sus enemigos, también es capaz de crear o, mejor dicho, de reconocer a los héroes, aunque después los olvida y, si puede, incluso los mata.

Recuerda siempre que los consejos son gratuitos y, por tanto, nadie les concede ningún valor. Únicamente los sabios los tienen en cuenta.

No creo que volvamos a vernos y deseo que los dioses te bendigan. Con los conocimientos que ya posees, no dudo que te concederán el don de la victoria.

Con todo el afecto.

Sinesio

Eso le había escrito en la carta y, al leerla, Cornelio había enfurecido tanto que hubiese querido salir con sus hombres en persecución del filósofo y vengarse porque no le había enseñado a leer en los ojos y escrutar las almas. Sin embargo, reflexionó y el tiempo le confirmó que Sinesio había cumplido su palabra y que perseguirle hubiese significado quedar como un idiota, y ya bastaba con la pandilla de imbéciles que habían nacido al amparo de toda aquella historia. Además, ¿dónde le buscaría? Aquel hombre era muy astuto. ¡Demasiado para él!

Sólo cuando Minucio Rufo estaba en su lecho de muerte y ya exhalaba el último suspiro, Cornelio le reveló el gran secreto y pronunció el nombre que nunca salió de labios de Jonás. El pobre pretor urbano murió sintiéndose el más idiota del universo. Únicamente una pregunta brotó de su boca: «¿Dónde están, ahora, Ariadna y Sinesio?» Y Cornelio le contestó: «Nunca lo he sabido.»

Druso, por su lado, el día que desapareció Sinesio, llegó a su casa y se encontró con que Ariadna no estaba, ni tampoco Iris. La esperó durante toda una noche y todo el día siguiente, la buscó en casa de Minucio Rufo, en casa de su padre y por todos los rincones de Roma. Y cuando se enteró de que el filósofo también se había ido, se dio cuenta de que sólo cabía una explicación: su esposa le había abandonado para huir con Sinesio. La noticia se propagó y Roma conoció su brutalidad a través de comentarios que nadie sabía de dónde habían nacido. ¿Quizá de los propios criados? ¿Tal vez de Octaviana? ¿O... del propio Minucio Rufo? La verdad era que, abandonado por su esposa, cayó en desgracia y fue expulsado del Senado. Alguien que no es capaz de mandar sobre una mujer, ¿cómo puede dirigir los destinos de una nación? Evidentemente Minucio Rufo no le apoyó y Pablo Venecio echó más leña al fuego, sin ser consciente de que la desgracia de su yerno se convertiría en propia, porque su vehemencia por hundir a aquel aprendiz de conspirador hizo que perdiese toda credibilidad ante el pueblo. ¿Cómo se puede conceder el cargo de dictador a quien no es merecedor ni del respeto de su hija?, murmuraban por las calles de Roma. El pretor urbano no perdía el tiempo y, con exquisita habilidad, conseguía alejar definitivamente el mayor de los peligros que podía empujarles a un enfrentamiento directo con Aníbal. Y Catón, una vez más, se alzó y pronunció un encendido discurso contra las mujeres.

–Ven a la cama –escuchó Cornelio la voz de Virginia, y sus recuerdos se desvanecieron.

–Mañana concederé la libertad a Antonio –dijo sin moverse.

–¿A ese inútil? –se sorprendió Virginia–. ¿Qué ha hecho para merecerla? No deja nunca de protestar.

–Envejecer. Eso ha hecho. Está perdiendo la vista y se está quedando sordo. Ya no sirve para nada. Que se alimente él solito –sonrió Cornelio.

No podía explicarle toda la historia. No podía decirle que durante mucho tiempo había cobijado a un traidor, porque prefirió condenarlo a la esclavitud eterna antes que matarlo cuando se enteró de que aquel desagradecido esclavo era quien informaba a Minucio Rufo de todos sus movimientos, porque la muerte, en determinadas circunstancias, es una liberación y la vida, también bajo ciertas condiciones, se convierte en el peor de los castigos. Y ahora la libertad que tanto había ansiado Antonio se erigiría en su ejecución final. Viejo, cansado, enfermo, sin la menor posibilidad de subsistir, porque él bien que se había preocupado de que no obtuviese más beneficio que la comida y que le entregase todas las monedas que había cobrado de Minucio Rufo, moriría como un pedigüeño. Evidentemente, Cornelio también cumplía su palabra.

Se levantó lentamente y siguió a su esposa. Justo al pasar frente al fuego de los penates, se detuvo y echó la caja y el rollo arrugado que había guardado durante todos aquellos años.

–¿Pero qué haces? –se extrañó Virginia, e intentó recuperar el presente de Cayo Lelio.

Cornelio la tomó por las manos y se lo impidió.

–¡Ésos no son los ojos de Aníbal! –exclamó.

–¿Cómo que no son los ojos de Aníbal? –preguntó sorprendida–. El centurión ha dicho que…

–No, querida –la cortó él–. Sus verdaderos ojos, los que miran y ven de veras, eran oscuros como la noche. Puedo dar fe de ello, porque los tuve en la mano y los regalé –sonrió, y empujó despacio a su esposa hacia la habitación mientras pensaba en Ariadna, en sus ojos, los verdaderos ojos de Aníbal, el precio que Sinesio le había pedido a cambio de ofrecerle la posibilidad real de derrotar al cartaginés.

Virginia se quedó pasmada y él la miró un instante. Quizás algún día le contaría que Pablo Venecio mató al joven que Ariadna amaba, la violó en Ampurias y la dejó encinta, y que ella juró que se vengaría. Jonás, conocedor de la triste historia, cuando ella se casó con Druso, vino a Roma y la convenció para que se convirtiese en su espía. Era la manera de vengarse. Ariadna, la mosquita muerta, la mujer que bajaba la mirada, era la verdadera vencedora de cuatro batallas consecutivas. Ella solita había derrotado a los poderosos ejércitos romanos. ¿Cómo lo había logrado? Escuchando. Tan sólo escuchando. Y Catón menospreciaba a las mujeres. ¡Pobre idiota!

«¿Quién puede juzgar el odio que ese comerciante y esa pobre mujer sienten por Roma?», le había preguntado Sinesio. Los soldados romanos, años atrás, bajo las órdenes del propio Pablo Venecio, habían atacado los barcos de Jonás y los habían destruido, pero Amílcar le salvó. Sinesio, como siempre, tenía razón. Los únicos responsables de todo aquel desbarajuste eran ellos, los romanos. ¡Cuántas injurias y cuántos errores! Todo eso podría explicarle a Virginia, y aún se quedaría más pasmada. Quizá lo haría algún día, pero ahora lo único que deseaba era descansar. Se metió en la cama en silencio y se durmió.

* * *

Publio Cornelio Escipión, llamado el Africano, hijo de Publio Cornelio Escipión, cónsul de Roma, general de todos los ejércitos, conquistador de Hispania, vencedor de Aníbal en Zama, artífice de la derrota absoluta de Cartago, cerró sus ojos por siempre jamás seis meses después que Aníbal, sin haber aprendido a escrutar las almas y sin haber revelado su secreto a nadie. Y nadie ha sabido nunca qué fue de Ariadna y de Sinesio. Los libros de historia no les mencionan.

¡Gloria eterna a los héroes y larga vida a los seres anónimos!